Het complete Rekelboek

€ 4,-

Koos van Zomeren

Het complete Rekelboek

Uitgeverij De Arbeiderspers · Amsterdam · Antwerpen

Tenzij anders vermeld zijn de foto's in dit boek van de auteur.

Eerste druk oktober 2002
Tweede druk november 2002
Derde druk december 2002

Omslag: Steven van der Gaauw

ISBN 90 295 5859 8 / NUR 320
www.boekboek.nl

Inhoud

VILLGRATER JOCH

In mijn ogen strek ik mij
geweldig uit,
ik ben in alles wat ik zie.

Al uren klimmen we, de bergen
zinken weg, alleen de diepten
klimmen mee. Ik zie
een meertje dat gesprongen is,
een in het ijs geslagen spinnenweb.

Mijn hond doet steeds meer dingen
voor het laatst. Nog één keer
deze hoogte en hij gaat nog één
keer liggen en hij haalt nog één
keer adem en hij valt in slaap.

In wat ik niet zie
ben ik trouwens ook.

Vooraf

Laat ik het even uitleggen. In de zomer van 1998, toen ik weinig om handen had terwijl Rekel maar ouder en ouder werd, heb ik alles bij elkaar gezocht wat ik ooit over hem geschreven had. Dat is de eerste afdeling van dit boek geworden, *Verzameld werk*. Diezelfde zomer begon ik wekelijks een stukje op een mij vertrouwde lengte te schrijven, over Rekel. Deels was dat om de actuele situatie bij te houden, deels om het beeld dat ik van hem had opgeroepen een beetje bij te stellen – het was misschien wel wat rooskleurig. Hij had echt weleens iemand gebeten, hij had me echt weleens tot razernij gebracht. Al met al is dat de tweede afdeling van dit boek: *Weekboek*.

Na een jaar begonnen frequentie en vorm van die stukjes me te benauwen en ben ik maar gewoon een dagboek gaan bijhouden, de derde afdeling: *Dagboek*.

Weekboek en *Dagboek* zijn, behoudens een enkel fragment, niet eerder gepubliceerd.

Verder heb ik hier een paar teksten opgenomen die zijn ontstaan uit het nadruppelen van mijn geheugen. Omdat ik aanvankelijk dacht dat het gedichten zouden worden, heb ik ze op een afwijkende kolombreedte laten zetten: *De weken hierna*.

De foto op de omslag van dit boek is uit juni 1999: Rekel bereikt het Villgrater Joch in de Karnische Alpen, 2585 meter boven de zeespiegel.

Nadat we wat gegeten hadden, strekte hij zich uit in het gras en viel hij in slaap. Hij leek bewustelooos van vermoeidheid, maar telkens als ik, hoe zachtjes ook, de camera nam om hem in deze positie te fotograferen, richtte hij zich op en keek hij me onderzoekend aan. Uiteindelijk heb ik er in plaats van een foto maar een tekst van gemaakt; dat ligt ook meer op mijn weg.

Koos van Zomeren
Arnhem, maart 2002

Verzameld werk

Uit *Een vederlichte wanhoop*

Rekel, de kleine bastaard, draafde van links naar rechts over het strand en de pluim van zijn staart bungelde als een lampionnetje boven zijn rug. Hoe vaak zal ik me nog afvragen waarom een hond de ene kant op loopt en niet de andere?

Wat mijzelf betreft: ik had daar niets te zoeken als er geen vogels, of illusies over vogels, waren geweest. Misschien zat er een roodkeelduiker tussen de zilvermeeuwen en eidereenden.

Het eiland lag dit keer in de Noordelijke IJszee. Onafzienbare ijsvelden dreven schurend langs de kust. Het strand was belegd met een keihard mengsel van zand en bevroren sneeuw. Een stormachtige oostenwind sneed dwars door je lijf. Nee, zonder hoop op een roodkeelduiker had ik me geen raad geweten.

Van tijd tot tijd wierp ik een verlangende blik op de duinenrij die beschutting had kunnen bieden. Watergeweld had in de herfst een nieuwe dwarsdoorsnede gemaakt, waardoor oude veenlagen en de wortelslierten van helmgras, dingen die diep in de aarde thuishoren, waren ontbloot. In de verte zat een intens zwart gat, een vossenhol of zoiets onwaarschijnlijks.

De roodkeelduiker die zich in mijn hoofd had genesteld hield me aan de zeekant. Weer bood zich een groep vogels ter observatie aan. De wind rukte aan mijn kijker, mijn vingers waren verstijfd. En in de tussentijd rende Rekel van rechts naar links. Zijn nadering verontrustte het zwarte gat in de duinwand. Nadat het zich voorovergebogen had, verhief het zich in het luchtruim. Het gat veranderde onophoudelijk van vorm, maar er paste telkens precies een kraai in.

Hoe vaak zal ik nog op zoek gaan naar een roodkeelduiker en een kraai vinden? Waar bevindt zich het zwarte gat waar ik zelf precies in pas?

(febr. 1986)

(12/1/'87) Rekel heeft vanavond een haas doodgebeten.

Het was bitter koud. De zon hing bloedrood aan de toren van Kamerik, het laatste daglicht lag als een gloeiend spoor over de ijskorst op de Hollandse Kade. Juist toen ik tot de slotsom kwam dat al het leven uit de polder was weggevaagd vertoonde zich een winterkoninkje. Aandoenlijk. Het leven zo subtiel, de dood zo lomp. Ik weet absoluut geen raad met het gevoel van nietigheid dat ik op zo'n moment onderga. Je kunt er een stukje over schrijven en met enig geluk is dat zelfs een mooi stukje, maar daarmee is het beestje niet gered.

Even later maakte zich uit de schemering een ransuil los. Hij gleed als een geest over de oranje ijsbaan, zwenkte en kwam terug, passeerde in een wijde boog.

En toen die haas.

Het arme dier hupte argeloos voor ons uit. Ik nam Rekel onmiddellijk vast, in de eerste plaats om te voorkomen dat hij in een onbesuisde achtervolging de provinciale weg zou opstormen, maar toch ook wel omdat ik vind dat hij geen hazen moet doodbijten. Toen de haas verdwenen was liet ik hem weer los. Een paar tellen daarna spartelde het dier kermend tussen zijn tanden. Hij moet de hond hebben opgewacht en in zijn bek zijn gesprongen. Rekel schudde hem heen en weer zoals hij thuis tekeergaat met zijn lapje.

Stuiptrekkend in de sneeuwrand langs het fietspad. Eén oog tegen de aarde gedrukt – dat zag al niets meer.

Ik keek naar de haas, Rekel naar mij, zijn oren in zijn nek, zijn pootje opgetrokken, bang om op zijn donder te krijgen. Of zo'n hond ook een geweten heeft!

'De kraaien zullen je dankbaar zijn,' zei ik.

(15/1/'87) Rekel wipt naast me op de bank. Ik pak hem stevig bij zijn keel en zeg: 'Nu ga ik je doodmaken. Ach wat zielig, je had nog zo'n mooi leven voor je.' Hij trekt zijn kin in en kijkt alsof hij heus wel begrijpt hoe komisch dit alles is.

Hij vecht in huis met een lapje. We hebben hem wijsgemaakt dat dat een bal is. Pak de bal, zeggen we, en dan springt hij grommend op de mouw van een oude pyjama. Het komt me gepast voor dat in het huis van een schrijver op een dergelijke manier met woorden wordt omgegaan.

Hij mag veel meer dan Bello. Soms heb ik het gevoel dat daarmee onrecht wordt gedaan. Kun je een dode hond onrecht doen?

Soms valt me opeens in hoe het zal zijn op zijn oude dag. Hij takelt af, raakt chronisch vermoeid, krijgt overal pijn – en zal het mij verwijten.

(16/1/'87) Patience. Misschien komt het volgende spelletje uit.

Wat me benauwt: dit land zit vol werklozen, daklozen, verslaafden, misdadigers en aidslijders – en ik ken er niet één van. Terwijl ik toch echt vind dat een schrijver met beide benen in zijn tijd moet staan.

Wat me spontaan invalt: Bello midden op de weg terwijl er een vrachtauto komt aanstormen.

Zijn poten waren versleten, zijn gewrichten knarsten. Ik sjokte met hem door de wijk en voelde me zélf oud.

Op zekere ochtend verscheen toen we de Utrechtsestraatweg overstaken een vrachtwagen in de bocht. Ik ging wat harder lopen en merkte pas aan de overkant dat de riem leeg aan mijn hand hing. Bello stond stokstijf op de rijweg, zo vermagerd dat de halsband over zijn kop was geschoten toen hij zich schrap zette tegen de pijn. Hij keek me aan met een blik die door m'n ziel sneed. Ondertussen naderde de vrachtwagen. Ik liep terug. Want, dacht ik, voor een hond stopt hij niet, maar voor mij wel. Hij nam inderdaad gas terug en bleek net achter Bello langs te kunnen.

Dat had onze dood kunnen zijn. Een jaar of vijf geleden inmiddels. Waarom blijven zulke herinneringen je invallen? Waarom breekt je dan nog steeds het zweet uit? Waar is het voor nodig er de fatale afloop bij te denken die in werkelijkheid ontbrak? Heeft het geheugen soms, net als een koe, vier magen?

(17/1/'87) Vannacht kwam Jan aan ons bed zitten. Hij klaagde over een droom of zo. Ik merkte dat hij Rekel begon aan te halen en ik

15

zei: 'Verdomme Jan, het is midden in de nacht.' 'Ik ga al,' zei hij kwaad. Probeer iemand eens uit te leggen dat je daarná eigenlijk pas wakker werd. [...]

Voor de tv. Woedende uitval van de jongens: 'Jij zit alle programma's af te kraken.'

'Ja maar, dit is toch shit.'

Maar dat schijnt het punt niet te zijn, het punt is dat ik hun plezier bederf.

Iemand zet een spijker op mijn voorhoofd en heft een hamer.

Rekel komt onder de trein – en ik ook.

Niets aan de hand. Gewoon een beetje moe.

(21/1/'87) Moeizaam, moeizaam; 13.00 uur en het verhaal is nog niet verder dan de aanhef.

'Toen de winter inviel bevond ik mij toevallig in Weert. Ik stond roerloos tussen roerloze dennen en voelde het kwik dalen.

Eerder die week had het ijs geregend en was er wat sneeuw gevallen. Op vrijdagavond deed de vorst zijn intrede. In enkele uren zakte de temperatuur van rond het vriespunt tot een graad of tien daaronder. Tegen middernacht nam de hond mij mee naar buiten, het bos in.

De maan helde achterover in een wazige hemel en de sneeuw verspreidde een geheimzinnig schaduwloos schijnsel. Ik wilde er stevig de pas in zetten, maar het gevoel dat er iets gaande was hield me staande. Ook Rekel werd kennelijk door dat gevoel aangeraakt, hij kwam naast me staan en keek rond om te zien wat ik zag. Boomstammen. De maan. Blauwachtig oplichtende sneeuw. Mijn adem dreef van me weg en mijn oren begonnen aan te voelen als vraagtekens. Geen zuchtje wind, geen geluid, geen beweging. Zelden maak je mee dat er om je heen zo weinig gebeurt. Het werd alleen maar kouder, steeds kouder...'

En nu verder.

(25/1/'87) Vanavond zijn er acht sigaren minder in huis dan er van-morgen nog waren. Ik ben weleens bang dat Rekel zijn aanhankelijk-heid zal bekopen met longkanker.

(13/2/'87) Iets lenteachtigs in het zonlicht. Een blauwe reiger met een grote tak in zijn snavel boven de Oude Rijn. Het laatste ijs heeft de kleur van asfalt.
    Rekels bek ruikt naar teer. Hij weigert zijn boterham en heeft lo-pen kotsen, gal. Op het ogenblik ligt hij te rillen. Waarschijnlijk heeft hij een giftig goedje binnengekregen door zijn snuit schoon te likken. In mijn fantasie is hij alweer een keer of vijf gestorven en in een ton gedeponeerd op de Gemeentewerf.

(14/2/'87) Wat Rekel betreft: laatst merkte ik dat hij me na ons avondommetje probeerde mee te sleuren van de tuinpoort naar de voordeur. Dat had hij trouwens al eerder geprobeerd, maar nu be-greep ik pas waarom. De tuinpoort betekent dat hij in zijn hok moet slapen, de voordeur dat hij binnen mag. Je moet goed opletten om te zien hoe slim een beest is.

(15/2/'87) Jannie was er en toen Rekel met zijn voorpoten op de vensterbank ging staan om te zien of er een kat in de tuin zat zei ik: 'Zo doet-ie me altijd aan opoe denken.'
    Ze zag het meteen. Als-ie rechtop staat heeft hij een breed achter-werk en daar komen dan die dunne, kromme, wijd uiteenstaande achterpoten onderuit. Dat alles in het zwart.

(23/2/'87) Ik trek mijn jas aan en pak in plaats van de verrekijker mijn tas. Rekel concludeert dat hij moet thuisblijven. Hij springt alvast op de bank om me na te kijken. Ik leg mijn handen op zijn achterlijf en laat zijn staart heen en weer zwaaien. 'Word je daar niet vrolijk van?' vraag ik. Als ik de straat uit rij hangt hij mistroostig voor het raam. Hoe zou hij moeten weten dat ik terugkom? Voor een hond is elk afscheid een afscheid voor altijd. Heel realistisch eigenlijk.

(1/3/'87) Zodra 's morgens bij Jan de deur opengaat controleert Rekel of de beide parkieten in hun kooi zitten. Blijkt dat het geval, dan loopt hij toch naar het raam om te kijken of ze niet ook in de gordijnen zitten. Zitten ze toevallig in de gordijnen, dan rent hij naar een andere kamer om te kijken of ze ook daar in de gordijnen zitten. Stel dat hij ze te pakken krijgt en opvreet – waarschijnlijk zou hij nog dagen naar ze uitkijken.

Polderwandeling bij langzaam optrekkende mist. Overal in de nevels zingen veldleeuweriken, hier en daar zoeft een baltsende kievit. Dacht een tureluur te horen, maar het geluid herhaalde zich niet. [...]

Het is inmiddels halfelf. De regen ruist en de treinen klinken vanavond heel dichtbij – als ik met Rekel langs de spoorlijn loop stel ik me altijd voor dat Maarten 't Hart in de passerende trein zit, bij elke trein weer.

(29/3/'87) Een merel voor de deur, pootjes en snavel omhoog, dood. Honger waarschijnlijk.

In de polder onder Teckop ontmoeten vogels die uit Afrika komen vogels die nog naar de poolcirkel moeten. Grutto's hebben opzichtig en luidruchtig bezit genomen van het weiland terwijl langs de sloot nog dikbuikige smienten rondscharrelen. Bijzondere dagen zijn dat.

Ik kijk, door een raar voorgevoel gewaarschuwd, over mijn schouder en laat me ontvallen: 'Wat krijgen we nou in godsnaam?' Boven Haarzuilens, waar de lucht net nog stralend blauw was, kolkt een woeste wolkenmassa. Storm, regen, hagel, sneeuw. Zo bar dat Rekel wegschuilt bij een knotwilg.

(30/3/'87) Emile, per telefoon: 'Heb je nog wijzigingen op *Het verhaal?*' Dat wil zeggen dat de vierde druk wordt opgelegd. 'In Amsterdam gaan namelijk sterke geruchten dat het wordt genomineerd voor de AKO-prijs. Maar maak je alsjeblieft geen illusies.'

Illusies? Ik?

Nog geen kwartier later loop ik met Rekel langs de wilgen op de Cattenbroekerlaan. Weet al precies wat ik zal zeggen. 'Dames en heren, leden van de jury. Ik heb natuurlijk mijn illusies gehad, maar niet zo serieus dat ik een toespraak heb voorbereid. Maar toevallig hou ik dit jaar een dagboek bij; over een tijdje kunt u in Privé-domein lezen hoe dankbaar ik ben.'

(2/4/'87) In weerwil van het KNMI een heldere namiddag. Toen ik bij het Vijverbosch de autodeur dichtgooide weerklonk het gesnerp van een visdiefje. Even later zong, heel kort, een tjiftjaf. Een zucht van verlichting: de wereld functioneert nog.

De atmosfeer is bezwangerd met erotische luchtjes. Dat valt althans op te maken uit het gedrag van Rekel. Hij maakt eigenhandig de keukendeur open, worstelt zich door de heg en draaft dan regelrecht naar de Oude Rijn, levensgevaarlijk. Hij is in alle opzichten meer mans dan Bello, die een aristocraat was. Bello legde op zulke dagen zijn kop op zijn voorpoten en beperkte zich tot droefgeestig gepiep.

De keukendeur moet op slot, de heg met planken en touw gedicht. Rare gewaarwording: we houden een hond gevángen.

(7/4/'87) Om 05:17 wakker uit een droom over een redactievergadering bij *Nieuwe Revu*. Er was niets aan de hand, maar ik besloot met de woorden: 'We moesten de knoop maar eens doorhakken en het afscheid formeel maken.' Eigenaardig. Ik was er weg, maar deed toch nog mee. Zo droom ik ook over de SP: ik ben geen lid meer, maar hoor er toch nog bij. Zo droom ik ook over Bello: hij is dood, maar hij leeft nog; zijn dood-zijn is een vorm van bestaan. Prettige dromen. Ze verzachten de contouren van de werkelijkheid, ze suggereren dat het allemaal maar een kwestie van interpretatie is.

(15/4/'87) Arnhem, Rijksinstituut voor Natuurbeheer. Oriënterend gesprek met Sim Broekhuizen over marterachtigen. Hij heeft de distantie van een wetenschapper met ambtelijke verantwoordelijkheden, maar ik geloof wel dat-ie om die dieren geeft.

Met Rekel het bos in. Tot nu toe manifesteerde het voorjaar zich slechts in de warmte van het daglicht. Eindelijk heeft de temperatuur zich aangepast: 15 °c opeens.

Zon, vogelzang. Het hunkerende gemiauw van een zeilende buizerd, het onvermoeibare pjoepiet van boomklevers. Wat gaat daar toch van uit? Rust, dat is zeker, maar rust is minder dan de helft van het antwoord. Als ik het hele antwoord wist zou ik aarzelen het op te schrijven, want wat beschreven wordt verdwijnt. Heel wat moois ben ik kwijtgeraakt door erover te schrijven.

Drie uur lang rondgezworven. Een heel ouderwetse woensdagmiddag eigenlijk. In dit zand drukte ik het profiel van mijn kinderschoenen. Eindeloze avonturen beleefde ik hier met Prins, de goedaardige Duitse herder van tante Elly, die op de Geitenkamp tegenover ons woonde. Destijds hoefde ik echter lang zo ver niet te lopen om een middag vol te maken. Destijds was ik ook nog geen slaaf van mijn horloge. Ik had niet eens een horloge.

(17/4/'87) Theo trekt een paar minuten uit voor thee. Als ik een kleurenfoto van Rekel laat zien spitst hij zijn lippen alsof hem een lekkernij wordt gepresenteerd. 'Op dat hondje,' zegt hij, 'valt niets aan te merken. En als-ie dood is kun je zijn ogen altijd nog in een teddybeer laten zetten.'

(18/4/'87) Rekel heeft zijn poot opengehaald, aan prikkeldraad waarschijnlijk, ik zag tenminste dat hij bij een schaap probeerde te komen en even later waren zijn prentjes met bloed besmeurd.

Hij vlucht bij thuiskomst naar zijn hok en moet met eten in huis worden gelokt. Hij draait zich in een hoek van de bank, legt zijn kop op zijn voorpoten en kijkt me beschuldigend aan. Toen ik zojuist naar boven ging kwam hij mee. Nu ligt hij luid smakkend de wond te verzorgen. Wanneer ik hem benader begint hij te grommen alsof

20

hij een kluif verdedigt. Ik doe dan maar alsof ik ben opgestaan om het raam open te schuiven. Het eerste kikkergekwaak resoneert in de nacht.

(26/4/'87) Rekels wond had gehecht moeten worden. Hij heeft een lapje om zijn poot en beweegt zich door het huis alsof hij zojuist op zijn falie heeft gehad, weer helemaal het asielhondje van anderhalf jaar geleden. Hij krimpt in elkaar als hij schaar en verband ziet. Hij wou er al vandoor gaan toen ik vanmorgen een vel (wit) keukenpapier afscheurde om m'n zonnebril schoon te maken. Te slim voor een rustig gemoed. Als dat zo blijft – als hij elk lichamelijk ongemak als straf blijft ervaren en blijft vluchten voor verzorging – gaat hij een moeilijke oude dag tegemoet. Maar misschien blijft het niet zo. Toen we hem kregen kon hij niet traplopen en was hij als de dood voor een tennisbal – en dan moet je hem nu zien.

(10/5/'87) Jan wil weten wie goed is, Bouterse of Brunswijk. Het komt hem uiterst onwaarschijnlijk voor dat ze allebei slecht zijn. Waar gevochten wordt moet sprake zijn van goed en kwaad – ik geloof dat dat idee is aangeboren.

Daan legt een verontrustende belangstelling aan de dag voor de minpunten van Amerika en de pluspunten van Rusland. Ik stel daar, hoewel ik zijn gevoelens deel, de pluspunten van Amerika en de minpunten van Rusland tegenover.

Ik praat te weinig met ze. Dat komt doordat ik zelf ook niet gelukkig ben met dat dwangmatige enerzijds-anderzijds. Bovendien is wat er in mijn hoofd omgaat overwegend bestemd voor een verhaal of een boek. Ik bewaak mijn gedachten net zo angstvallig als Rekel de wond aan zijn poot bewaakt (vrijwel genezen overigens).

(12/5/'87) Rekel heeft last gehad van diarree en braken. Daarna liep hij met een kromme rug en stijve poten. Blaasontsteking, dacht ik. Volgens de dokter was het iets mechanisch aan rug of heupen. Zijn hele gedrag roept herinneringen wakker aan Bello in z'n nadagen. Ik heb daar absoluut geen trek in. Bello was tenminste nog zo verstandig eerst mijn hart te veroveren en daarna pas af te takelen.

Tegen de avond begon het er dramatisch uit te zien. Hij kon geen stap meer doen. Zijn tong hing een meter uit zijn bek en hij piepte van de pijn. Spoorslags terug naar de dierenarts. Die keek me eens goed aan en zei: 'Tsja, we nemen een hond voor de vrolijkheid en opeens blijk je er weer iets bij te hebben om over in je rats te zitten.' Hij begon al over toevallen en systeemziekten. Maar een overdreven reactie op buikpijn behoort ook nog tot de mogelijkheden.

(13/5/'87) Toen vanmorgen de krant in de bus viel blafte Rekel alweer. Even later hoorde ik hem de gang stofzuigeren; dan drukt hij een schouder tegen de grond en duwt hij zich met zijn achterpoten als een idioot vooruit.

(24/5/'87) Ach, Rekel keek ons zo bezorgd na toen we gingen fietsen. En dan weet-ie nog niet eens dat ik morgen voor drie dagen naar Schiermonnikoog vertrek. Zoals hij ook geen flauwe notie heeft dat-ie zelf op 10 juli voor twee weken naar dierenpension De Vrijheid moet, hoewel dat al sinds maart vaststaat.

(2/6/'87) Gisteren werd ik vanuit de trein een groepje witte dieren gewaar, angstig dicht aan de slootkant. Die schapen mogen wel uitkijken, dacht ik bezorgd. Maar het waren zwanen. In de sfeer van dergelijke vergissingen kan ik goed met mijzelf opschieten.

Vandaag is er een onbestemde onrust. Ik zet de radio aan en denk: ach, zolang er muziek is van Locatelli... Ik ga met Rekel naar buiten en denk: ach, zolang je kunt wandelen... Alsof ik me probeer in te stellen op een periode van grote armoede. Bij de NRC gaat het gerucht dat de toekomstige chef van het Bijvoegsel is bedoeld om de tent uit te ruimen.

(3/6/'87) Bello lag vannacht op een boomtak, als een jachtluipaard. En Rekel ook. Iris had ze vastgelegd aan de stam en ze waren zelf naar die tak geklommen. Ik bedacht dat ze zich zouden ophangen als ze eraf vielen en hielp ze wrevelig naar beneden. Bello wankelde. 'Loop maar een eindje,' zei ik. Daarna kwam er een meisje van een jaar of dertien. Ze wees naar het bos/de helling en zei: 'Is dat oude paard van jullie?' Daarna wat vager: 'Dat moet je laten afmaken, anders krijg je er geen cent meer voor.' Ze scheen er verstand van te hebben.

Het was 00:23. Ik hoorde Rekel ademen naast ons bed en het speet me dat ik hem in huis had gehaald.

(19/6/'87) Boven Kockengen hing een inktzwarte wolk. Daar moesten we onderdoor. Regen verandert Rekel van een gespierd hondje in een raar scharminkel met een vossenbekje. Regen maakt hem bovendien ongezeglijk. Hij voelt zich niet lekker als hij nat is en als hij zich niet lekker voelt gehoorzaamt hij niet.

Zodra we door het dorp heen waren werd het weer droog. In het westen, waar het weer vandaan komt en de dagen verdwijnen, klaarde de hemel op. Verder is me weinig opgevallen.

(3/7/'87) Terug op de camping wachtten we de nacht af. Toen we eenmaal in de tent lagen, gromde Rekel bij iedere voorbijganger. Mijn eerste mep trof Jan.

(4/7/'87) Terwijl we zaten te wachten tot de tent droog was kwamen twee oudere heren in korte broek voorbij.

'Goedemorgen,' zeiden ze.

'Goedemorgen,' zeiden wij.

'Hoe is het met Fikkie?'

Rekel lag met een touw aan een boom. 'Met Fikkie is het best,' zei ik. Ik veronderstelde dat ze Fikkie gebruikten als equivalent voor de hond. Iris en Jan veronderstelden iets anders. Het gebeurt nogal eens dat we Rekel, wanneer hij daartoe aanleiding geeft, *Pikkie* noemen.

Waarschijnlijk hadden die mannen dat gehoord, maar niet goed.
Gennep-Vierlingsbeek.
Vierlingsbeek leek uitgestorven. We streken neer op een sjofel, verlaten terrasje en vroegen, toen er eindelijk iemand kwam, om een sorbet.
'Sorry,' zei het meisje, 'we hebben net een begrafenis gehad.'
'En nu is het ijs op,' begreep ik.
'We zijn aan het afwassen,' antwoordde ze nijdig.

(23/7/'87) Onweer in de ochtend. Niet knetterend en woest zoals in de bergen, maar lui en vadsig, een boeddhaonweer.
Terug in Holland onderga ik de polder altijd als een marteling. En de zomer doet er dan nog een schepje bovenop; ik haat het verstikkende groen van eendekroos. Gewandeld wordt er uitsluitend om Rekel een plezier te doen.

(2/8/'87) Het bos bij Leersum ziet blauw van de bosbessen. Iris en Jannie zetten zich gretig aan het plukken, *verzamelen* schijnt een oeroude vrouwentaak te zijn. Rekel eet er een paar uit mijn hand, wat niet zo vreemd is want uit mijn hand eet hij alles, zelfs banaan. Maar ik heb nog nooit meegemaakt dat een hond zelf bosbessen gaat zoeken. Hij steekt zijn snuit in de struiken en vreet ze eraf. Net een kleine zwarte beer.

(28/8/'87) Met Rekel per trein naar Breukelen. Via Nieuwer ter Aa te voet terug naar huis. Opklaringen. Als je doet alsof je hier nooit eerder geweest bent, heeft het landschap wel iets. Koekoek, tapuit, purperreiger, hermelijn (!). De zeldzaamheid van een waarneming verhoogt de waarde van degene die waarneemt.

(3/9/'87) Kort na zonsondergang kwam ik aan de Oude Rijn een man tegen, die stralend begon te glimlachen toen mijn hondje het zijne besnuffelde.

'Goedenavond,' zei hij, 'kunt u mij zeggen hoe laat het is?'
'Negen uur, op een paar minuten na.'
'Mooi zo,' zei hij opgetogen, 'mooi zo.'
Zelden iemand zo gelukkig gezien met zoiets simpels.

(13/9/'87) Het regent. Glinsterende druppels maken spinnenwebben zichtbaar in bomen, struiken en gras.

Rekel komt tegen mijn stoel staan. Hij geeuwt, ik kijk hem achter in zijn keel. 'Heb jij je amandelen nog?' vraag ik. Hij zet grote ogen op en begint hoopvol te kwispelen. Al na een minuut of vijf snap ik het: hij verstond wandelen in plaats van amandelen. Zo breidt zijn vocabulaire zich gestadig uit.

(14/9/'87) Zojuist heeft Rekel op de Hollandse Kade weer een haas doodgebeten. Een jong dier dit keer, het zat met opgestoken oren in het oranje van de avondzon. Een akelige schreeuw bleef rondzingen in mijn hoofd. Biologen zweren bij het nut van alles, maar wat zou het nut zijn van een doodskreet?

(28/9/'87) Twintig over vijf, aan het eind van de Hollandse Kade. Rekels eigenaardige gedrag voert me achter een rijtje elzen. Kalf in de sloot. Net als bij een nijlpaard komen slechts de opengesperde neusgaten, de kruin en de rug boven water uit. Vliegen krioelen rond de ogen. Het meest bizar is de elegische rust die van het tafereel uitgaat. Het beest heeft zijn strijd gestreden en schikt zich in het onvermijdelijke.

Niet zonder moeite krijgen we de juiste boer te pakken. Hij belooft zijn kalf te redden. Goed werk Rekel. Een levende koe tegenover twee dode hazen. Nu moet je daarboven weer een potje kunnen breken.

(30/9/'87) ns-wandeling 9, Baarn-Hollandsche Rading. Blauwe lucht, zonnevlekken op de bosbodem. Ik had me ingesteld op een ontmoeting met de oude koningin, die zal toch ook zo nu en dan haar hondje moeten uitlaten.

(8/10/'87) Hollandse Kade, eind van de middag. Van Kamerik tot Kockengen is de hemel zwart. In deze onwezenlijke schemering: grazende kalveren en een wegscheurende watersnip. Bliksemflitsen, donderslagen. Rekel rent woest heen en weer gaat op zijn achterpoten staan om te zien wie hem dat flikt. Zijn opwinding activeert de kalveren. Ze komen aandraven, het water dat in plassen op, tussen en onder het gras ligt, spat hoog op. Die snuivende en soppende kalveren – ik weet niet waarom, maar ik word daar vrolijk van.

(2/11/'87) Primo Levi – *Is dit een mens?* 'De ochtend kwam als een verraad; alsof de nieuwe zon samenspande met de mensen om ons te vernietigen.'
Thee met een roomboterkoekje. *Matthäus Passion* (Karl Richter). Rekel legde zijn kop op mijn benen, ik mijn hand op zijn kop. De gruwel van het kamp, de serene schoonheid van de tekst (uit '46 al!). Ik stak briefjes bij belangwekkende pagina's en telde er weldra vierendertig.
'Iedereen ontdekt vroeg of minder vroeg in zijn leven dat het volmaakte geluk onbereikbaar is, maar weinigen staan stil bij de tegenovergestelde gedachte: datzelfde geldt voor het volmaakte ongeluk.'

(19/12/'87) Verleden jaar verscheen op deze zaterdag m'n laatste vogelstukje op de Achterpagina van de krant. Het was te laat om geselecteerd te worden voor *Een vederlichte wanhoop*, wat achteraf beschouwd een voordeel is, want hier is het veel beter op zijn plaats. Het handelt over terugkeer:
'Deze zomer joeg Rekel op het jaagpad langs de Oude Rijn een kat in de boom. Dat was hem kennelijk goed bevallen, want de volgende dag wou hij weer. Hij liep ter plekke snuffelend rond, zette uiteindelijk zijn voorpoot tegen de desbetreffende els en keek kwispelend omhoog.

"Nee dombo," zei ik, "dat was gisteren!" Het duurde wel een week voordat de laatste sporen van dit gedrag waren uitgewist.

Er gebeuren belangrijker dingen, maar het zijn niet altijd de belangrijkste dingen die je je herinnert. Zondag maakte ik een rondje om het Linschoterbos en als gewoonlijk keek ik op een bepaald punt (boerderij, diepgelegen slootje, dood riet) uit naar een roerdomp. In de barre winter van '79 had er daar een gestaan: stokstijf, snavel recht omhoog, honger lijdend en beslist niet zo onzichtbaar als hij zich waande. Acht jaar nadien denk ik niet alleen aan de vogel van toen, maar verwacht ik ook half-en-half dat het tafereel zich zal herhalen.

Opeens schoot het gedoe van Rekel met die verdwenen kat me te binnen. Ons gedrag vertoonde een treffende overeenkomst. Nu kon ik het dus niet meer zo lichtvaardig aan domheid toeschrijven en inmiddels geloof ik dat we in dit soort gevallen geconfronteerd worden met een natuurwet waarvan talloze, zo niet alle, levende wezens weet hebben, namelijk dat dingen bij voorkeur daar gebeuren waar ze eerder zijn gebeurd. Een kwestie van toegepaste statistiek.

Daarom keren torenvalken terug naar de plaats waar ze de vorige dag een muis geslagen hebben, daarom paren zalmen op de plaats waar ze zelf geboren zijn en daarom verwacht u op zaterdag een stukje over vogels in de rechterbovenhoek van de Achterpagina.

Dit was het laatste.'

(25/12/'87) Nederland schaart zich rond een dode boom om het feest van het licht te vieren. De symboliek wordt steeds treffender.

Vanmorgen ben ik met Rekel naar Teckop gereden. Via het achteruitkijkspiegeltje heb ik hem verteld over het kindje Jezus en dat hij in de hemel zou komen als hij hem in zijn hart sloot. Hij legde zijn kop op de leuning van de achterbank en slaakte een lange zucht.

Er viel een solide motregen. Van chagrijn zijn we na een halfuur weer naar huis gegaan.

(31/12/'87) Temperatuur als in augustus. Vlak onder de voortjagende wolken gaan enorme vluchten ganzen noordwaarts. Die denken dat de winter al achter de rug is.

Ik was van plan gewoon aan het werk te gaan, maar dat is gauw over. De koers is gelopen, het jaar voorbij. In '88 is weer van alles mogelijk, '87 ligt voor eeuwig vast in het verleden.

Bos bij Leersum, vochtig en stil, het is op oudjaarsdag altijd heel stil in het bos.

Aan het eind van deze wandeling (of aan het begin, dat hangt van het rondje af) ligt een heuvel, op de top waarvan door mensenhanden nóg een heuveltje is opgeworpen. Als er niet zoveel bomen stonden, zou het eruitzien als een kers op een pudding. Het privé-graf van de Godin de Beauforts.

De omheining is verroest, het hek knarst. Ik sluit Rekel buiten en ga op een bankje zitten, het hout zacht van verrotting.

Uit *Het Scheepsorkest*

...DE WOLKEN ZO SNEL

Dat je per trein naar Nijmegen kunt is algemeen bekend. De aansluitende verbinding met Kleef echter blijkt een goed bewaard geheim. Zes passagiers, een hond en een conducteur.

De trein bestaat voor de helft uit locomotief, de reis duurt vierentwintig minuten. Recht tot deelname aan dit avontuur wordt verschaft door een heus ticket, zo'n langwerpig kaftje met een inlegvel, dat associaties oproept met eindeloze afstanden en exotische bestemmingen. Het mijne kost een tientje, dat van Rekel vijf vijftig.

In Kleef kijken we vergeefs uit naar een douaneman. Het passeren van een Duitse douanier behoort tot de grote genoegens van een verdeeld Europa. Wie deze hindernis neemt, beseft dat er nog genade is op de wereld.

Zijn afwezigheid bezwaart ons met een knagend gevoel van illegaliteit.

De stad ligt tegen een heuvelrug. Deutsche Bank, witte nummerborden. Aanwijzing bij het voetgangerslicht: *Bei Bedarf Knopf drücken u. Grün abwarten.* Ik bedenk dat ik hier niet hoef te kijken of mijn boek wel in de etalage ligt en voel me werkelijk in het buitenland.

Na drie kwartier staan we aan de rand van het Reichswald. Het is dan halfelf. Het daglicht geeft tot een uur of zes de tijd.

Reichswald – het klinkt als een commando voor een vuurpeloton. Maar dat kan het bos niet helpen. Wie een bos de oorlog verwijt, verontschuldigt de mens.

Net als New York bestaat het Reichswald uit rechthoeken. Dat is natuurlijk niet goed te praten, maar wel gemakkelijk als je op een kaart moet wandelen. Bovendien lijken de paden minder rechtlijnig door het stijgen en dalen. Mededeling op een groen uitgeslagen paaltje:

Stoppelberg
2. Höchste Erhebung
des Reichswaldes
92 m

Soms valt er wat zonlicht op het pad. Lange schaduwen. De varens zijn vervallen tot schroot. Het meeste blad hangt nog aan de boom, maar dat zal niet lang meer duren. De lucht, bij vlagen zichtbaar, verandert voortdurend van kleur. Nu eens hemelsblauw, dan weer witbewolkt of donderzwart.

Kool, kuif, pimpelmees en grote bonte specht. In het bos bestaan vogels voor driekwart uit geluid. Het beste kun je maar naar de grond kijken en je oren het werk laten doen.

Over geluid gesproken: het waait, het waait enorm. Het bos loeit als een mannenkoor. Solopartijen worden verzorgd door piepende beuk, knarsende eik en klapperende den. Moet je je voorstellen hoe oud deze geluiden zijn. Toen hier nog sauriërs waren, was de wind er al en wind zal er zijn lang nadat hij door de laatste mens beschreven is. Denk je dat het de wind kan schelen door wie de aarde wordt bewoond?

We eten aan een natte picknicktafel. Mijn oog valt op een zwart Duits kevertje, dat over een beukenblaadje tippelt. Net zwaar genoeg om het blad te doen kantelen. Valt op zijn rug, krabbelt overeind en vervolgt zijn weg. Denk je dat hij iets begrijpt van het leven? Denk je dat dat nodig is?

Hierna slaat de saaiheid toe. Kilometers sleept het pad zich voort zonder draai of klim. Aan weerszijden staat een muur van somber jong productiehout. Maar zelfs het saaiste bos is minder saai dan een kantoor of een schoolklas of een draaibank.

Na een uur of wat begint het terrein weer te golven. Het bos breekt open voor een schitterend vergezicht over de wereld bij Milsbeek. Of je nou van buiten of van binnen komt, de rand is het mooiste van het bos.

We gaan de helling af en passeren grenspaal 588. Eén minuut voor twee.

'Het vaderland,' laat ik mij ontvallen en Rekel kwispelt. Misschien ruikt hij verschil.

Van de Rijn zijn we naar de Maas gegaan. Dit besef geeft je het gevoel dat er te voet nog heel wat bereikt kan worden.

Nu nog van de Maas naar de Waal. Noordwest dus. Over St. Jansen Kiekberg, min of meer vertrouwd gebied. Kiekberg, wat een plezier ligt er in dat woord. Klinkt alsof je een baby toespreekt.

Dit moet wel het meest on-Nederlandse terrein van Nederland zijn. Steile hellingen, diepe kloven, vergeestelijkte meertjes, kolossale dode beuken.

Ik zet mij op een boomstomp en adviseer Rekel ook wat rust te nemen. We zijn er nog lang niet. Moeilijk moet het zijn voor een hond om zijn krachten te verdelen. Weet immers nooit hoe ver de plannen gaan.

Kool, kuif, pimpelmees en grote bonte specht. Ik denk weleens: als je je hele leven op één plek blijft zitten, komt de wereld vanzelf voorbij.

Verder. Ik heb geen kaart meer nodig en dat is maar gelukkig ook, want het begint te stortregenen. Hagel zelfs. Een paar verre donderslagen wekken het misnoegen van Rekel. Hij blaft terug.

In mijn poncho voel ik me een franciscaner monnik. Dat gewandel heeft toch al iets bijbels, niet?

Zo bereiken we een voormalig heideveld tussen de spoorlijn naar Kleef en die naar Venlo. Daar valt een moment van droogte. In het westen valt een gat in de wolken.

Heumensoord. We kruisen duizend sporen uit mijn Nijmeegse tijd. Hier ergens ligt een ideaal begraven. De melancholie legt het af tegen het genoegen van de herkenning. Bestaat er groter vreugde dan het terugvinden van oude lievelingspaadjes?

In een buitenwijk posteren we ons bij een bushalte. Het is kwart over vijf. Vroeg donker door de regen.

Thuis laat ik me van het station halen met de auto. 's Nachts schrik ik wakker uit een droom waarin Rekel gegrepen wordt door een pitbull. Dat betekent dat ik moe ben.

Dit was vrijdag 7 oktober 1988. Onthouden: toen kon je nog van Kleef naar Nijmegen lopen zonder één voet buiten het bos te zetten.

Uit *Saluut aan Holland*

ZO EINDIGT EEN WINTER

Sneeuw is het mooist in het donker. Dan geen schittering maar glans. Alsof ergens onder de aarde een lichtje brandt.

Om halftien naar het Bredius in de hoop een uil te horen. Er lag sneeuw op de grond, er kwam sneeuw uit de lucht. Grote stille vlokken, bij duizenden. Koud was het nauwelijks.

Midden op de vijver bij de camping, een plek waar nooit van z'n leven iets eetbaars zou groeien, zat een klein konijntje. Gevoel: het is niet *eerlijk*.

Op de Oude Rijn opeens een lompe plons. Rekel was naar een afgemeerd bootje gelopen en daar bleek geen ijs omheen te liggen. Languit verrichtte ik een klassieke redding. In één opzicht kwam dit wel van pas: met een drijfnatte hond kon je natuurlijk niet buiten blijven. Anders was het knap moeilijk geworden om te beslissen om naar huis te gaan.

We liepen verder de voormalige rivier af. De sneeuw verleende stroefheid, de ijsvloer zo solide als beton. Juist toen ik ter hoogte van de begraafplaats het Staatsliedenkwartier in wilde lopen, klonk een bosuil. *Hoe-hoehoe*, met een aanstellerig tremolo aan het eind. Cirkels in de nacht. Wat die uil bezielde weet ik niet, maar zelf had ik een sterke gewaarwording van onsterfelijkheid. Het was woensdagavond 13 februari 1991, bijna kwart over tien.

Langs de Aral naar huis. Vijf minuten later legde ik mijn hand op de klink van de achterdeur en toen riep die uil, die blijkbaar zoekend was, recht boven mijn hoofd! Wat dat betreft had ik dus ook drie kwartier in de tuin kunnen gaan staan. [...]

Uit *Ruim duizend dagen werk*

GOAL!

Ik had andere plannen, ik was alleen maar even op de Hollandse Kade om de hond uit te laten.

Weer die tranenverwekkende noordenwind en het was nauwelijks boven nul; tegen de elzenstronken lagen de verwaterde resten van gevallen hagelstenen. Maar de lucht was leeggeblazen, de polder lag in de zon, overal roepende grutto's en buitelende kieviten.

De noordelijke horizon begon te verdonkeren. Daar rees een muur op van blauwe wolken, het blauw van een dichtgeslagen oog, hier en daar al verneveld door valstrepen. Het was duidelijk wat er ging gebeuren, ook duidelijk dat er in dit open en eerlijke landschap niet aan te ontkomen viel.

Toch nog plotseling, zegt men dan in overlijdensberichten. Toch nog plotseling vielen met een nijdige rukwind de eerste regendruppels. Daarna hagel. Daarna sneeuw. En tot verontwaardiging van Rekel een donderslag. Dat doet hij nog steeds, bij onweer rent hij woest heen en weer om te zien wie 'm dat flikt.

Tien minuten, schat ik. Toen was het over. Toen verbreidde zich vanuit het noorden een nieuwe helderheid. Toen ook klom de eerste grutto alweer naar de hemel. Er zijn er vast al die op eieren zitten.

Wat bleef hangen was een gewaarwording van terloopsheid, van achteloos gemak. Zo'n bui is als de grijns van Van Basten bij zijn beste doelpunten.

(30/3/'92)

Regen ruist in de berken achter het huis. 's Nachts klinkt regen anders dan overdag, 's nachts is het vaak het enige.

Waarom lig je wakker? Je weet dat het niet verstandig is om wakker te liggen, dat het dan begint te spoken, dat angsten en verdenkingen uit de schaduw treden, dat je dingen ziet mislukken die helemaal niet hoeven mislukken, dat je mensen verwijten maakt die niet verdiend zijn, althans beter verzwegen kunnen worden, dat het fout gaat met de kinderen, dat de hond gegrepen wordt door een pitbull en wat moet je dan in godsnaam doen? Dat weet je! En dat je van wakker liggen pijn in je rug krijgt, en een waas in je hoofd, en korstjes aan je ogen. Toch lig je wakker.

Op zolder stommelt een stoel – dat is de hond.

Ruisen van regen, vlagen van wind. Met behulp van dit geluid, dat aan een stromende bergbeek doet denken, zou je je naar de Alpen kunnen verplaatsen. Kamperen aan de voet van de Eiger. Maar dan moet je je gedachten natuurlijk niet meteen weer laten afglijden naar gletsjerspleten.

De hond komt naar beneden, je hoort het tikken van zijn nagels bedachtzaam op de trap. Hij rekt zich uit en geeuwt. Hij steekt zijn neus in de kier van de slaapkamerdeur. *Zijn ze er nog?*

Hij stapt in zijn mand op de overloop, draait een paar keer rond, gaat liggen en legt zijn kop op de rand, slaakt een zucht.

We zijn er nog. Voor die hond is dat genoeg.

(4/4/'92)

Ondertussen vlast Rekel op zoogdieren. Muizen, muskusratten, hazen. Gisteravond ging hij weer eens achter een haas aan.

Ondanks zijn verbluffende sprintvermogen laten hazen hem normaal gesproken kansloos. Ze kunnen alleen van die rare buitelingen maken, bedoeld om verwarring te stichten, maar resulterend in een zorgwekkend verlies van voorsprong.

Hachelijk wordt de situatie als een haas met de hond op zijn hielen over de kade recht op je toe komt stormen. Bij de minste aarzeling is hij verloren. Dus moet je je zo'n beetje onzichtbaar maken om doorgang te verlenen. De hond wordt vervolgens in zijn nekvel gegrepen en het feest is afgelopen. Op zulke momenten is de ontgoocheling hem aan te zien, dan bevangt hem een diepe twijfel over het uiteindelijke nut van onze wandelingen.

Het gebeurt weleens dat een haas de moed verliest, pal voor je voeten in elkaar duikt en blijft zitten. Eén groot bonkend hart is het dan, een hart met pels en oren en ogen, ogen die blind uit hun kassen puilen.

Een keer zag ik in de verrekijker dat een haas op deze manier in elkaar dook aan de voeten van een jager, die zijn geweer al over zijn schouder had gehangen. Met zijn ene hand nam hij het dier bij de achterpoten, met de andere brak hij het de nek.

Weemoedig, de regen van gisteren, een verdwaald herfstgevoel.

(27/4/'92)

EEN HERDER

We gaan om halfacht 's morgens van huis, zijn om tien uur 's avonds terug, de jongens vragen hoe we het hebben gehad en we zeggen prima, ze vragen of we wat hebben meegemaakt en we zeggen weinig.

Per trein naar Sittard, lopend naar Maastricht en per trein weer naar huis, ruim genoeg voor een dag. Ja, een dag van ons leven hebben we meegemaakt.

Bosanemonen hebben we meegemaakt, gele dovenetel en aronskelk. En groene specht, sperwer, havik, grote gele kwikstaart.

We hebben hellingbos geroken. We zijn een plateau overgestoken, 130 meter boven NAP, het dak van Nederland. We hebben de Geul gezien en gapende openingen in een mergelwand. We hebben modder aan onze schoenen gekregen en een kleur op ons gezicht, bijna de hele dag zon.

En een herder hebben we meegemaakt. Hij lag in de poort van zo'n hoeve met binnenplaats. Oeroud kwam hij overeind. Ergens in zijn geheugen zat nog een idee van rennen, maar kromme poten en een vermoeid hart lieten het niet toe. Onze eigen hond keek peinzend om. Kom, zeiden we, eropaf, snuffel even aan dat beest, geef 'm het gevoel dat-ie nog meedoet. Maar Rekel besliste dat het te laat was. We waren zeker honderd meter verder, toen die herder begon te blaffen.

Zo weinig en dat was de bedoeling ook. Als je meer wilt meemaken, moet je maar op een ambulance gaan werken.

(2/5/'92)

ONZE TAAL

'Zullen we...' Dan spitst Rekel zijn oren al. 'Zullen we de hond gaan uitlaten?' Dan wordt hij wild, hij is dol op de hond uitlaten. 'Nou vooruit, ga je riem halen, je *riem.*' Dan draaft hij naar de keuken. Zijn riem hangt aan de knop van de verwarming.

Op weg naar zijn riem komt hij langs zijn etensbak. Soms zit er nog wat in. Dan neemt hij gauw een paar happen. Dan komt hij terug zonder riem, terwijl hij toch kwispelt alsof hij een opdracht heeft uitgevoerd. Hij houdt van gehoorzamen, ik neem aan dat hij graag het idee heeft dat hij begrijpt wat de bedoeling is. Kennelijk wordt de instructie 'riem' volledig gewist door de instructie 'eten'.

Een tijdje terug heeft hij zijn riem kapot gebeten. Een paar stukken kwamen pas weer te voorschijn toen hij twee dagen later moest overgeven. Ik vroeg of hij soms poolhond wou worden. Een hond die van honger zijn tuig verslindt, inclusief de zinknagels – dat vind je bij Shackleton.

We gaan de hond uitlaten, Rekel haalt de riem, de nieuwe riem die aan de knop van de verwarming hangt. Hij neemt hem in zijn bek, maar bedenkt zich. Hij snuffelt nog even en kijkt me dan vertwijfeld aan: ja, sorry baas, dit is 'm niet hoor!

'Sufferd,' zeg ik, 'dat is toch óók een riem!' Maar dat wil er bij hem niet in, op dit punt verschilt zijn taal beslissend van de onze.

(7/5/'92)

Meestal op zondagmorgen: het boertje dat zijn schapen is wezen tellen. Rekel herkent hem van ver en gromt alvast.

Met zijn armen op het stuur komt hij aanfietsen. Dan richt hij zich op. Hij gebruikt de terugtraprem en zet een voet aan de grond. Hij lacht snerpend. 'Kom dan Rakker, kom!' De hond blaft, hij zou wel willen bijten van verontwaardiging.

'Rekel,' zeg ik.

'O, is 't geen rakker dan?' Altijd dat listige vonkje in zijn ogen. Ik heb het eerder over hem gehad. Elke tweede zin uit zijn mond is bedoeld als gekheid, schreef ik toen. Dat vond hij jammer. Elke andere zin, zei hij, was ook bedoeld als gekheid.

Zijn fiets heeft de oorlog nog meegemaakt en zijn luchtmachtjasje... mijn vader was bij de luchtmacht, die droeg zo'n jasje in 1952, maar met knopen.

Eens heb ik hem op dit opzettelijk vertoon van armoe aangesproken. Wat deed hij met z'n geld?

'Ach meneer.' Hij zegt meneer tegen me. Zolang hij leeft blijf ik een nieuwkomer in de polder.

'Ach meneer,' zei hij, 'maak je over die duizendjes van mij maar geen zorgen, die zijn goed opgeborgen en als ik doodga verbrand ik ze.'

Dit voornemen hebben we toen omstandig besproken. Onmogelijk, stelden we vast. Of te vroeg of te laat. En dat gaf dan meteen aan waarom het zo moeilijk is iets verstandigs te zeggen over de dood als zodanig.

(18/5/'92)

OPGANG

Er valt echt nog wel wat te genieten in dit land, je moet er alleen erg je best voor doen. Je moet bijvoorbeeld om vier uur je bed uit en dan rij je door een bleekblauwe nanacht over lege snelwegen via Utrecht richting Den Bosch, afslag Leerdam, binnendoor naar de Waaldijk, het Brakels veer.

Met zonsopgang loop je langs de rivier, nog altijd dezelfde, die gaat nooit voorbij.

De dingen nemen de kleur en de contouren aan van overdag. De eerste blauwe reiger komt op bolle vleugels over het water zeilen. De koeien zetten zich weer aan 't grazen, braaf tot aan hun ondergang. Je ruikt de dauw. Je voelt de stilte. Je hoort een schip.

Rheintank 1, Ruhrort. Van de kalkzandsteenfabriek in Vuren in de ene bocht tot de toren van Zuilichem in de volgende, bijna twintig minuten. Amigo, Dordrecht. Deo Juvante, Krimpen a/d IJssel. Harmonie, Minden. Telkens lopen de golven op de kop van de krib, zodat het daar een tijdje dreunt en spettert. Telkens glijdt het water gladgestreken verder en dan neem je je voor: nog één schip, nog één keer golven.

De hond komt overeind. Hij geeuwt en steekt zijn snuit in je oor, hij wil actie. Als je omkijkt: de kruin van de zon, dofrood op de dijk.

De rivier begint te dampen, fijne nevels zweven wuivend naar de overkant.

(29/6/'92)

ONZE FOUTEN

Glecksteinhütte, 2317 m. We zien een ernstige, getaande man uit Grindelwald zelf, even in de veertig, employé bij 't spoor. Hij werkt aan zijn conditie, zal binnenkort de Wetterhorn beklimmen. Vorig jaar op de Mönch getroffen door de bliksem. Eén enkele flits en die ging van zijn helm naar zijn pickel.

Toeval? Nee, geen toeval. Een tot het uiterste geladen wolk en daar klimt een van boven tot onder met ijzer behangen groepje mannen doorheen, dan vráág je bijna om zoiets. In elk geval was de aansluitende beklimming van de Jungfrau toen afgelast.

Pech gehad? Geluk gehad, zou hij eerder zeggen. Voor hetzelfde geld sla je finaal uit de wand en sleur je je hele touwgroep mee, en hoe een gevallen touwgroep eruitziet, dat is met geen pen te beschrijven.

En toch straks de Wetterhorn? Jazeker, want dat op de Mönch, dat was een *fout* geweest, die wolk had zo'n eigenaardige kleur gehad, die hadden ze moeten vermijden, daar hadden ze van geleerd.

Ach, zo zit dat: we leren van onze fouten, zodat we de moed niet verliezen om nieuwe te maken.

Zonovergoten toppen om ons heen. De eindeloze schittering van gletsjers, waarvan op gezette tijden stukken afbreken, die met zwiepende donderslagen in de diepte storten. Rekel kijkt daarbij gespannen toe. Die denkt eindelijk iets te begrijpen van onweer.

(8/7/'92)

KOM JONGEN

Rekel is acht. We denken dat hij is geboren op een boerderij bij Gouda. Hij zou beslist een prima hofhond zijn geweest, een meester in het nazitten van tractors en aanblaffen van postbodes.

'Kom jongen,' zeg ik als we de bergen in gaan, 'je moet maar eens wat doen voor de kost.' Hij is te iel voor dit terrein. Hij bezeert zijn pootjes en als het warm wordt, probeert hij ons over te halen om met z'n allen in de schaduw te gaan liggen.

Natuurlijk zijn er daarboven ook dingen die hem plezier doen. Sneeuw bijvoorbeeld. Hij hapt ervan en rolt erin rond en komt kwispelend weer overeind. En hij geniet met volle teugen van de plaatselijke fauna – zeer bedreven in het lokaliseren en, indien niet tijdig aangelijnd, opjagen van alpenmarmotten, *murmeldieren*.

Soms lijkt hij te verstenen. Zijn ogen worden groot van ongeloof, zijn lijf staat strak van spanning. Werktuiglijk zakt hij door zijn achterpoten, zodat hij zittend verder kan kijken. Dan weten we: Rekel ziet gemzen. Er zit afkeuring in dit kijken. Gemzen kan hij niet volgen en wat hij niet kan volgen, daar is hij het niet mee eens.

's Avonds valt hij in een bodemloze slaap. Hij stopt met ademhalen en de tijd tikt door. Als je zachtjes 'Rekel' zegt, kijkt hij verwilderd op. De volgende dag kiest hij altijd weer voor meegaan. Daar is-ie hond voor, liever dood dan alleen.

(13/7/'92)

Laten we iets lezen met ijsblokjes. Het dagboek van Robert Falcon Scott. Scott wou naar de zuidpool.

Het zit ons niet mee, weer was het geluk ons niet gunstig gezind, weer een dag vol tegenslagen, ik heb het geluk bepaald niet aan mijn zijde, onze verliezen worden steeds groter, als dit blijft duren vrees ik het ergste – dat was de expeditie van Scott. Maar ik wou het over zijn honden hebben.

Op 18 februari 1911 verdween bijna een heel span honden in een ijskloof, dat wil zeggen: Osman, de leider van het span, bereikte de overkant, de slede stond nog vóór de kloof, de rest hing ertussenin. De honden werden twee aan twee opgehesen en losgesneden van het tuig. Zo werden elf van de dertien gered.

Voor de laatste twee liet Scott zich aan een touw twintig meter diep in het ijs zakken, waar ze werden aangetroffen op een sneeuwbrug: '...daar lagen beide honden vredig opgerold te slapen; ze hadden gelukkig niets gebroken en waren erg blij toen ze mij zagen.'

Dat moet je je voorstellen. Twee honden tuimelen in een gletsjerspleet. Ze kunnen geen kant op. Ze denken: nou, dat is dan zeker de bedoeling, rollen zich op en vallen in slaap. Als uiteindelijk hun redder verschijnt, beginnen ze te kwispelen. Kijk eens aan, daar heb je Scott! Dit moet wel ongeveer het meest argeloze kwispelen in de geschiedenis van de hondheid zijn geweest.

(30/7/'92)

Mijn moeder is als gewoonlijk in de hoek van de bank gaan zitten en het duurt maar even of Rekel komt bij haar zitten. Hij kijkt haar smachtend aan. Als ze tegen hem begint te praten, houdt hij geraffineerd zijn kop scheef.

'Die hond,' merkt mijn moeder op, 'kijkt net alsof hij je begrijpt.' Maar het is sterker. Hij kijkt net alsof hij begrijpt dat je zojuist iets waanzinnig intelligents hebt gezegd. Met deze manier van kijken krijgt hij iedereen plat, dat spreekt vanzelf. Mijn moeder aait hem over zijn kop. 'Braaf,' zegt ze, 'hij is braaf.'

'Ma,' zeg ik, 'dat heeft met braaf-zijn niks te maken. Hij probeert je van z'n plaats te krijgen.'

Want dat is het: zijn hoekje van de bank. Hij mag alleen in dat ene hoekje, dat weet hij en daar houdt hij zich aan. Wij geloven dat hij zich daar zelfs aan houdt als we er niet bij zijn. Dat weet je natuurlijk niet zeker, dat kún je niet zeker weten, je weet in feite niets van dingen waar je niet bij bent en van dingen waar je wel bij bent eigenlijk ook niet zo veel. Maar waar hadden we het over? De hond. Er zijn aanwijzingen dat hij naar ons luistert als we er niet bij zijn, aanwijzingen dat hij een geweten heeft. Zeker, zo beschouw ik mijn eigen geweten ook, als een soort afstandsbediening in handen van de Baas.

(31/7/'92)

FIJNE NEUS

De hond blaft één keer. Er zijn prettiger manieren om wakker te worden. Maar hij blaft zelden voor niets. Ik doe mijn best om te horen wat hij heeft gehoord. Iemand in de tuin? In de keuken?

De hond blaft nog een keer. 'Verdomme Rekel!' Dan flitst de bliksem, klapt de donder. Rekel jankend trap op, trap af.

Na verloop van tijd stap ik wankel uit bed. In het donker naar boven, mijn werkkamer, het raam. De hond springt op een stoel en zet zijn poten op de vensterbank, zodat we ongeveer even groot zijn, zodat hij aan mijn oor kan snuiven.

Samen staan we tegenover het vreemde verschijnsel dat nacht wordt genoemd. Rijtjeshuizen, bliksemflits, achtertuinen, donderslag, hier en daar een straatlantaarn. Loeit er al een brandweerwagen?

Rekel trilt. 'Rustig maar, dit overleven we wel.' Ik ken hem zeven jaar en ik weet nog steeds niet of het woede is of angst. In elk geval zit het diep. Hij ziet het vaagste weerlicht, hij hoort het verste gerommel en komt onmiddellijk in actie.

Je hebt honden voor het opsporen van hasj of heroïne op een vliegveld.

Je hebt honden voor het opsporen van slachtoffers na lawines of een aardverschuiving.

Je hebt honden voor het opsporen van een verdwaald schaap, of een bange haas, of een voortvluchtige misdadiger.

De mijne zou je kunnen gebruiken voor het opsporen van onweer.

(8/9/'92)

CIRKELS

Als een hond zich uitschudt, deelt hij zich min of meer in tweeën: een hond die probeert zichzelf ondersteboven te gooien en een hond die probeert op de been te blijven. Deze verdeeldheid eist hem helemaal op. Een hond die zich uitschudt is volledig in de ban van het uitschudden.

Nu heb ik een klein geel boekje voor het noteren van dingen die onvergetelijk zouden moeten zijn. Na enig zoeken: 19 sept. '89 – drie visarenden bij de kweekvijvers van de ovb in Lelystad, één vliegend met vis, één met een gat in zijn vleugel (links), één die krijst.

Het zal de laatste wel zijn geweest die aanvankelijk op een paal zat, drijfnat van de regen. Zo'n krijs hoort typisch bij opvliegen. Hij keek me aan, maakte een ironische buiging, veerde op en vouwde zijn vleugels uit. Een visarend beschikt over heel wat vleugel om uit te vouwen en hij maakt er doorgaans bedachtzaam gebruik van. Deze had zijn vlucht nauwelijks ingezet of hij staakte hem alweer. Hij stopte met vliegen om zich uit te schudden. Zijn tweestrijd begon bij de schouders en verplaatste zich snel naar achteren. Daar hing een enorme vogel in de lucht, volledig in de ban van het uitschudden. Daarna vloog hij verder.

Die visarend deed me toen aan mijn hond denken, mijn hond doet me nu aan die visarend denken, zo heb je altijd wat te doen.

(23/9/'92)

Je houdt een hond met je linkerhand wat lekkers voor terwijl hij weet dat hij links niet mag aannemen. Hij barst bijna uit elkaar van ongeduld en probeert met zijn ogen het lekkers naar je andere hand te dwingen.

Een misselijk geintje. Het kleineert de hond. Het herinnert me aan een oom die er een handje van had te zeggen: 'Ik zal je een kwartje geven, maar je mag er nooit om vragen.' Nadat hij je een tijd met dit probleem had laten worstelen, kreeg je het kwartje toch, maar een leuk kwartje was het ondertussen allang niet meer.

Goed, honden die links niet aannemen. Mijn hond doet het ook niet en dat komt zo: ik was bij mensen geweest die dit kunstje uitentreuren hadden gedemonstreerd, ik had me naar behoren geërgerd, ik kom thuis, ik probeer het één keer, *één* keer zeg ik 'af' terwijl ik hem met links iets aanbied en hij wil met mijn linkerhand niets meer te maken hebben.

Ik denk dat ik het hem wel weer had kunnen afleren, maar eerst wil je weten hoe lang hij het volhoudt en dan is het opeens een gewoonte geworden. Bovendien heb ik er voor mezelf een draai aan gegeven. Ik vertel het verhaal zoals ik het nu vertel en voeg eraan toe: 'Dat links-rechts sluit kennelijk aan op iets wat in de wereld van de hond een heel belangrijke rol speelt.'

Nu is het geen treiteren meer, nu is het wetenschap.

(9/10/'92)

VERWILDERD

Onze hond beschikt over een ruim bemeten schuldbesef. Voor allerlei kwaad dat geheel buiten zijn toedoen tot stand komt, werpt hij zich op als zondebok.

Stel dat er aan tafel iets leuks gebeurt, zodat iemand in de lach schiet, wat tamelijk onsmakelijke gevolgen heeft voor een hap eten, en dat iemand anders zich op dat moment een krachtig 'gadverdamme' laat ontvallen – dan zit de hond met zijn rug tegen de verwarming. Zijn oren trekken naar achteren, zijn ogen worden groot van bezorgdheid.

Of dat je het aanrechtkastje opendoet en er een slordig weggezet steelpannetje naar buiten komt rollen – dan staat de hond vlak achter je in de hoop dat zijn etensbak wordt gepakt. Hij deinst terug, klaar om de gang in te vluchten.

Of dat ik zit te werken, wat tegenwoordig bijna dagelijks voorkomt, dat de telefoon gaat, dat iemand iets van me wil en me probeert wijs te maken dat het in mijn belang is wat hij van me wil, waarna ik tien minuten lang alleen maar fouten zit te tikken en zo woest het papier uit mijn machine ruk dat deze met een klap terugvalt op het bureau – dan ligt de hond opgerold op de bank. Hij kijkt verwilderd op; o jee, wat heb ik nou weer gedaan, terwijl ik lag te slápen nota bene!

'Rekel,' vraag ik dan, 'wie heeft jou zo christelijk opgevoed?'

(13/11/'92)

ZONDAGSRUST

Op zondagochtend lopen we dikwijls langs de Oude Rijn, door het Bredius, achter om het zwembad en de begraafplaats en dan hetzij via de Nieuwendijk naar de stad om de etalage van de boekwinkel te controleren, hetzij via het Karekietlaantje terug naar het Bredius, naar huis.

Gisteren passeerde ik dit punt terwijl Rekel werd opgehouden door de geur van een teefje. Zonder nadenken, of juist met een teveel daarvan, koos ik voor het Karekietlaantje. Aan het eind bleef ik staan wachten. De hond kwam niet. Ik riep, ik floot op mijn vingers, maar hij kwam niet. Ik verstoorde de zondagsrust met een vloek (ik geloof niet in God, heb dus niets te vrezen) en begon terug te lopen.

Hij bereikte net het pleintje voor de poort van de begraafplaats. Hij kwam duidelijk terug van de Nieuwendijk.

Ten eerste: de aanblik van een radeloze hond, in dit geval je eigen hond.

Ten tweede: die was op z'n eentje de Nieuwendijk af gedraafd, die had op een gegeven moment begrepen: nee, zo ver kan hij nog niet zijn, ik moet terug naar de plek waar ik hem ben kwijtgeraakt – wat wil zeggen dat hij bij zichzelf een rekensommetje had gemaakt in meters en minuten.

Dit voorval denk ik voortaan te gebruiken om de bewering te weerleggen dat honden geen besef hebben van het verstrijken van tijd.

(30/11/'92)

KNOESTIG

Bos is een voor de hand liggende metafoor voor het menselijk brein.

Met bos bedoel ik niet de plantageachtige aanplant van naaldhout, waarbij bomen staan opgesteld als kruisen op een soldatenkerkhof – hoewel er ongetwijfeld breinen zijn die er zo uitzien.

Ik bedoel bos dat knoestig en oud over heuvels golft, dat diep en duister in de aarde wortelt, waarin bomen elkaar beschermen tegen wind, elkaar beconcurreren om licht; bos met steile en bochtige paadjes, geheime hoekjes, hier en daar een tikkende specht en als het even kan een helder stromend beekje.

Ik bedoel het bos bij Beekhuizen – zo zit mijn hoofd in elkaar.

Als ik niets meer weet, als ik volledig ben uitgeblust, neem ik Rekel en de rugzak en de trein naar Velp. En dan dat bos in. Daar is het een kwestie van lopen, paadjes kiezen die iets spannends hebben, nu en dan een verrassend vergezicht, het luchtige gescharrel van een boomklever. Verder hoef ik niets te doen. De ideeën, die komen vanzelf. Het zijn er zo veel en ze zijn zo goed, dat ik nauwelijks kan geloven dat ze van mij zijn. Het is alsof ze niet uit mijn brein, maar uit het bos zelf komen.

Een bos dat voor je denkt – wel het summum van wat je van een metafoor mag verwachten.

(17/12/'92)

Ik ben geen held op ijs. In alle kieren van mijn bewustzijn woekert de angst voor uitglijden en doorzakken. Er zijn tachtigjarigen die zich op ijs beter bewegen dan ik. Maar ook voor mij is ijs onweerstaanbaar.

Normaal is de polder uitsluitend toegankelijk via een kaarsrechte kade. Op maar twee plaatsen kun je afslaan, een andere kaarsrechte kade op. Verder blijft de keus beperkt tot heen of terug. Elke afstand is me tot op meter en minuut nauwkeurig bekend.

Met ijs gaat opeens dit hele landschap open. Het schept een toestand van volmaakte anarchie. Het duizelt van de mogelijkheden. Alle kanten kun je op. Je kunt gaan *zwerven*. Je krijgt het gevoel dat je iets of iemand te slim af bent.

Daar ligt een bosje en op zichzelf heeft dat bosje niks bijzonders. Je zult er hooguit de bevroren pootafdrukken van koeien aantreffen, of de poepstrepen van een ransuil, of het boze gesputter van een winterkoninkje. Wat wel bijzonder is aan dat bosje: dat je er kunt komen.

Ik sta met mijn hand aan een knotwilg, één voet op de sloot, ijs met een kleur van urine. Rekel is al aan de overkant. Hij voelt het ongewone feilloos aan. Ziet mijn aarzeling. Laat zich door zijn voorpoten zakken, zwaait met zijn staart en begint als een bezetene te blaffen. De stem van het avontuur, de roep van de wildernis.

(4/1/'93)

Thuis zoekt Rekel meer en meer de eenzaamheid.

Van mijn kamer verdwijnt hij zodra ik begin te werken. Het verschuiven van de schrijfmachine, het inschakelen van de cd-speler, het opsteken van een sigaar – elk van deze signalen volstaat om hem te verdrijven van zijn ligplaats. Dan gaat hij stil bij de deur zitten.

Uit de huiskamer wil hij weg als de tv wordt aangezet. Merkwaardig genoeg wil hij er nog weleens bij blijven als iemand in z'n eentje bij de tv zit, maar wanneer het er twee zijn, stapt hij op. Dan gaat hij allenig op de gang liggen, op de overloop of op mijn kamer, als daar niet gewerkt wordt.

Op zichzelf wil dit nog niet zeggen dat hij oud wordt. Je kunt je best een jonge hond voorstellen die een hekel heeft aan schrijfmachinegeratel, klassieke muziek, sigarenrook en kleurentelevisie. Maar vroeger had hij dat niet. Vroeger liet hij het in ieder geval niet merken. Toen vond hij het belangrijker om zo dicht mogelijk bij je in de buurt te zijn.

Dan praat je over vroeger, over dingen die veranderen. Zelfs het kleinste ding heeft om te veranderen het verstrijken van tijd nodig. Dus praat je over ouder worden en dat gaat bij hem zeker zes keer zo hard als bij mij. Dat vind ik jammer, dat hij mij nooit oud zal zien.

(12/1/'93)

Mensen die willen laten merken dat ze me kennen, althans lezen, beginnen doorgaans over Rekel. 'Hoe is het met Rekel?' vragen ze wildvreemd. Dan voel ik me net Willy Walden – die had indertijd een radioprogramma dat voor driekwart uit gezemel over de hond Doeschka bestond. Het is nooit mijn bedoeling geweest van Rekel zo'n act te maken.

Voorzover ik kan nagaan was zijn eerste openbare optreden in februari '86, op de Achterpagina van NRC *Handelsblad*. Ik schreef wekelijks een stukje over vogels en die stukjes zijn gebundeld in *Een vederlichte wanhoop*.

Ik citeer: 'Rekel, de kleine bastaard, draafde van links naar rechts over het strand en de pluim van zijn staart bungelde als een lampionnetje boven zijn rug. Hoe vaak zal ik me nog afvragen waarom een hond de ene kant op loopt en niet de andere?'

Hij was toen bijna twee, ik nog net geen veertig.

Sindsdien loopt hij kriskras door mijn werk. Niet al te vaak, dacht ik, niet vaker dan noodzakelijk, niet vaker dan hij me bezighoudt. Maar ik moet toegeven: hij houdt me vaak bezig.

Op de Hollandse Kade werd me gevraagd of die hond die ik bij me had, of die Rekel heette.

'Dan weten wij wie u bent,' zeiden die mensen.
'Dán weet ik welke krant u leest,' zei ik.
Langzaam veranderde de schrijver in een schepping van zijn hond.
(29/1/'93)

DUISTER

Op een avond, tegen elven, liepen we nog even naar het dorp. An-
cretteville-sur-Mer. Geen spoor van leven. Zelfs geen uil op het
kerkhof. En zoals we eerder de cider en de camembert hadden ge-
prezen, prezen we nu de stilte en het donker.

De volgende avond was het zo donker dat ik mijn hond kwijtraak-
te. Er stond een bulderende storm met regenvlagen. Toch moesten
we naar buiten, dat heb je als je een hond hebt.

De tuin uit, het erf af, het weggetje op. Wat je nog net kon onderscheiden: plassen op het asfalt, bomen tegen de lucht. Ik boog mij
voor de wind en riep en floot mijn hond. Hij heeft een witte bef,
meestal zie je hem wel. Nu niet. Had er een ijsbeer op de weg gestaan, ik was hem recht in de armen gelopen. Ik keek in de rondte.
Ik stak mijn hand uit. Hij kon er zijn, hij kon er niet zijn, ik kon het
niet vaststellen.

In laatste instantie besloot ik gebruik te maken van mijn kleine
zaklantaarn. De hond heeft een hekel aan zaklantaarns. Hij ziet er
bliksem in.

Ik scheen om mij heen en niets dan duisternis en leegte.

Was ik bang? Natuurlijk was ik niet bang. Maakte ik mij zorgen?
Natuurlijk maakte ik mij geen zorgen. Ik begon terug te lopen, het
erf op, de tuin in.

Hij zat bij de voordeur en keek met belangstelling naar me op.
Nog iets bijzonders baas?
(3/2/'93)

Zaterdag: het geluid van de eerste grutto op de Hollandse Kade. In een gure wind kwam het aanwaaien uit de richting van de Kockengense molen. De vogel zelf was niet te vinden. Nog altijd zoekt het oog bevestiging van wat het oor allang heeft vastgesteld.

Zondag: met de auto naar Maarn, met de trein naar Rhenen, lopend terug naar Maarn. Over de heuvelrug. Best een prettig woord om te gebruiken; het geeft die streek iets lichamelijks.

Het eerste uur liepen we door een oogverblindende sneeuwjacht. Schitterend, dat milde grijs, dat trage verdwijnen van het landschap in een dwarreling van vlokken. Het witte puntje van de staart van Rekel, zijn referentiepuntje, was nauwelijks meer te onderscheiden.

Toen hield het op. De zon brak door, al aardig warm. Meteen wemelde het overal van de vogels. Veelal zingend. Dan lijkt het of ze met knoppen worden bediend.

Aan het eind was er eigenlijk geen sneeuw meer over. Het was trouwens verder dan ik had gedacht, ruim vijfentwintig kilometer. Ik had nog wat moeten werken. Ik vond het dus wel fijn dat het verder was dan ik gedacht had.

In de auto, op de A12, opnieuw een sneeuwbui – tien minuten hartje winter. En verderop lagen de weilanden alweer blinkend groen in de zon – tien minuten volop lente. Als een komeet gaan onze dagen voorbij, steeds hebben we het nakijken.

(1/3/'93)

De ene morgen voel je je beter dan de andere. Soms voel je je grandioos. Je weet opeens waarvoor je leeft, je voelt je tot iets groots in staat.

De hond is uitgelaten, het ontbijt gebruikt, de krant gelezen. Ja, ik lees 's morgens ook een krant. Elke dag ben ik wel een uur of twee met kranten in de weer. 'Dat komt,' heeft iemand me eens uitgelegd, 'doordat je niet weet wat je zoekt.' En sindsdien weet ik het helemaal niet meer.

De krant gelezen, dichtgevouwen, weggelegd en je hebt een on-
bedaarlijke zin om aan het werk te gaan, een zin zonder twijfel of
remmingen. En dan draai je op volle kracht een dynamisch stuk
muziek. En dan ga je op de grond met de hond liggen vechten. Om
dat gevoel te laten rijpen. En dat doet het dan ook: het rijpt als een
gek. Het woelt en bruist, alsof je door een golf wordt opgetild uit
zee.

Op de top van deze golf kom je uiteindelijk achter je bureau terecht. Zingend grijp je naar een onbeschreven vel papier. Wat je nu
in je hoofd hebt, wat je nu onder woorden gaat brengen – de wereld
zal ervan opkijken!

De hond springt op de bank. Hij kijkt je aan en geeuwt. Buiten
schijnt de zon. Op de daken aan de overkant glinstert ijs.

'Goed, dan gaan we eerst maar even wandelen.'

En dan de polder in.

Om zo lang mogelijk van dat gevoel te genieten.

(2/3/'93)

HALVE HOND

We hebben een achterbank met een luikje, een soort doorgeefluik
tussen de kofferbak en de rest van de auto. Deze voorziening schijnt
te zijn getroffen voor het transport van ski's.

Rekel past er precies in, in dat luikje. Dan zit hij met zijn lijf bij
de bagage en zijn kop bij de mensen. Als je ons zo ziet rijden zou je
zeggen: daar gaat een vent met een halve hond.

Voor een halve hond kijkt hij anders nog verdraaid levendig om
zich heen.

Hij springt er zelf in. Eerst op de rand, die tamelijk hoog zit, ongeveer ter hoogte van mijn heup. Na een moment van wankel balanceren duikt hij vervolgens de bak in. Bij het sluiten van de klep letten
wij op zijn staart.

Op de heenweg geen enkel probleem. Sterke achterpoten en helemaal opgewonden van het idee dat hij wordt uitgelaten. In een wip
reageert hij op mijn gebaar.

Maar op de terugweg vertikt hij het. Of het nou vermoeidheid is

49

of onwil, ik weet het niet en ik hoef het ook niet te weten. 'Toe maar, je kan het wel.' Hij werkt wanhopig met zijn ogen. Zakt door zijn poten, spant de nodige spieren en laat het toch weer afweten. 'Rekel! Schiet nou eens op!'

Hondje van vijftien kilo. Kun je best tillen. Maar dat weiger ik. Als je daaraan begint blijf je tillen. Dan wordt hij oud en dan gaat hij dood. Nee, daar werk ik niet aan mee.

(18/3/'93)

MET GLANS

Mijn eerste echte uilen waren aan de hond te danken. Bello nog, een Ierse setter. We wandelden in de Hatertse vennen en het werd donker. Uilen kwamen kijken wat ze van zo'n grote rode muis moesten denken.

Die houtsnip, ook zoiets. Ik ben houtsnippen gewend die halsoverkop bij je vandaan schieten. Deze kwam naar me toe. Kennelijk was hij bezig uit de weg te gaan voor Rekel, die nogal op kop liep.

Hij vloog een eindje langs de sloot, keerde terug naar de kade en begon meteen weer zoekend rond te lopen, tot op een meter van mijn voet. Doodstil was ik blijven staan. Je moet doen alsof je er niet bent, dan bereik je het meest.

Wat te verwachten was: het gebandeerde kopje, het brede voorhoofd, de lange snavel, eigenaardig bij de borst gehouden. Zo staat hij in de boekjes.

Wat een verrassing was: de glans van zijn kleed. Er bestaat een glans die zich lijkt *los* te maken, een afzonderlijke hoedanigheid van licht, iets dat zacht verstuivend langs het glanzend lichaam vloeit. Dat zie je min of meer bij paarlemoer. Dat zag ik bij die houtsnip.

En het onmetelijk egale, grijze oog. Dit oog keek schuin gehouden naar mij op en nee, dacht het, dit *is* geen boom.

Kalmpjes ging de vogel weg. Zijn glans natuurlijk ook.

(24/3/'93)

'Je wordt oud, jongen. Ja, nou kun je wel denken dat ik een grapje maak, maar daar moet je mee oppassen, het is gevaarlijk om oud te worden.'

Misschien is hij jarig vandaag – 1 april zegt zijn paspoort, 1 april 1984. Maar in het asiel wisten ze ook het fijne niet. Er is een slag naar geslagen, ze hebben hem afgerond.

Hoe dan ook, vandaag is hij een jaar ouder dan vorig jaar op 1 april. En '84 staat wel vast. O, dat leven tussen jaartallen! Van mensen is het al een merkwaardige gewoonte, maar van dieren helemaal. Wat hebben zij met jaartallen van doen?

Maar ze tellen natuurlijk toch, de jaren.

Laten we hem toespreken. Laten we zeggen: 'Negen al. Hoelang dacht je dit nog vol te houden? Een jaar of vier misschien? Dat is niet veel, een jaar of vier. Nee. Dan ga je dood en nemen wij een rashond. Ja.'

Dit alles op een lieve toon gezegd, alsof je hem een bosje bloemen geeft.

Twee mogelijkheden. Of hij blijft op een afstandje staan kwispelen. Of hij komt bij je zitten, met een pootje op je knie. In beide gevallen kijkt hij waanzinnig intelligent van zich af. Hij vindt het prachtig toegesproken te worden. Hij is een geboren jubilaris. Elke dag in het zonnetje, dat is zijn idee van een zinvol leven.

Ogen, oren, vacht en poten: goed. Eetlust ook.

(1/4/'93)

VAN SLAG

De hond is een week naar het asiel geweest. We wilden het nationale park van de Cevennen in. Daar ligt naar mijn idee een grens: honden horen niet in nationale parken thuis. Toen ik zag wat de Fransen zelf in het gebied hadden aangericht (met name ter bevordering van de wintersport, de schurft van het skiën) – toen zat Rekel al achter tralies.

Intussen heb ik hem weer opgehaald. Hij is jonger dan ik me

meende te herinneren. Een lichtelijk vergrijsde hond in de kracht van zijn leven. Dat zit voorlopig wel goed.

Hij is vermagerd (het eten daar) en zijn stem kwijt (het blaffen daar). Zijn zwijgen doet zich gevoelen als een voortzetting van zijn afwezigheid.

Hij ligt in de tuin. Een rijtje kinderen rent joelend door het gangetje en hij blijft liggen, hij kijkt alleen maar even op. Wat heeft het voor zin naar het hek te stuiven als je niet kunt blaffen?

Hij ligt in zijn mand op de gang. Je pakt zijn poot, je port hem krachtig in zijn zij. Hij doet niets terug, hij weert alleen maar even af. Wat heeft het voor zin te spelen als je niet kunt grommen?

Rekel peinst. Hij begrijpt om te beginnen niet wat er is fout gegaan. Hij begrijpt vervolgens niet hoe het nou toch weer is goed gekomen. Wat kan een hond het helpen?

(5/5/'93)

AUF DEUTSCH

Geregeld denk ik aan een dikkig Duits mevrouwtje met een tekkel op haar arm. 'Ach jee,' zegt zij, 'we zijn zo zuinig op ons kleintje.'

Het was februari, we zaten aan de voet van de Beierse Alpen. We hadden een dag door de sneeuw gelopen. We hadden een man ontmoet die ons had aangeraden terug te komen als er sneeuw lag. Dertig centimeter, dat was geen sneeuw. Anderhalve meter, dát was sneeuw. Wat niet wegnam dat het een schitterende witte wereld was.

Bijna terug in ons dorp moesten we over een afgevlakte heuveltop. In de verte kwam een ouder echtpaar aan. In de verte al raapten ze hun hondje van de grond en begonnen ze te gebaren dat wij het onze aan de lijn moesten doen. Paniekzaaiers. Idioten. Wat deden zulke mensen met een hond? Ik maakte me geweldig kwaad.

Uiteindelijk nam ik Rekel wel vast. Hij is heel nieuwsgierig naar honden die op de arm worden genomen en dat wou ik die mensen nou ook weer niet aandoen. We gingen ze voorbij en ach jee, zei zij, we zijn zo zuinig op ons kleintje. Haast smeltend van verlegenheid. Wat klonk dit Duits ontwapenend!

Duits ja. Dus steeds als ik er een stukje over wou schrijven, kreeg

52

ik te kampen met voorzetsels en naamvallen. Dan besloot ik eerst maar weer een ander stukje te doen. Zo kwam het dat ik nog geregeld aan haar dacht.

(6/5/'93)

'LEEUW!'

In *Het grijze schrift* vertelt Josep Pla over een wijnboer, een zekere Pere Brincs, die besloten heeft zijn jachtgeweer van de hand te doen. Maar wat moet hij nou met zijn hond?

De oude man staat in tweestrijd, de hond ligt onder de vijgenboom, doezelig en vaag, de blik verdwaasd achter een wegvliegende mug aan.

' "Het lijkt of men die hond iets schuldig is en het hem niet betaalt,' zei Brincs.

Arm beest, zo oud en zielig! dacht hij aan de andere kant.

Hij zei bedroefd: 'Wat zullen we doen, Leeuw?" '

Zo gaat het de hele dag door en als ze tegen de avond van de wijngaard afdalen naar het dorp, is de knoop nog steeds niet doorgehakt. Je houdt helemaal niet van dat beest, houdt de man zichzelf voor. En dan laat hij er meteen een troosteloos 'arme Leeuw!' op volgen.

Ten slotte: 'Aangekomen op de kruising hield de hond op vier passen van zijn baas plotseling stil. Hij wierp hem een blik toe, maakte een lichte buiging en sloeg de linkerweg in. Brincs moest de andere hebben. Een kreet steeg hem naar de mond: "Leeuw!" Zonder zich om te draaien liep de hond gewoon door. En nooit zag hij hem terug.'

Dit verhaal geloof ik niet. Dat wil zeggen, ik geloof niet in een hond met bovennatuurlijke gaven. Ik geloof natuurlijk wel dat dit de manier is om een verhaal te vertellen.

(24/5/'93)

We waren van Pieterburen naar Groningen gewandeld. Iris was moe, ik was moe en de hond was ook moe. We zochten een restaurant.

Wij zijn niet handig in de horeca. Altijd als we ergens willen binnenlopen, lijkt het of een hand ons tegenhoudt. Weet je zeker dat dit de bedoeling is? Sta je niet op het punt de fout van je leven te maken? En dan zoeken we verder.

We sjouwden door de hele stad. Tientallen gelegenheden lieten we onbenut. We raakten uitgeput. Die Marokkaan leek onze laatste kans te zijn.

Daarbinnen heerste enige verwarring. Een ongeveer twintigdelig familiegezelschap moest op zijn plaats worden gezet. Ik keek om mij heen en stak mijn vinger uit. 'Hier dan maar?'

Rekel zag mij wijzen. Hij hoorde 'hier'. Voor hem was het een kwestie van gehoorzaamheid. Vanaf de grond, uit stand, wipte hij midden op het tafeltje. Achteraf zou je zeggen: dat was knap gedaan. Achteraf is het een verhaal over souplesse.

Maar achteraf komt later pas. Rekel zette zich schrap. Hij was niet van zins zijn positie zomaar prijs te geven. Een Marokkaan stoof ondertussen op ons toe. 'Neenee,' riep hij, 'dat kunnen we hier niet hebben!'

Ik begreep best dat ze dat niet konden hebben. Maar ook achteraf nog heb ik moeite met de suggestie dat het mijn *gewoonte* was de hond voor het eten op tafel te laten springen.

(15/7/'93)

Je herkent mijn hond om te beginnen aan het formaat: groter dan een tekkel, kleiner dan een bouvier.

De beharing is ruig en overwegend zwart. Hij heeft een witte bef, witte pootjes en een wit puntje aan de staart, dat altijd feestelijk in top wordt gevoerd.

De kop heeft het hoekige van een terriër, met een bruine snor. De schikking van zwart, wit en grijs in zijn gezicht doet aan een das denken. Boven op de schedel staat een Abe Lenstra-achtige krul, die in de loop der jaren danig is uitgedund.

Ik heb altijd gedacht dat zijn kop te klein was in verhouding tot zijn lijf, en dat denk ik nog.

Van zijn ogen dacht ik dat ze even bruin waren als die van Astrid Joosten. Maar dat is niet zo. Astrids ogen zijn een fractie lichter en een stuk gecompliceerder.

Ter nadere identificatie zij gewezen op een kleine verstoring van de symmetrie. Aan de rechterkant heeft mijn hond een lichte ring om het oog (links donker), een roze neusgat (links zwart) en een flinke witte sok aan de voorpoot (links minder).

Gewoonlijk loopt hij een meter of dertig voor me uit. Als ik fluit kijkt hij om. Als ik nog eens fluit komt hij terug. Soms komt hij zonder fluiten terug. Dan schiet hem te binnen hoe goed we het hebben. Bijna dansend komt hij op je af. Hij kijkt je verheerlijkt aan en wroet met zijn snuit naar je hand. Dan weet je zeker: dat is mijn hond.

(21/7/'93)

LUCIFER

Aanvankelijk zou ik na een jaar met deze rubriek stoppen. Lezers konden dat weten en sommigen waren zo beleefd te schrijven dat ik moest doorgaan. Een man uit Leiden schreef dat ik moest doorgaan tot de dood van mijn hond.

Daar heb ik hartelijk om gelachen. Want dat was recht in de roos. Dat was precies wat Rekel voor me doet: hij herinnert telkens even aan de dood.

Hij staat boven aan de trap. Hij is erg geïnteresseerd in mensen die de trap op komen. De bedoeling is dat je, als je bijna boven bent, naar zijn poten grijpt. Dan vecht hij grommend terug. Zijn poten, daar moet je afblijven.

Maar ja, denk ik, straks ga je dood en dan krijg *ik* de schuld. Een gedachte als het afstrijken van een lucifer.

En zo is het al van jongs af aan. Zestien maanden was hij pas toen hij hier binnenkwam (traplopen kon hij niet, hij was vermoedelijk nog nooit in huis geweest) en meteen was er zijn dood als voorbehoud.

Ondertussen is hij almaar ouder geworden. Over een paar weken gaat hij mee de Alpen in en dat zal de laatste keer wel zijn. Je moet een hond van tien toch wat ontzien.

Het komt dus dichterbij en wat het is, ik weet het niet, maar ik neem het onmiskenbaar lichter op. Natuurlijk ga je dood, denk ik, maar *nu* nog niet! Misschien dat het zijn ogen zijn. Nog even klaar en vinnig als voorheen.

(26/7/'93)

BIKKEL

Bello was een rustige aristocraat. Hij nam een beperkte gehoorzaamheid in acht. Hij blafte zelden. Hij zou nooit zelf een deur openmaken.

Zo'n Ierse setter ziet er nogal zijig uit, maar dit was een bikkelharde jongen. Die kreeg je niet moe. Die joeg zichzelf door halfbevroren sloten heen. Die ging op het strand achter een bromfietser aan, totdat de man, telkens over zijn schouder kijkend, bijna in zee verdween.

Hij had een lichte vorm van HD, wat in zijn jeugd een eigenlijk wel grappig slingertje van de achterpoten veroorzaakte. Later kromde hij zijn rug. Hij werd stijver en stijver. Ook zijn voorpoten begonnen te slijten. Hij kreeg het aan het hart. Vocht achter de longen. Problemen met eten. Afijn, daar zijn het huisdieren voor – alles wat wij krijgen, krijgen zij ook.

Op zijn achtste ging hij voor het laatst mee op vakantie, een huis in Bretagne. Daarna dierenpension De Vrijheid. Dan kwam je thuis en dan was hij weer eens in een crisis geraakt. Meer dood dan levend lag hij daar. Niet eens tot kwispelen in staat, laat staan om op te staan. En dan de dierenarts. En dan de twijfel, het besef van onvermijdelijkheid. Maar dan kwam hij er toch weer bovenop.

Dan had hij het gered. Dan ging zijn dood niet door.

Dan had hij even iets onsterfelijks.

(27/7/'93)

In die tijd werd een oude hond zo ongeveer hetzelfde als een slecht geweten.

Ik slenterde op een middag met mijn broer langs de Oude Rijn en we waren geheel in de ban van het gesprek dat zich ontspon. Toen we ons eindelijk omdraaiden om te zien waar hij bleef, stond Bello een heel eind terug op het jaagpad. Versteend en moedeloos. Hij had ons moeten laten gaan. Met hangend hoofd keek hij ons na.

Ik was op een avond met Iris in de polder en we verwonderden ons over het spinrag dat als een wade over het weiland lag, de hele wereld vol met glinstering. En Bello bleek in de sloot te zijn gevallen. Hij hing met zijn voorpoten op de kant, hij keek vertwijfeld naar ons op. Dat was misschien zijn allerlaatste keer op de Hollandse Kade.

Ik keek op een ochtend uit het raam en Bello lag in de regen bij de appelboom. Wegens zekere omstandigheden woonde hij destijds in een hok in de schuur. Door een defect aan de regenpijp was het stro daarin doorweekt geraakt. Had die arme hond, zo oud en afgetakeld als hij was, de hele nacht buiten doorgebracht! En geen kik gegeven.

Dit zijn beelden die met een droge naald op je netvlies worden gezet. Een beproefd geweten doet de rest. Je hoeft geen kwaad te doen om je slecht te voelen.

(28/7/'93)

OPLOSSING

Hoe sterk en snel en slim hij was – vergeet het maar. Tot op de draad versleten was hij nu.

Soms, als je hem uitliet, moest hij al na honderd meter gaan liggen om op adem te komen. Net mijn opoe als ze de trap op kwam. En daar lag hij dan. En daar stond je dan. En dan was er altijd wel iemand die een oplossing wist. 'U moet dat dier een spuitje laten geven, meneer.'

Natuurlijk moest ik hem een spuitje laten geven. Maar wanneer?

En door wie? Hij was bang bij de dierenarts. Ik wou hem niet laten sterven op een plaats waar hij bang was. Ik wou hem niet achterlaten op een plaats waar we altijd vandaan waren gekomen met de woorden: zie je nou, dat viel wel mee.

Ik zei: 'Zolang hij blij is als ik 's morgens buiten kom, breng ik hem niet weg.' Dat moet hij hebben gehoord. Hij wás blij als ik 's morgens buiten kwam. Met een prachtige wolvengrijns kwam hij me steeds weer tegemoet.

Wat niet wegnam dat ik ook mijzelf geweldig oud begon te voelen. Voetje voor voetje, volledig uitgeblust, sjokten we saampjes door de wijk. En ik ben toch al geneigd om krom te lopen.

Ik zei: 'Ik wil weer eens wat *plezier* met een hond. Laten we er een bij nemen.'

In het asiel in Gouda: Rekel! Ik vond er niet veel aan. Iris vond hem wel leuk. Jan was weg van hem.

Vooruit, doe die dan maar.

(29/7/'93)

HET DUEL

Bello begroette de jonge hond die we hadden gehaald en begreep wat hem te doen stond. Niet omdat hij zo intelligent was, denk ik, maar omdat er in een hond nog een heleboel biologie zit. In onszelf trouwens ook.

Rekel had vier maanden in het asiel gezeten. Hij was een beetje vreemd. In de auto werd hij misselijk. Op straat liep hij te niezen van de uitlaatgassen. Als je een bal naar hem toe rolde, sprong hij een meter in de lucht van schrik.

Rekel kon niet spelen. Bello wel. Bello dook op elke bal die naar Rekel werd toegerold. Bello rukte aan de oude sok die Rekel voor zijn neus werd gehouden. Bello ging achter het eind hout aan dat voor Rekel werd weggegooid.

Hij was zo stijf als een plank. Hij hijgde als een schaap. Soms viel hij plat op zijn gezicht, de poten pijnlijk uitgespreid, als een berenvel voor de open haard.

Maar hij leefde weer. Hij liep weer. Hij at weer. Hij kwam zijn

58

kop weer in je schoot leggen. Hij keek je onderzoekend aan. Zijn ogen vonkten weer. Hij was weer partner in een oud verbond.

Puttend uit raadselachtige reserves vocht deze hond voor zijn plaats in de roedel, een plek onder de zon. Het was sinister. Het was mooi. Het was in elk geval iets anders dan het stille doven van het levensvuur.

Acht weken heeft dat zo geduurd. Achteraf heb ik me gerealiseerd hoe ongelukkig Rekel in die tijd moet zijn geweest.

(30/7/'93)

BOEKENKAST

Op een ochtend deed ik de keukendeur open. Bello lag in een normale houding, met zijn kop op zijn voorpoten, onder de appelboom. Ik zag meteen dat hij dood was. Dat niemand hem meer een spuitje hoefde geven. Dat ik hem zo gauw mogelijk kwijt moest, want ik was met een boek bezig.

Nu moet ik even rekenen. Daan is geboren in 1972. Het jaar daarop hebben we een hond genomen. Bello is twaalf geworden. September '85 dus.

Nu loop ik even naar de boekenkast. Het boek waaraan ik in '85 heb gewerkt, moet in '86 zijn verschenen. *Het verhaal*, kleine roman over een gestorven oom.

Nu volgt echter een ingreep van het geheugen zelf. Want vlak vóór dat boek had ik gewerkt aan een jammerlijk mislukte roman over tweelingen, later vereenvoudigd tot *Sterk water* ('87).

Dat verklaart de druk waaronder ik die ochtend stond. Plus dat ik net ontslag genomen had bij *Nieuwe Revu*. Het contact met de NRC was gelegd, maar nog heel fragiel. En slecht geslapen, neem ik aan. Slaap meestal slecht wanneer ik werk. Werken is niet goed voor mij.

We hebben Bello in een kleed gewikkeld en naar een verzamelpunt voor dode huisdieren gebracht. Ik had best nog wat tegen hem kunnen zeggen. Dat had mijn loopbaan heus geen kwaad gedaan. Maar ja. Hij was dood. Ik denk niet dat je doden iets tekort kunt doen. Maar jezelf natuurlijk wel.

(31/7/'93)

Soms heeft een haas zoveel haast om weg te komen dat hij zijn hoofd verliest.

Gisteren was er een haas die rondjes begon te draaien. Als hij rechtuit was gegaan was er niets aan de hand geweest. Als hij over de sloot was gewipt was er ook niets aan de hand geweest. Maar zijn hoofd stond toevallig niet naar rechtuit of over de sloot. Op het rangeerterrein onder zijn schedeldak werd één enkel wisseltje verkeerd bediend.

Die haas bewoog alsof hij aan een touw werd rondgeslingerd. En ja, dan moet je net bij Rekel zijn. Die nam de eerste de beste snijlijn, greep het dier in zijn rug en brak hem stuk.

Let wel, ik vertel dit niet omdat ik het leuk vind. Ik vertel dit omdat het gebeurd is.

Het dier hield de gespleten bovenlip een beetje opgetrokken. Hij deed zijn ene oog dicht en weer open. Hij rilde nog wat en ontspande zich. Hij gaf zich over aan de dood, hij werd een haas in diepe rust.

Je kunt de dood als eind van alle narigheid beschouwen, maar dat is maar het halve verhaal. De dood is net zo goed het eind van alle rust. Nooit meer slapen, nietwaar?

De wondermooie rust van de haas hoorde bij de waarneming van degene die stond te kijken, niet bij de ervaring van degene die dood was. Ik stond daar dus en ik was nijdig op de dood. Omdat je wel zijn masker ziet, nooit zijn ware gezicht.

(19/8/'93)

ZWART

De eerste avond was het warm. We zaten met ons vieren en de hond op het balkon. We dronken wat, we praatten wat, we keken naar het vallen van de nacht.

De duisternis beklom met speels gemak de bergen aan de overkant. Op den duur doofden zelfs de hoogstgelegen gletsjers uit. Daar bleef een mat soort wit, wachtend op een nieuwe zon.

De rest werd zuiver zwart, een enorm gat in het uitzicht. De noordwand van de Eiger dus, van onder tot boven gedecoreerd met mensenlevens.

Mannen – hingen maanden aan een touw en toen ze eindelijk werden losgelaten, vielen ze in brokken neer, want dat waren geen mannen meer, dat waren stukken ijs.

Andere mannen – hadden de top gehaald, verdwaalden op de weg omlaag en toen ze eindelijk werden gevonden, lagen ze in diepe rust, want hoe hard het resultaat ook is, bevriezing schijnt een zachte dood te zijn.

Een berg is niets – een ding dat buiten staat en verder niets, geen humor, drama, niets. Zonder deze kleine mensen was die kolossale Eiger niets.

De hond geeuwde, zijn tong als een krul in zijn bek. Van beneden kwam het gerucht van een beginnende rivier, van opzij het bellen van een koe, en nog een koe.

En hoog de sterren, vertrouwde figuren, onbegrijpelijke nevels. Een mooie hemel, vonden wij.

(30/8/'93)

TWEE BUIEN

De volgende avond kregen we onweer. Er kwam een bui over de kam in het westen, er kwam een bui over de kam in het noorden. Ze troffen elkaar op de flanken van de Wetterhorn. Een bliksemflits en heel de berg stond in het licht.

Het regende, maar de deuren hoefden nog niet dicht. Het chalet was ruim voorzien van randen aan het dak. De hond schoot als een voetbal heen en weer op het balkon.

Hij had een zware dag achter de rug. Hij had een uur of zeven gelopen, meer dan zevenhonderd meter hoogteverschil, en het was heet geweest, het staartje van een hittegolf. Hij heeft een hekel aan hitte. Hier en daar was hem de koelte van een beek geboden, maar hij heeft ook een hekel aan water, vooral aan stromend water, vooral aan spattend water. Hij had last van zijn darmen. Hij had zijn poten pijn gedaan aan scherpe rotsen, losse stenen. En telkens als het leuk begon te worden (de geur van ree of gems of alpenmarmot) werd hij aan de lijn gedaan.

Nu was hij thuis en had hij nog geen rust, nu moest hij almaar heen en weer, steeds maar langs die open deuren, bij de ene klap naar links, bij de volgende naar rechts, bij gewone klappen op een drafje, bij een extra harde in een sprint. Hij piepte zorgelijk. Hij zwaaide overspannen met zijn staart.

'Rekel regelt het onweer,' zei een van ons. Wij konden dus gerust aan tafel gaan. Honger hadden we, als poldergasten.

(31/8/'93)

MOBY EN DICK

Eigenlijk waren het *mijn* parkieten, montere vogeltjes, keurig recht-op, Moby en Dick. Ze waren bedoeld om mij een plezier te doen. Omdat ik altijd zo eenzaam op mijn kamer zat.

Zij van hun kant hadden zich in het hoofd gezet uitsluitend elkaar een plezier te doen. Ze waren totaal verslingerd aan hun pruttelende dialoogjes. Met eindeloos geduld bespraken en imiteerden ze het getsjilp van mussen in de dakgoot – de parkieten leerden Mussisch. Stil waren ze eigenlijk alleen als ergens in huis een wc werd doorge-trokken, of als de telefoon ging.

Toen kreeg ik weer een hond op mijn kamer. De parkieten gingen naar Jan, een verdieping lager. Ze mochten geregeld los en dan zaten ze hevig kwetterend tegen het plafond in de gordijnen. Hoewel de deur op die momenten behoorlijk werd bewaakt, zag de hond nu en dan kans om naar binnen te glippen. Dan stond hij stijf van verba-zing en hebzucht naar het plafond te staren. Hij vond dat er in vo-geltjes *gebeten* moest worden.

De laatste parkiet is nu zeker vijf jaar geleden. Nog steeds gebeurt het wel dat Rekel, als hij bij Jan op de kamer is, opeens peinzend naar de gordijnen kijkt.

Ik denk niet dat hij denkt: waar zijn die parkieten nou? Ik denk dat hij denkt: hoe komt het toch dat ik hier altijd zo dom naar het pla-fond sta te staren?

(9/9/'93)

Op de parallelweg over de Haringvlietsluizen, streng verboden voor gemotoriseerd verkeer, worden we bijna aangereden door een maniak met een Volkswagen. Met een ruk aan de riem bewaar ik Rekel voor de dood. Hij kijkt mij schuldig aan. Wat heb ik nou weer fout gedaan?

Aan de overkant staat de Volkswagen stil. Een grote vent, een jaar of vijfenvijftig oud, is uitgestapt. Samen met zijn vrouw (een dienstreis is het niet geweest) maakt hij een praatje met een andere man.

Ik denk hem uit het veld te slaan. Ik vraag of hij vergunning heeft om mensen bijna aan te rijden. Maar hij zegt jazeker wel. Rijkswaterstaat meneer. Al de schuiven in het Haringvliet, die vallen onder hem. Hij roept mij ook zijn naam nog na, en dat ik toch geen been heb om op te staan.

Van Ouddorp naar Oostvoorne. Het laatste strand. De wind zet Rekels beide oren overeind. Hij heeft een medehond ontdekt en gaat er kwispelend op af. Zo is het al sinds Sluis – wanneer was dat ook weer? Geen hond zo groot of ver, of Rekel moet erheen en stelt zich netjes voor en wint wat informatie in. De hond is op tournee. *Rekel for president.*

De laatste duinen in. De zon doet mooie dingen in een herfstig bos. We zijn die dingen echter moe en van het bos meen ik te weten dat het hier niet hoort.

Nu morgen nog, eerst Brielle dan Maassluis, de trein, naar huis. (6/11/'93)

Mijn broer is geweest. Hij had jarenlang een hond die ouder was dan de onze. Nu heeft hij er een die jonger is – een slanke, zijdezachte bastaardherder, vier maanden pas en bovendien een teefje.

Rekel keek er wel van op, van dat vreemde beest dat opeens in de gang stond. Hij kwispelde en zette een hoge borst op. Vervolgens het geijkte snuffelwerk en een paar pogingen tot beklimming. Zo ragden ze de kamer rond. En toen ging hij staan blaffen, meer tegen ons dan tegen haar.

Het jonge hondje week gehoorzaam terug, maar dat was niet genoeg. Het was duidelijk de bedoeling dat ze zou worden verwijderd, dat ze in rook zou opgaan. Op dat moment maakte Rekel een geagiteerde, *beledigde* indruk.

Daarna kwam hij bij me zitten, met zijn rug tegen mijn been gedrukt. Het was lang geleden dat hij dat op die manier gedaan had – toen hij zelf nog jong en niet gewend was, als een zorgwekkende buitenstaander het huis betrad. Ja, Rekel maakte zich zorgen.

'Nou, rustig maar,' zei ik. 'Die hond is niet van ons, wij nemen geen nieuwe.' Want zo was *hij* ook binnengekomen, als nieuweling toen de vorige op zijn laatste benen liep. Ik wil niet zeggen dat hij dat nog wist. Maar ik dus wel.

Rekel maakte de kamerdeur open en ging naar boven. De hele middag is hij nog maar één keer komen kijken. Of ze al weg waren.

(8/1/'94)

BEFJE

We komen uit het Bredius, we moeten oversteken. Ik fluit de hond en hij komt vrolijk aangedraafd, hij vindt het niet erg om te luisteren.

Iris zegt: 'Jammer dat dat befje zo heen en weer gaat.' Jammer? Waarom? 'Omdat dat er dom uitziet. Onbenullig. Terwijl het toch een pienter hondje is.'

Hoe je langs elkaar heen kunt leven! We hebben hem achtenhalf jaar en zijn befje heeft nooit ter discussie gestaan. Het is zuiver wit (alleen in een omgeving van verse sneeuw lijkt het enigszins te vergelen) en het loopt van de ruimte tussen zijn voorpoten naar zijn keel. Als hij draaft accentueert dit befje een beweging van de vacht die anders nauwelijks zou opvallen.

Voor mij is het heen-en-weer van zijn befje een van zijn grootste attracties. Dikwijls heb ik me afgevraagd of ik het ooit behoorlijk onder woorden zou kunnen brengen – deze beweging en wat die me doet. Vermoedelijk hierom: hij is, als je zijn befje zo merkwaardig ziet schuiven, altijd bezig om naar je toe te komen en voor mij is een dier dat graag naar je toe komt nog steeds iets aandoenlijks.

Rekel komt aangedraafd en ik wijs hem de plaats naast mijn rechtervoet. Vaste procedure als we moeten oversteken. Hij gaat zitten. Hij wacht af. Hij geeuwt. Ik denk: hij vindt het *spannend* om te luisteren.

(14/1/'94)

BLIJDSCHAP

Rekel is een weekje ziek geweest. Hij had pijn in zijn rug. Hij liep met stijve heupen en hield zijn staart angstvallig omlaag, alsof hij gebroken was.

De meeste tijd liep hij trouwens helemaal niet. Hij lag merkwaardig op het matje voor de keukendeur en verdeed zijn leven met diepe zuchten en droevige blikken. Van tijd tot tijd werd hij bevangen door parkinsonachtige rillingen. Maar ik moet erbij zeggen dat hij als het op pijn aankomt een beetje een mietje is.

Ik ging op mijn hurken zitten en aaide hem over zijn kop. 'Ja jongen, ziek zijn, dat zul je ook eens moeten leren.' Hij is al bijna tien.

Dokter Laibowitz heeft iets aan zijn anaalklieren gedaan en een antibioticum meegegeven. Daarna werd het stap voor stap beter.

Hij is weer in zijn mand gaan liggen.

Hij houdt zijn staart weer overeind.

Hij kwispelt weer.

Hij kan weer met zijn snuit bij zijn achterlijf.

Hij komt weer kijken als je brood klaarmaakt.

Hij is weer zelf zijn riem gaan halen.

Hij loopt de trap weer op en af.

Ongeveer in deze volgorde. Elke dag brengt blijdschap in ons huis. Alsof hij terugkeert naar zichzelf. Alsof hij zonder dood te zijn geweest opnieuw geboren is.

(1/2/'94)

De trein remde langzaam af en kwam met een schokje tot stilstand. In het onderstel ontsnapte een hoeveelheid perslucht: Tsssss! Rekel keek om en snuffelde even aan zijn achtereind. Of er soms een wind was gelaten.

Ik zag een polder die vermoeid in de zon lag. Ik zag eenden bij een wak in de sloot. Ik spitste mijn oren. Achter mijn rug had een vrouw het over eigenheimers. Het klonk als de echo van een gesprek dat ongeveer mijn hele jeugd moet hebben geduurd.

Over kleiaardappels en zandaardappels. Over het poten van aardappels en het rooien van aardappels. Over coloradokevers. Over ouwe aardappels en nieuwe aardappels. Over aardappels bij de ene en aardappels bij de andere groenteboer. Over rassen van aardappels en prijzen van aardappels. Over het schillen en pitten van aardappels. Over aardappelmesjes. Over het koken van aardappels, het afgieten van aardappels, het droogkoken van aardappels en het aanbranden van aardappels. Over bloemige aardappels en glazige aardappels. Over het bakken van aardappels. Over het prakken van aardappels. Over het bevriezen en uitlopen van aardappels. Over aardappels in de oorlog. Over aardappelpuree, aardappeloproer en aardappelziektes. Als je erover nadenkt: niet te geloven wat de mensen allemaal over aardappels te zeggen hadden. Maar het ging dan ook over de kwaliteit van hun bestaan. Het ging tenminste niet over wijn of zo.

(18/2/'94)

OF ANDERSOM

Ik vraag mij regelmatig af wat wij in honden zien. Of andersom, wat ziet een hond in ons?

In de heuvels van Andalusië legden honden een vriendelijke schuwheid aan de dag. Vriendelijk omdat de niet-vriendelijken onder hen vermoedelijk zonder omhaal werden afgemaakt. Schuw omdat ze nooit zeker konden zijn of ze wel vriendelijk genoeg waren.

Een uitgestoken hand, een bemoedigend woord, een aangeboden stukje koek – het hielp allemaal niets, ze bleven vriendelijk op afstand. Kreunend van verscheurdheid boden ze de verleidingen het hoofd. We besloten ze deze kwelling verder te besparen en gingen voortaan zwijgend, met een vluchtig, enigszins schrijnend gevoel van misverstand aan honden voorbij.

In de bocht van een stoffig weggetje kwamen ons twee herders tegemoet. Ze waren pas een maand of drie, de ene geel, de andere zwart, wollig en broos. Ze hoorden bij een tuintje waar iemand in de zon aan het werk was. De moederherder bleef bij het hek staan blaffen.

Ruim voordat we ze konden aanhalen, gingen de jonge dieren aan de kant. We zeiden niets, we maakten zelfs geen oogcontact. Maar toen ik in de volgende bocht achteromkeek, stonden ze ons midden op het weggetje na te kijken, die gele en die zwarte, je zou haast zeggen: roerloos, maar ze *kwispelden*. Zo blij. Alleen omdat ze ons hadden gezien. Alleen omdat ze snapten dat wij mensen waren.

(22/3/'94)

KARAKTER

's Nachts ligt Rekel op de overloop, meestal in zijn mand, soms ernaast. Soms, meestal in het weekend, kijkt hij toe hoe iemand die het laat heeft gemaakt, in het donker naar boven komt. Dan kwispelt hij behoedzaam met zijn staart, tot er op zijn poten wordt getrapt.

Of in het vrije veld, als je over je rechterschouder kijkt, terwijl hij je juist links is gepasseerd. Hè, waar blijft die hond! Je roept, je fluit, en hij die vóór je loopt, blijft gehoorzaam staan. Zodat je over hem struikelt.

Of in de tuin, als je met een tafeltje loopt te sjouwen – dat dat stomme beest dan precies daar gaat zitten waar je hem niet in de gaten hebt.

Hij reageert met een woedende snauw en een bijtende beweging. Vervolgens komt hij met z'n voorpoten tegen je op staan. Hij gromt. Hij gromt verschrikkelijk. Hij siddert van het grommen. Hij haalt schokkend adem en zet dat grommen voort.

'Ja, rustig maar, ik deed het niet expres, het was per ongeluk, ik zag je niet.'

Maar daar heeft hij geen boodschap aan. Voor hem is het verraad. Je hebt hem op zijn ziel getrapt. Hij is niet zo groot. Hij leeft nogal dicht bij de grond. Hij heeft geleerd om op zijn strepen te staan. Voor alle zekerheid neemt hij altijd boze opzet aan.

Ik heb het zelf ook weleens. Dat je bij de tandarts zit. Dat je je vuisten balt om terug te slaan.

(22/4/'94)

OMSINGELING

Naarmate hij ouder wordt zoekt Rekel meer en meer de eenzaamheid. Soms verblijft hij urenlang op een onduidelijke plek in huis. Als hij weer te voorschijn komt, kijkt hij je aan alsof hij een ontmoeting heeft gehad waarover hij geen mededelingen kan doen, alsof hij buiten zijn schuld is toegetreden tot een geheim genootschap.

Een tijdje terug verdween hij ook onmiddellijk van mijn kamer als ik aan het werk ging. Ik hoefde mijn schrijfmachine maar aan te zetten of hij kneep ertussenuit. Maar tegenwoordig is het net andersom. Nu is dit een bezigheid waarbij hij in geen geval wil ontbreken. Zodra hij hoort tikken komt hij naar boven. Hij gooit de deur open, kijkt even of ik het zelf ben en nestelt zich op de stoel tegenover mijn bureau.

Misschien dringt het belang van mijn werk eindelijk tot hem door. Misschien is het iets in mijn houding, hoe ik mijn ogen en handen beweeg, uitingen van spanning, tekenen van berekening – iets wat een gevoel van jagen geeft.

De jacht op een woord, de omsingeling van een idee, het strikken van een zin.

Hij weet allang dat hij niet daadwerkelijk aan deze jacht kan deelnemen. Maar hij wil in de buurt zijn. Hij slaapt niet echt, hij sluimert maar, zijn mechanisme is stand-by. Zo nodig springt hij in. Zo nu en dan slaat hij zijn ogen op. Hij kijkt naar mijn gezicht. Nog altijd niks gevangen baas?

(20/5/'94)

Als ik klaar ben, als ik mijn schrijfmachine naar achteren schuif en mijn papieren heb geordend, als ik mijn sigaar heb weggelegd, als ik eindelijk opsta en naar de hoek van mijn kamer loop om de cd-speler uit te zetten, dan staat de hond al met een zwaaiende staart en opgewonden oren bij de trap.

Je kunt van alles van hem zeggen, maar niet dat hij veel geduld heeft. Als een valk stort hij omlaag. Hij blaft. Hij draait krankzinnig rond tot ik me bij hem voeg. Het gaat gebeuren, vast en zeker, maar naar zijn zin niet vlug genoeg.

Soms ben ik al met mijn schoenen bezig als me een beter woord of een overtollige komma te binnen schiet – dan moet ik eerst weer helemaal naar boven toe.

Soms heb ik mijn jas al aan als de post in de bus wordt gegooid.

Soms heb ik de verrekijker al om mijn nek als toch de telefoon nog gaat.

Na al dat onbegrijpelijke oponthoud de keuken in. De hond daast om mij heen. Hij ziet dat ik zijn riem neem en hij maakt op dat moment een toepasselijk, speciaal voor deze gelegenheid gereserveerd geluid.

Het betekent *zie je wel* – alsof hij, na een leven vol twijfel, tegenslag en misverstand, in een gevoelige kwestie alsnog in het gelijk wordt gesteld.

Het klinkt als hoempf.

(21/5/'94)

BIJ DE PINKEN

Soms zien ze er als polderjongens uit, met modderige laarzen tot hun lies. Soms glanzen ze als meisjes voor een feest, geborsteld, opgemaakt en nieuwe kleren aan. Dat doet het weer. Dat maakt ze telkens vuil en ook weer schoon.

Verleden week zeiden de boeren dat het wel oktober leek, de regen maakt het hele land kapot. Dan schijnt de zon en raakt de regen in vergetelheid. En morgen andersom.

69

Een koppel pinken, kerngezond. Zwartbont, roodbont en iets van een witrikkoe. Ik hou wel van het vale dat een witrik heeft.

Ze komen op een drafje naar het hek, een paar attent voorop en eentje sullig achteraan. Ik wacht die laatste altijd af. Het lijkt me sneu voor haar als je dat niet zou doen.

Het beestenspel van duwen, wringen, snuiven, stampen, wijken, zwaaien met de kop. Die vreselijke gele dingen in hun oor, dat nummer, streepjescode, levenslang.

Ik bied mijn hand aan en er komt een snuit omhoog, en er verschijnt een bleke tong. Maar als ik eerlijk ben: ze hebben geen behoefte aan mijn hand, ze zijn nieuwsgierig naar mijn hond, veel lager aan het hek, waar snuiven wordt geruild met snuffelen.

De groene ruimte om ons heen.

Wat moesten we met al dat gras als er geen koeien waren om het op te vreten? Of stel dat koeien slechts op pannenkoeken konden leven – waar haalden we dan genoeg beslag vandaan?

(18/6/'94)

HOND & AUTO

Hoe kijkt een hond tegen een auto aan? Ik had het me nooit met zoveel woorden afgevraagd, ik zou niet gauw op het voor de hand liggende antwoord zijn gekomen.

In *Het verborgen leven van honden*, een nogal tuttig boek overigens, beschrijft Elizabeth Marshall Thomas de omzwervingen van Misha, een Siberische husky. Misha woonde in Cambridge, een voorstad van Boston, en had de gewoonte aangenomen om op eigen houtje op pad te gaan. Uit klachten van omwonenden kon worden opgemaakt dat zijn privé-terrein een oppervlakte van driehonderdvijftig vierkante kilometer besloeg. In het verkeer gedroeg deze vrijgevochten hond zich buitengewoon bedachtzaam. Hij scheen heel goed te begrijpen dat auto's gevaarlijk konden zijn, vooral op doorgaande wegen. 'Daarom behandelde hij ze met respect. Aan de rand van de weg bleef Misha altijd onderdanig staan, met zijn kop en staart omlaag, zijn ogen halfdicht en zijn oren beleefd gevouwen. Als de auto's hem hadden kunnen zien, zouden ze hebben begrepen dat hij hun gezag niet wilde betwisten.' Hij deed kortom een beroep op hun welwillendheid. Conclusie: honden zijn geneigd auto's te bejegenen alsof het levende wezens zijn – een hond bekijkt de auto als een dier, een wreed, onredelijk beest.

Het moet een vreemde sensatie zijn, voor Rekel, dat je in een *dier* kunt stappen om naar het strand te gaan.

(22/6/'94)

MET AMUNDSEN

Een cocktail van sneeuw en ijs, temperaturen tot veertig graden onder nul, gespleten gletsjers, dichte mist en gruwelijke storm – Amundsen op weg naar de zuidpool.

Op 10 december 1911, al onder de 88ste breedtegraad, stond Uroa, een van de sledehonden, met gespannen aandacht naar het resterende zuiden te kijken. Ook Mylius, Ring, Kolonel en Suggen staken hun snuit naar die kant en snoven de lucht op.

Dit gedrag verontrustte Amundsen en de zijnen zeer. Menselijkerwijs gesproken kon in de witte leegte geen levende ziel te bespeuren zijn. Mens noch dier was ooit zo ver geweest. Of het moest Scott zijn. Ze wisten dat ook hij probeerde naar de pool te komen.

Het moment werd nooit verklaard. De honden deden er het zwijgen toe en Amundsen waagde zich niet aan speculaties.

Hij was met 42 honden vertrokken en zou er 99 dagen later, na een tocht van drieduizend kilometer, nog elf over hebben. Sommige waren ontsnapt of van uitputting bezweken. De meeste waren als ze hun werk hadden gedaan domweg afgemaakt en bewezen de expeditie hun laatste dienst als delicatesse.

Ik mag er in zo'n geval graag aan denken dat deze honden geen enkel besef hebben gehad van het doel of nut van hun inspanningen. Of meer in het algemeen, dat waarschijnlijk elke opgelegde taak een hond moet voorkomen als een ondoorgrondelijk, door God uitgevaardigd gebod.

(9/7/'94)

Onze hond kan met belangstelling toekijken hoe een andere hond gaat zwemmen. Maar zodra die andere weer op het droge komt en zich dreigt uit te schudden, maakt de onze dat hij wegkomt.

Misschien komt het hierdoor. Een dag nadat we hem uit het asiel hadden gehaald, nam ik hem voor het eerst mee naar de Hollandse Kade. Het was augustus en hij probeerde plompverloren via het eendekroos een sloot over te steken. Nadat hij drijfnat de overkant had bereikt, probeerde hij het nog een keer om weer terug te komen. Toen is hij behoorlijk van streek geraakt.

Maar ik mag niet zeggen dat onze hond nooit van zijn leven heeft gezwommen. We zijn eens met een camper dwars door Italië getrokken. In Vieste, aan de Adriatische kust, liet ik hem door de heuvels lopen tot hij daas was van de hitte en de dorst. Uiteindelijk kwamen we, zoals mijn bedoeling was, op het strand terecht. Ik gaf het goede voorbeeld en zowaar, hij kwam mij na, steeds dieper in zee. Rekel zwom! Vier, vijf tellen misschien. Toen sloeg een heel klein golfje over zijn neus. Hij keerde proestend om en ging bij mijn kleren liggen. De rest van de dag heeft hij mijn doen en laten met een zekere verbijstering gadegeslagen.

Soms, in de Alpen, als het extreem vermoeiend en warm is, gaat hij op een rustig plekje een paar centimeter een beek in. Moet je de hond eens zien, zeggen we dan.

(1/9/'94)

DEFECT

Rekel mag zo onderhand een ervaren berghond worden genoemd, maar het is de vraag of hij daarvan nog veel profijt zal hebben. Hij wordt oud.

We daalden af langs het Ischmeer aan de achterkant van de Mettenberg. De hond ging steeds vooruit. Soms kwam hij opeens terug en dan kon je uit zijn schichtige opwinding opmaken dat hij op problemen was gestuit, een passage waar je handen nodig had om een touw vast te houden of voeten om een laddertje af te gaan. Hij weet dat hij desnoods gedragen zal worden, en dat maakt het nog erger. Dus rent hij weer weg en zoekt hij, nerveus, gejaagd, zelf een oplossing.

Misschien heeft hij zich toen bezeerd. Misschien was het psychisch, heeft die afdaling hem emotioneel te zwaar belast. Mij bezorgde hij deze middag telkens bijna een hartstilstand.

Het kan ook het daaropvolgende, urenlang aanhoudende onweer zijn geweest. Donder en bliksem grijpen hem heftig aan.

De volgende morgen weigerde hij op te staan. Hij keek helder uit zijn ogen en toen we onze schoenen begonnen aan te trekken, zag hij zelfs kans zijn oren overeind te krijgen (belachelijke oren trouwens, vleermuizenoren, bij deze oren heeft iemand beslist een greep in de verkeerde bak gedaan), maar hij stond *niet* op.

Een spontaan geval van alpinofobie. Rekel bleef thuis en wij moesten zelf maar uitmaken wie er bij hem zou blijven.

(9/9/'94)

 AREND

Boven het bos verscheen opeens een geweldig stel vleugels. Bij die vleugels hoorde een vogel en die vogel nam zonder veel omhaal de kroon van een mager sparretje in bezit. Een steenarend. Hij schudde zich uit en keek even naar de mensen die stonden te kijken. Ze deden hem niks.

Toen bezon hij zich op zijn positie. Hij besefte dat een steenarend weleens te zwaar zou kunnen zijn voor de kroon waarin hij was neergestreken en besloot een paar takken naar beneden te gaan. Behendig gebruikte hij zijn snavel om zich te verzekeren van steun en evenwicht. Het was zoals hij klauterde precies een papegaai. En dan zijn er mensen die denken dat steenarenden geen gevoel voor humor hebben.

Hij schudde zich nog eens uit en keek opnieuw, als om een hoekje, naar de mensen die stonden te kijken. Ze deden hem nog altijd niks. Dus richtte hij zijn aandacht op hun hond, een argeloze snuffelaar. Die overweldigende blik, dat amalgaam van zich verbazen, woede en berekening.

Als Rekel een tekkel was geweest was hij nu, in deze alinea, voor de bijl gegaan. Stel je voor: de vlucht van een arend met een hond in zijn klauwen, jouw hond, steeds hoger.

Een tijdje later begon het te regenen en daarna harder, steeds harder. Het kwam met bakken uit de hemel en die avond, de laatste, viel op vele hellingen de eerste sneeuw. Net als vorig jaar.

(12/9/'94)

DRIE JONGENS

Op het jaagpad langs de Oude Rijn gaat een fietsbel. Als ik omkijk: drie jongens van dertien op weg naar school. Ze bellen eigenlijk voor de hond.

Ten aanzien van fietsers heeft Rekel met zichzelf een minnelijke schikking getroffen. Hij rent ze niet achterna en hij bijt niet naar hun hielen. In ruil daarvoor neemt hij de vrijheid om ook niet voor ze aan de kant te gaan.

Die jongens bellen voor de hond. Hij ziet mij omkijken, kijkt zelf ook even om, kwispelt een beetje en versnelt zijn pas, maar houdt exact het midden van het pad. Op zulke momenten komt het me voor dat hij grijnst.

De jongens maken een omtrekkende beweging. Ze rijden over een hobbelige grasstrook en keren vervolgens één voor één terug naar het asfalt, waarna ze in dezelfde volgorde één voor één een hand naar achteren doen, de bagagedrager, om te voelen of hun tas er nog is. Wat me eraan herinnert dat er twee soorten rampen waren: rampen die je kon verwachten en proberen te voorkomen, bijvoorbeeld door van tijd tot tijd te voelen of je tas nog goed zat, en rampen die op de vreselijkste plaatsen in hinderlaag lagen, als je een proefwerk had en ontdekte dat je de verkeerde stof had geleerd, of als je een meisje haar jas wilde aangeven en je het lusje eraf trok – rampen die als een handgranaat op je af kwamen rollen. Met deze verschrikkingen leer je leven en dat noemen ze onderwijs.

(5/11/'94)

74

De hond had last van zijn darmen. Hij borrelde als een percolator. Nu en dan bleef hij achter om zich te ontdoen van een portie schuimend braaksel of waterige ontlasting. Zielig voor de hond.

We hadden een vrije dag en waren naar Nijmegen gegaan, de Hatertse vennen. Alles als vanouds. Verstolen paadjes, zanderige heuveltjes, donkere bosjes en hier en daar een open veld, een solitaire dennenboom. En de vennen zelf natuurlijk.

Het was nevelig. Overal hingen spinnenwebben en druppels. Vrijwel geen wind. De blaadjes die uit de bomen kwamen vallen, deden dat geheel uit eigen beweging.

Nu moet je het lawaai van de snelweg even wegdenken. Jawel, dat lukt wel. Ik bedoel, als het ons telkens weer lukt om het leed van de hele wereld weg te denken, dan is het lawaai van de snelweg een fluitje van een cent.

Toen kwamen we bij een weilandje. Dat lag zo stil en eigenaardig in het bos. Als je naar dat weilandje keek was het net of je een kop warme thee in de kom van je handen nam.

Er stonden een stuk of zes jonge koeien op de winter te wachten. De hond begon gras te eten en een van de koeien kwam kijken. Ze stak haar neus onder het prikkeldraad door. Haar ogen werden groot van verwondering. Hé maat, dat doe je helemaal verkeerd, je moet je tong gebruiken, niet je kiezen maar je tong!

Rekel keek op, zag die koe en kwispelde.

(10/11/'94)

AANSPRAKELIJK

Wat me bij een hond weleens benauwt is zijn volslagen gebrek aan verantwoordelijkheidsbesef.

Hij gedraagt zich alsof hij is bekleed met een grondwettelijk vastgelegde onschendbaarheid, alsof hij zich ontslagen mag achten van elke vorm van aansprakelijkheid.

We kwamen uit de stad en liepen langs de Oude Rijn naar huis. Op zeker punt kun je dan kiezen tussen rechtdoor over het jaagpad of rechtsaf, via een gangetje tussen de huizen door naar de Utrechtsestraatweg. Dit is een drukke weg, er wordt vaak hard gereden.

Ik zag dat Rekel vlak achter me zat en ging rechtdoor. Toen ik even later nog eens omkeek was hij verdwenen. Ik floot op mijn vingers. Ik begon terug te lopen.

Ik zette het op een holletje en weldra stond ik voor een dilemma aan de rand van de straatweg.

Als hij was overgestoken moest ik zo gauw mogelijk naar de overkant. Als hij zich alleen maar even onzichtbaar had gemaakt en nog achter me zat, moest ik juist niet naar de overkant. En daarginder kwam hij aan. Hij zag me staan, begon te kwispelen en maakte zich, voor het geval ik boos was, wat kleiner.

'Blijf daar,' riep ik nog, maar dat kon ik, dacht hij, niet menen. Pardoes de weg op en van beide kanten kwamen auto's aan.

Afijn, we zijn er nog en ik mag natuurlijk geen drama maken van wat er niet is gebeurd. De vlammen slaan me uit. Wat zo'n hond zichzelf ook aandoet, het is *jouw* fout.

(17/12/'94)

TWEE TRUIEN

Waarom het bos bij de Stenen Tafel?

In de winter van '56, woensdagmiddag, vrij van school, woedde hier een witte storm. Blindelings, jager en prooi tegelijk, stoof de wind over de paden, tussen de bomen, langs de hellingen. Het leek wel omhóóg te sneeuwen.

Maar dat was natuurlijk niet zo.

Op sommige plekken viel de sneeuw neer en kon zij blijven liggen. Aan de rand van een paardenweitje vormden zich hoge, onbetreden golven.

Prins en ik.

Prins, een Duitse herder, een onvoorstelbare atleet, een en al *Aus dauer.* Ergens zakte hij zo diep weg, dat hij niet meer voor- of achteruit kon. Dat is tenminste wat ik me herinner: een door sneeuw ingesloten hond, die gewoon niet kon geloven wat hem overkwam. Verbijsterd keek hij naar mij om.

Tien was ik, bijna tien. Meestal in een trui. Als het erg koud was twee truien.

Ik kom er nog weleens, in dat bos. Dan loop ik langs bomen die erbij zijn geweest, die woensdagmiddag, die witte storm. Vooral een paar monolithische eiken. En een achtstammige beuk, wat eruitziet als een reusachtige vuist met mikadohoutjes.

Dat er altijd wel bomen zijn die het ook hebben meegemaakt – daar sta je niet vaak bij stil.

Zij wel.

Altijd.

(2/1/'95)

HERMANS

Bij Loek Hermans moet ik altijd even aan mijn vorige hond denken.

Voordat hij commissaris van de koningin in Friesland werd, was hij burgemeester van Zwolle, dáárvoor lid van de Tweede Kamer en dáárvoor lid van de gemeenteraad in Nijmegen. In die gemeenteraad zat ik toen ook.

Na een vergadering liepen we gezamenlijk naar een bij het stadhuis gelegen parkeergarage. Ik nam mijn fiets en Loek, altijd al piepjong, zei dat hij het een mooie fiets vond. Als je bedenkt tot welke partijen we behoorden, was dit een blijk van buitengewone ruimdenkendheid.

Goed, hoe komen we nu bij mijn vorige hond?

Daarvoor moet ik eerst dieper ingaan op die fiets. De kleur was paars, het merk Cové. Handremmen, drie versnellingen en inderdaad, de mooiste fiets die ik ooit gehad heb. Hij verhuisde mee van Nijmegen naar Woerden, waar hij na verloop van tijd uit mijn eigen schuur gestolen werd. En daar komt mijn vorige hond om de hoek kijken, Bello. Bello woonde door omstandigheden in een hok in de schuur. Het staat wel vast dat hij erbij is geweest toen mijn fiets werd gejat. Ik weet zeker dat hij heeft staan kwispelen.

Natuurlijk bedoel ik hiermee niets ten voor- of nadele van Loek Hermans. Alleen de associatie.

(20/1/'95)

WAAKZAAMHEID

Een tijdje terug schreef ik hier dat er bij ons een keer een fiets werd gestolen en dat we toen een hond hadden die daarbij kwispelend moet hebben toegekeken. Dat heeft zeker iemand op een idee gebracht (of zo'n rubriek ook gelezen wordt!). Nu is er weer een fiets gestolen. Wat de hond betreft: we hebben allang een andere en deze is zo waaks als een witte gans. De halve nacht ligt hij op de overloop te grommen en enkele keren per week barst hij uit in een bloedstollend geblaf. Soms valt nog wel na te gaan waarom: ergens in de straat wordt een autoportier dichtgegooid, of er komen een paar jongens om de hoek die naar de kroeg zijn geweest, of het is alweer ochtend en er wordt een krant bezorgd. Maar doorgaans blijft zijn opwinding een raadsel. Goed, op een morgen mis je een fiets uit de schuur. De hond, dat weet je best, heeft wel degelijk alarm gegeven en je hebt, dat weet je ook best, wel degelijk gereageerd: godver Rekel, hou je kop! Want je wordt stapelgek van dat kabaal.

Voorlopig gaat de boel weer goed op slot, de komende nachten zal de waaksheid van Rekel anders worden gewaardeerd. En dat ebt vanzelf weer weg. We zeggen: als het kalf verdronken is dempt men de put, en dan denken we meestal dat er een kritische noot wordt gekraakt. Maar laten we eerlijk zijn – het is ook een beetje raar om de put te dempen vóór het kalf verdronken is.

(7/2/'95)

JARIG

Rekel wordt dezer dagen elf. Je mag aannemen dat hij het eind van deze rubriek wel zal halen – op zijn sloffen zelfs; het duurt niet zo lang meer. Met verbazing zie ik dat ik drie jaar geleden al noteerde dat hij oud begon te worden. Dat komt me inmiddels schromelijk overdreven voor. Ik vraag me zelfs weleens af of ik zijn oude dag niet met een zeker ongeduld tegemoet heb gezien. Zo ja, dan heeft dat toch ook een voordeel opgeleverd.

Het voordeel is dat het nu vaak geweldig blijkt mee te vallen. Het is net alsof hij oud *geweest* is en in de tussentijd alweer behoorlijk opgeknapt. Hij wordt grijs in zijn gezicht, maar hij glanst gezond en hij onderhoudt zijn vacht nog even fanatiek. Hij loopt tegenwoordig misschien wat meer achter me aan dan voor me uit, maar zijn tred is nog soepel. Hij springt niet meer zo hoog als vroeger voor een biscuitje, maar nog altijd een stuk hoger dan de meeste andere honden. En eind april gaat hij gewoon weer mee naar Zwitserland.

's Morgens, als iedereen naar zijn werk is en ik nog wat zit te lezen, gooit hij eigenhandig de kamerdeur open. Hij sluipt naar een plekje in de zon en daar gaat hij liggen, languit op zijn zij. Hij slaakt een zucht. Hij doet zijn ogen dicht. Er kan hem niets gebeuren.

(30/3/'95)

OP KIJKDUIN

's Morgens, als iedereen naar zijn werk is en ik nog wat zit te lezen, gooit hij eigenhandig de kamerdeur open. Hij sluipt naar een plekje in de zon en daar gaat hij liggen, languit op zijn zij. Hij slaakt een zucht. Hij doet zijn ogen dicht. Er kan hem niets gebeuren.

Dat was gisteren. Dat was mijn elfjarige hond. Op zo'n moment doet hij me denken aan oude mensen op Kijkduin. Voor een directe confrontatie met het strand zijn ze te broos, te moe, te kortademig geworden. Maar een verblijf op een verwarmd terras kunnen ze nog aan.

En dan bestellen ze koffie.

Eerst bekruipt me nu een gevoel van stille verbijstering en dat komt natuurlijk door het wenken van de dood. Ik bedoel, als ík begrijp hoe oud die mensen zijn, moeten ze dat zelf toch ook begrijpen. En om dan koffie te gaan zitten drinken!

Aan de andere kant: voor een heleboel andere dingen zal het als je zo oud bent wel te laat zijn. Het lijkt me goed om daar vrede mee te hebben. En als je het naar je zin hebt, wat doet het er dan toe hoe lang er nog te leven is?

Per saldo stelt het me eigenlijk wel gerust, dat koffiedrinken van die mensen. Mijn bord met poffertjes met appellikeur is inmiddels leeg. Ik vraag de rekening, en kom, zeg ik, we gaan. Dicht langs zee terug naar Scheveningen, Rekel en ik.

(31/3/'95)

ONDERTUSSEN ZON

Ze heeft *niet* nog eens gevraagd of ik geen gevaarlijke dingen wilde doen. En waarom zou ze ook? Ze weet dat geen enkele belofte iets kan veranderen aan mijn opvattingen over gevaarlijke dingen, net zo goed als ik weet dat geen enkele belofte kan verhinderen dat ze zich ongerust loopt te maken.

Iris heeft zaterdag de trein naar huis genomen. We hadden ontbeten, de spullen waren gepakt. Ze ging op het balkon staan en keek naar de bergen aan de overkant. Ik keek op mijn horloge en zag: nog tien minuten, net genoeg om de afwas te doen. Er vestigde zich op dat moment een nieuw bewind. De vooruitzichten zijn vier weken eenzaamheid – waar ik eigenlijk wel benieuwd naar ben. Rekel is hier gebleven. Die zal nog genoeg te stellen krijgen met zijn eigen eenzaamheid. Hij heeft iets van een herdershond. Hij zal een wandeling met één persoon niet gauw versmaden, maar zijn voorkeur gaat uit naar twee of meer – het idee dat hij de boel bij elkaar moet houden.

Ondertussen zon en bijna twintig graden. De lente grijpt als vuur om zich heen. De ene dag de eerste koekoek, de volgende het eerste paapje. 's Morgens de eerste vliegjes bij het huis, 's middags de eerste boerenzwaluwen, 's avonds de eerste vleermuizen en tegen het slapengaan de eerste bliksemflitsen, zij het nog zonder dat het tot een daadwerkelijk onweer komt.

(1/5/'95)

VERSCHIJNSELEN

Op een ochtend kwamen we op een moerassig heideveld. We hadden al een hele tijd gelopen, maar het was pas zeven uur. Het was pas zeven uur, maar Rekel had al een jong vosje doodgebeten, mijn schuld, de dag was eigenlijk al bedorven.

Daarboven was alles stijfbevroren. De sneeuw was korstig en op het water, dat hier en daar in poeltjes stond of zomaar over de vegetatie was gestroomd, lag een laagje ijs zo broos als vensterglas. Hoe je ook liep, het knerpte.

Juist daar deed zich een merkwaardig verschijnsel voor. Het kondigde zich aan in een overdreven *koerend* geluid, dat het hele veld scheen te omspannen en bedoeld leek om (met korte onderbrekingen) altoos te worden voortgezet.

Het was zwart, glanzend zwart, en het zat met het aplomb van een torenhaan op het topje van een spar in de verte. Aan de staartzijde droeg het een witte waaier, aan de kopzijde een bessenrode knop. Op momenten van onderbreking bleek het zich enigszins op te richten en om zich heen te kijken, en dan werd er gesist. Ja, dat sissen hoorde je pas als je het had gezien.

Maar waarom zouden we moeilijk doen. Er bestaat een handzaam woord voor dit verschijnsel en dat woord is korhaan. Er zat een korhaan op dat bevroren heideveld en eerlijk, juist op dat moment brak boven de Grosse Scheidegg de zon door de wolken. De natuur bekommert zich niet om kunst of kitsch.

(18/5/'95)

FRIS

Rekel houdt zich kranig. 't Is net Robert Redford die nog één keer de mooie blonde jongen speelt.

Ik had er een hard hoofd in. De laatste weken in Nederland mankeerde er steeds wat aan zijn voorpoten, zodat hij enigszins strompelend door het leven ging.

Soms had hij die verslagen blik in zijn ogen van een hond die weet dat het beste er ondertussen wel af is.

De eerste dagen hier heb ik hem ontzien, maar dat bleek nergens voor nodig. Zo fris als een hoentje. Zodra ik de rugzak pak staat hij op scherp. Hij loopt alles wat ik loop en liefst nog iets meer.

Alsof hij de ouderdom heeft afgeschud.

Zaterdag zijn we in het kader van de gezinshereniging heen en weer naar Interlaken geweest.

Voor het eerst in vier weken gingen we verder dan tien kilometer van huis. Kijk, zei ik, daar is Iris.

Hij was natuurlijk blij haar te zien, maar om nou te zeggen dat hij verbáásd was, nee. Waarschijnlijk maakt het hem weinig uit of een trein in Interlaken of in Woerden arriveert. Hoogstens zal het hem hebben bevreemd dat we haar niet veel eerder zijn gaan halen.

Thuis ging hij languit naast zijn mand liggen. Hij keek nog eens verliefd naar ons op en viel ten slotte met een zucht in slaap.

In zijn slaap klopte hij af en toe met zijn staart op de vloer.
(29/5/'95)

Weekboek

Denk je dit eens in: je rolt je op in de vertrouwde ruimte onder je baas z'n bureau, je legt je poten goed, je steekt je snuit in de warmte van je eigen buik en dan val je in slaap in de veilige zekerheid dat hij boven je hoofd een stukje zit te tikken. Maar als je weer wakker wordt: geen baas te bekennen.

Je kijkt om je heen, je spitst je oren. Hoe is dit mogelijk? Nu moet je op zoek naar die man. Trap af, en je snuffelt aan de badkamerdeur, de slaapkamerdeur. Doodse stilte. Nog een trap af, en je snuffelt aan de wc-deur, de woonkamerdeur. Hij zal toch het huis niet uit zijn – zonder dat je het *gemerkt* hebt?

Sinds hij doof is, probeert de hond me doorlopend in het oog te houden. Zelfs als je de tv aanzet, voorheen het sein om direct de kamer uit te gaan, blijft hij nu bij je. Als je hem in de tuin laat, staat hij elke vijf minuten met zijn voorpoten tegen de vensterbank om te kijken waar je zit. Zijn doofheid vervult hem met wantrouwen.

Ik vraag me weleens af of hij zich de tijd dat zijn oren nog naar behoren functioneerden herinnert, of de woorden die hij had leren verstaan hem nog weleens te binnen schieten – Rekel, eten, zit, kijk, poes, pak je riem, ga je mee?

Zou hij vanuit zijn huidige toestand kunnen terugdenken aan die van vroeger? Dus dat *hij* zich afvraagt wat er nou toch is misgegaan.

Waarom práten ze nooit meer met me?

Waarom flúíten ze niet gewoon als ze me nodig hebben?

(18/7/'98)

Vroeger reageerde hij juist zo grappig op onweer. Hij blafte terug. Of hij begon – in de polder, in de bergen – woest heen en weer te rennen om te zien wie 'm dat flikte. Natuurlijk heb ik in zijn opwinding altijd wel een element van angst vermoed.

Nu zou je zeggen dat een dove hond op dit punt minder gevoelig is. Maar integendeel. Hij signaleert opkomende buien nog steeds feilloos en reageert tegenwoordig – vooral sinds een inderdaad bloedstollende nacht dit voorjaar in Oostenrijk – met zuivere paniek.

Dus je wordt wakker van een atmosferisch gegrom en je hoort meteen het hijgen van de hond.

Hij slaapt op mijn werkkamer, boven.

Je zou hem mee naar beneden kunnen nemen, maar in zijn benauwdheid begint hij allerlei dingen om te stoten. Of hij probeert ergens achter, onder of tussen te kruipen en krabt het leer van de bank kapot. Als je hem dan corrigerend in zijn nekvel pakt, bijt-ie. En dat is ook zo treurig, dat is een hulpeloze, een *zielige* manier van bijten.

Nee, je kunt hem maar het best boven laten en erbij gaan zitten. Praten heeft geen zin, hij hoort je niet. Aaien heeft ook geen zin, hij heeft geen rust. Hij loopt almaar rondjes, zijn nagels tikkend op het zeil. En hij hijgt. Hij hijgt zo ontzettend dat zijn hart wel bijna moet bezwijken. Alleen als het flitst houdt hij zijn adem in, in afwachting van de klap. Zo zit ik in het holst van de nacht aan mijn bureau. De regen vlaagt, de donder rolt, de hond hijgt en ikzelf leg een spelletje patience – als een zelfmoordenaar die nog één keer kijkt of de kansen niet keren.

(26/7/'98)

We hádden al een hond: Bello. Op zijn achtste begon hij af takelen, op zijn twaalfde was hij versleten.

Het vervelende van een oude hond is dat je er zelf zo oud van wordt. Je sjokt maar wat door de wijk, het is net of er nergens meer wat te beleven valt.

Je was nauwelijks de straat uit of Bello moest gaan liggen en dan zeiden de mensen dat je zo'n hond toch uit zijn lijden moest verlossen. Ja, als er één ding erger is dan de onverschilligheid van mensen, dan is het wel hun medeleven.

Uiteindelijk besloten we er, puur om onze eigen levenslust weer wat aan te wakkeren, een hond bij te nemen. We hadden al een grote, dus het mocht een kleinere zijn. We hadden al een rashond, dus het mocht een bastaard zijn.

Ik belde de asiels in de omgeving af en in Gouda hadden ze wel iets. Toen ik daar samen met Iris en Jan ging kijken, kwamen ze met een zwart-witte zenuwpees aanzetten die van opwinding zijn urine liet lopen. Gewend aan het formaat, de motoriek en de distinctie van een setter, vond ik dit maar een miserabel beest. En hij heette Rekel. Maar Jan sloot hem meteen in zijn armen en nou ja, dacht ik, een hond als Bello krijg je toch nooit meer.

Augustus '85. Anderhalf was hij toen en hij verbleef al vier maanden in dat asiel, hij moet dicht tegen de deadline hebben gezeten. Als je daaraan terugdenkt: wat een wending nam zijn leven op dat moment. Hij kroop door het oog van de naald en ging de toekomst tegemoet van een doorgewinterde polderhond met mooie antecedenten in de Alpen en, laten we niet nodeloos bescheiden zijn, een prominente positie in de Nederlandse letteren.

(1/8/'98)

Na al die maanden in het asiel was deze hond de buitenlucht volledig ontwend. Hij bespeurde overal uitlaatgassen en liep aan één stuk door te niezen.

Hij kon niet tegen autorijden – tien minuten in de achterbak en hij begon over te geven.

Hij wist niet wat een trap was – pas na een hele tijd kwam hij op het idee om maar eens boven te gaan kijken.

Hij wist niet wat spelen was – als je een bal naar hem toe rolde, sprong hij in de lucht van schrik.

En wat een sloot was wist hij ook niet – men zei dat hij het begin van zijn leven op een boerderij had gewoond, waarschijnlijk was hij *vergeten* wat een sloot was. De eerste keer op de Hollandse Kade (eind augustus, eendekroos) liep hij pardoes het water in. Daarna ben ik wel een halfuur bezig geweest om hem weer te pakken te krijgen, en daarna heeft hij zich nóóit meer over een sloot gewaagd (tenzij die bevroren was) – wat in een landschap als het onze, overal koeien, overal schapen, helemaal zo slecht niet uitkwam.

Maar wat katten waren wist hij wel. Als we hem op maandag gehaald hebben, zal het op vrijdag zijn geweest dat ik met mijn oude setter en die jonge bastaard op het jaagpad langs de Oude Rijn liep. Rekel achter een kat aan, een tuin door, de weg op en boem! Dat heeft niet lang geduurd, dacht ik. Toen ik (nogmaals: met mijn oude setter) eindelijk was omgelopen, stond daar een beteuterde automobiliste bij een ernstig gedeukte personenwagen. Waar was de hond? Weggerend!

Op dat moment, begreep ik later van Iris, krabde hij al aan ons tuinhekje, een eind verderop. Vier dagen en die wist al waar hij thuishoorde. Dus meteen al een verhaal om te vertellen hoe slim-ie wel niet was.

(9/8/'98)

In mijn werk heb ik eens een moment gecreëerd waarop je kon lezen dat honden aan de ene kant beroerde afscheidnemers zijn en aan de andere geweldige begroeters.

Als je daar nog eens over nadenkt: ze beheersen de kunst van het begroeten tot in de perfectie, en misschien is dat wel de sleutel van hun succes. Kost en inwoning in ruil voor overdreven vertoon van blijdschap bij thuiskomst van degene die kost en inwoning verschaft – geen slechte deal.

Dus als ik na een literair bedoelde avond terugkeer uit de provincie, mag ik bij het openen van de voordeur een halsbrekende roffel op de trap verwachten, gepaard aan uitzinnig gekwispel en woest geblaf. Ik ben gewend om nog voor ik mijn tas heb weggezet van alle kanten besprongen te worden, waarbij het blaffen min of meer in janken verandert en een natte tong mijn gezicht probeert te bereiken. Het spijt me voor mijn huisgenoten, die natuurlijk net de slaap hebben gevat, maar dit is nou eenmaal de natuur.

In plaats daarvan blijft het stil en in deze stilte, daar kun je gif op nemen, denk ik aan de dood.

Ik maak licht. Ik hang mijn jas weg. Ik loop de keuken in en neem wat te drinken, wat te eten uit de ijskast. Dan zachtjes de trap op, nog een trap op.

Rekel languit op het kleed in mijn werkkamer.

Ik aarzel. Ik zal hem moeten aanraken om hem op mijn aanwezigheid attent te maken. Maar zo dat hij niet schrikt. Hij is nogal bijterig als hij schrikt. Hé hondje, leef je nog?

Hij leeft nog. Hij doet tenminste zijn ogen open, heft zijn kop op, verbaasd, verdwaasd. Waarom sta ik daar? Sta ik daar al lang? Hoe zat het ook weer, was ik nou weg of niet? En dan komt er eindelijk beweging in zijn staart, voor alle zekerheid.

(15/8/'98)

Denk nu niet dat we met een terminale hond van doen hebben.

Hij is nog steeds geïnteresseerd als ik mijn schoenen aantrek en raakt nog steeds opgewonden als ik zijn riem pak. Hij springt nog steeds zelf in de achterbak, met een mooi moment van balanceren op de opstaande rand.

Voor de miljoenste keer de polder in, de Hollandse Kade op. Nog steeds worden hier herinneringen aangemaakt. Laatst lag er op zondagochtend een fonkelnieuw kalfje in de wei; de bezorgde moeder begon toen ik langsliep zachtjes te loeien en ik vraag mij nog steeds af waarom dat was – om mij op haar kalf te attenderen of om haar kalf te waarschuwen voor mijn hond. En een eindje verderop hebben deze zomer voor het eerst in zeker tien jaar weer zwarte sterns op de sloot gebroed.

Intussen is de sfeer wel heel erg tweede helft augustus. Groepen kieviten hebben zich verzameld tussen de koeien. Schuwe watersnippen scheuren zich los uit de slootkant, een jonge koekoek verdwijnt schuldbewust achter een elzenbosje.

De wind is nog warm, maar hij waait al uit het westen en wakkert aan. Er hangt een lusteloos zonnetje aan de hemel, sluiers zijn bezig zich te verdichten tot een wolkendek. Het schijnt dat het optimisme van de afgelopen dagen plaats gaat maken voor een ingrijpende depressie.

In vijf kwartier komen we één hermelijntje tegen en een stuk of zestien fietsers. Zij mogen daar rijden, wij mogen daar lopen, toch moeten wij altijd aan de kant voor hen, zij nooit voor ons.

Terug bij de auto. Rekel komt mij een beetje amechtig achterop. Nu moet hij worden aangespoord. Op de terugweg valt de sprong in de achterbak hem moeilijk, een combinatie van oude onwil met beginnend onvermogen. Maar in de tussentijd heeft hij heel behoorlijk meegedaan. Voor een veertienjarige.

(20/8/'98)

Hij is trouwens niet helemáál doof. Soms kijkt hij wel degelijk op van het knarsen van een scharnier, het dichtslaan van een deur.

Je kunt hem ook nog fluiten. Als je maar hard genoeg aanzet. Als hij maar dicht genoeg bij je is. Bij het doen van een proefje in de huiskamer bijvoorbeeld. En het vreemde is dat hij dan steevast de verkeerde kant op kijkt. Hij hoort iets en je kunt niet zeggen dat hij niet weet waar het vandaan komt. Hij weet precies waar het vandaan komt. Dat denkt hij tenminste.

Zelfs als er verder niemand in de buurt is, zelfs als hij ziet dat jij het bent die je lippen tuit, dan nog kijkt hij de verkeerde kant op als het fluiten tot hem doordringt. Hij draait zich ogenblikkelijk om en zoekt, en zoekt.

December vorig jaar deden we een paar van die proefjes in een huisje in Hoog-Sauerland, niet ver van Winterberg. Dus Rekel, opgelet! Bij elk fluitsignaal rende hij naar de rommelkast, en daar ging hij dan buitengewoon intelligent naar de deur staan kijken. Hé, denkt Rekel, er zit iemand in de kast.

Dan naar buiten, de besneeuwde heide op, de koude bossen in, en ik wil mijn hond beslist niet uit het oog verliezen, als je hem hier kwijtraakt vind je hem nooit meer terug. Dus óf wij blijven bij hem, óf hij blijft bij ons, en als hij dan toch een eindje dreigt af te dwalen steek ik mijn vingers in mijn mond. Van het geluid dat ik nu produceer zouden de naalden van de bomen vallen.

Jawel, hij heeft het gehoord.

Stomverbaasd kijkt hij om zich heen en hé, denkt Rekel, daar heb je die vent uit de kast weer.

(30/8/'98)

Nu gaan we begin oktober nog een weekje naar Grindelwald en het dilemma is: Rekel mee of Rekel niet mee.

De laatste keer dat we daar gereserveerd hadden, juni vorig jaar, was ik vastbesloten hem thuis te laten. In de polder was hij dat voorjaar niet vooruit te branden en ja, hij was al dertien moet je rekenen.

Toen brak er bij een vechtpartij rond beide hoektanden een stuk uit zijn bovenkaak. Hij werd op vloeibaar voedsel gezet en een hond op vloeibaar voedsel kun je moeilijk naar het asiel brengen. Rekel mee, en hij zag de bergen om zich heen en hij herinnerde zich hoe *goed* hij altijd in deze bergen was geweest.

Die vakantie heeft hij alles meegelopen, waaronder een tocht van elf uur met 1400 meter hoogteverschil en veel, véél sneeuw – op foto's ziet het eruit als een poolexpeditie. Toen was-ie 's avonds wel een beetje stram, maar dat waren we zelf ook. Dus dat was één.

Een paar dagen daarna, op een bescheidener tocht, zag hij kans een afgedwaald murmeldier te verrassen. Het betreffende dier stond grommend met zijn rug tegen een aardwalletje, Rekel met bloed aan zijn mondhoek ertegenover. Maar dat was geen murmeldierenbloed, dat was zijn eigen bloed. Die had zich door een murmeldier in zijn wang laten bijten! Dus dat was twee.

Ik dacht: jij bent vast de enige hond ter wereld die zo'n verhaal kan vertellen.

Ik had altijd gedacht dat hij bijzonder was omdat ik op een bijzondere manier over hem schreef. Nu zag ik dat hij bijzonder was van zichzelf. Dus dat heeft hij toen bereikt. Hij maakte zich van me los en ik begon mijn hond te bewonderen.

(5/9/'98)

Maar dít voorjaar, in Oostenrijk, de Karnische Alpen, inmiddels ook weer een jaar ouder natuurlijk en ze zeggen: een hondenjaar telt voor zeven, dus op zijn achtennegentigste – dit voorjaar heeft hij moeten afhaken.

De eerste dagen liep hij verrassend goed mee, zij het dat het hem één keer toch behoorlijk zwaar moet zijn gevallen. Op de terugweg viel hij in de achterbak zo diep in slaap, dat hij niet wakker werd toen ik na thuiskomst de klep opendeed. En daar sta je dan met die klep omhoog, en dan kijk je of het nog wel ademhaalt. Dat noemen ze een bijnadoodervaring.

Hé Rekel, leef je nog?

Hij leefde nog.

Maar toen reden we Italië in voor een tocht in de buurt van de Drei Sinnen. Ik dacht dat hij het pas op het eind te kwaad kreeg – de afstand, de hitte, het stenige terrein (die Dolomieten zijn zo verdomd kiezelig). Maar op de foto's die Jan heeft gemaakt, zie je dat het in het begin al niet ging. Zijn ogen hol, zijn staart in de treurstand. Hij loopt niet, hij sjokt, een *moedeloos* hondje. En toen had hij nog uren te gaan. Zielig eigenlijk.

Daarna hebben we ons gematigd. Alleen nog kleine wandelingetjes. Maar de kleinste wandeling viel hem al zwaar en toen ik hem die laatste dag uit de auto liet om naar een hoekje met een waterval te lopen, uurtje heen uurtje terug, toen ik zei: kom, dit wordt je afscheid van de bergen, toen *wou* hij domweg niet.

Dus straks naar Grindelwald. Rekel mee, Rekel niet mee? Hij is doof, hij is kouwelijk, hij is gauw van zijn stuk. Het probleem is: een hond die te oud is om mee te nemen, is eigenlijk ook te oud om naar het asiel te brengen.

(13/9/'98)

Het is herfst want de wind stormt door de straat, de regen gutst over het raam en we eten andijviestamppot met een bal gehakt.

Het is woensdag want Ajax speelt vanavond in de Champions League, en zo krijgen we het over het aantal wedstrijden dat een topclub tegenwoordig per seizoen moet afwerken, waarbij zich algauw de vergelijking opdringt met het aantal wedstrijden voor een club die uitkomt in de Amerikaanse honkbalcompetitie of, sterker nog, want honkbal is niet zo'n vermoeiende sport, in de Amerikaanse basketbalcompetitie. Daan doet uit de doeken hoe die competities zijn georganiseerd om te zorgen dat clubs zo weinig mogelijk hoeven te reizen.

Ik zeg: 'Wat ben ik blij dat jij dat allemaal weet en dat ik daarin mag delen.'

En hij: 'Ja, want dan weet ik ook nog dat het circuit van Imola, waar de Grote Prijs van San Marino wordt gereden, niet in San Marino maar in Italië ligt.'

En ik weer: 'Dus dat weet ik nu ook en dat vergeet ik nu van mijn leven niet meer.'

En hij: 'En anders help ik je wel herinneren.'

Daan, moet je weten, zit in de handel in vragen voor televisiequizzen.

Nu komt Rekel, die onder het eten op een willekeurige plek heeft liggen slapen, overeind. Hij doet een paar wankele stappen, laat zich dan door zijn schouders zakken zodat zijn voorpoten stijf naar voren komen te staan, en geeuwt hartstochtelijk. Dan, behoorlijk stram in de rug, opnieuw een paar stappen voordat hij blijft staan om zich nog eens uit te rekken, dit keer niet in de lengte maar in de hoogte. Net of-ie zich aan zijn eigen haar uit het slop probeert te trekken. Münchhausen onder de honden.

(19/9/'98)

Soms oefen ik mij alvast in het gebruik van de verleden tijd. Hij *was* niet altijd even makkelijk, denk ik dan.

Want vergis je niet, dit leuke hondje was een typisch staaltje van blanke bolster, ruwe pit. In deze laconieke meeloper stak een kern van verzet, een glashard wantrouwen jegens mensen en hun bedoelingen. Je kon veel met hem doen, je moest alleen niet proberen hem te behandelen.

Je hebt weleens een periode dat je je hond dagelijks iets in het oor moet spuiten. Niks pijnlijks, niks onaangenaams, gewoon iets wat even moet gebeuren – en de eerste dag onderging hij dat kwispelend, de tweede hapte hij al waarschuwend naar je hand, de derde begon hij te grommen als hij het betreffende flesje zag aankomen, de vierde kwamen zijn haren al overeind als je hem naar de keuken riep en uiteindelijk zou hij je compleet te lijf zijn gegaan als je hem niet tijdig bij de halsband had gepakt. Rekel in de aanval, blind van drift.

Witte flesjes, witte watten, witte gaasjes – op den duur moest je goed op je tellen passen als je hem benaderde met iets wits in de hand.

En zolang het om een oor gaat, is dat nog wel te doen. Een oor is een betrekkelijk groot en robuust ding, lang niet zo riskant als een oog.

Hij heeft eens, bij een vijandig treffen met een medehond, een tand in zijn oog gekregen. Als dat een infectie was geworden, was hij het kwijtgeraakt. Toen moest ik een weeklang elke ochtend met hem naar de dierenarts om een doodsimpel zalfje in dat oog te laten doen. Op een of andere manier verrichtte zij haar handelingen met meer gezag. Ik vind het ook niet erg als je zegt: dat was kennelijk iemand die zich door een hondje niet op de kop liet zitten.

Hij *ziet* trouwens nog uitstekend.

(26/9/'98)

Gisteren was ik de hele tijd in de weer met het inpakken en klaarzetten van spullen, en al die tijd keek de hond met bezorgdheid toe. Nu en dan slaakte hij een beetje mismoedig een zucht. Vakantie, dat was wel duidelijk. Maar mocht hij mee of mocht hij niet mee?

We waren bíjna weg. De eerste koffer stond al buikig bij de buitendeur. Wandelkaarten, regenkleding, zaklantarens in de rugzak. Wegenkaarten op de trap, rijbewijs verlengd, geld gewisseld, reisverzekering in orde. Het '98-vignet voor de Zwitserse snelweg had ik net fonkelnieuw achter de voorruit geplakt.

En Rekel maar wachten. Waarom *zei* ik niks? (Wat *moest* ik zeggen; hij hoort je niet of hij begrijpt het niet.)

Maar we hebben iemand in de familie die nog ouder is dan hij – dat wil zeggen iemand die dichter bij de dood vertoeft. Vermoedelijk.

Iris kwam terug van haar moeder. Ze ging op de bank zitten en begon te huilen. Haar moeder is achtentachtig. De verkoudheid van de afgelopen dagen had een frontale aanval ingezet. Het leek wel of ze aan het ijlen was. Ze zei alleen nog maar: waar ben ik hier, waar ben ik hier.

Eigenlijk, zei Iris, kon ze niet weg.

Natuurlijk konden we niet weg.

Dus nu moeten al die spullen weer uitgepakt en weggelegd. Ik sta met sokken in mijn hand en denk aan de routes die ik me in mijn hoofd heb gehaald. Met een trui, en ik moet toegeven dat ik gerekend had op sneeuw.

Rekel kijkt zijn ogen uit. Want mocht hij nou mee of niet?

(3/10/'98)

In plaats van een week Zwitserland twee dagen Bergen aan Zee. Let op de ironie! Alsof Bergen in Noord-Holland al niet onwaarschijnlijk genoeg is, hebben ze er bij wijze van uitroepteken ook nog eens aan Zee aan toegevoegd.

Maandagmiddag een uur of vijf door de duinen, dinsdagochtend een uur of drie over het strand. De hond, ik kan niet anders zeggen, heeft zich kranig geweerd. Er zit wat minder zin voor avontuur, wat meer plichtsbesef in zijn manier van lopen, maar dat hindert niet. Op dat punt heb ik hem nooit in onzekerheid gelaten, ik heb altijd gezegd: je moet ook maar wat doen voor de kost.

Hij slaapt naderhand dieper (wat niet nodig is; hij slaapt zo al diep genoeg) en hij eet beter (wat wel nodig is; hij eet eigenlijk slecht).

Al met al maakt dit des te nieuwsgieriger naar wat hij, voor het laatst, of alwéér voor het laatst, in Grindelwald zou hebben gepresteerd. En naar wat ik zelf in Grindelwald zou hebben gepresteerd ben ik ook al zo benieuwd – langzamerhand op een leeftijd dat je maar moet afwachten of de dingen die je doet nog net zo goed gaan als de vorige keer dat je ze deed. Elke gemiste kans in de bergen geeft nu een gevoel van onherstelbaar verlies.

Wat Iris' moeder betreft: behoorlijk opgeknapt. Zondag was ze helder. Ha die Koos, zei ze. En: heb je de hond meegebracht? Natuurlijk is ze doof. Dus ik zit tegen haar te praten en ik merk dat Rekel me stomverwonderd ligt aan te kijken.

Ik denk: hij hoort me.

En hij: waarom praat je niet altijd zo duidelijk?

Maar laten we eerlijk zijn: het is al riskant genoeg om záchtjes met je hond te praten.

(10/10/'98)

Een verrassing heeft oren nodig – misschien ook wel ogen en een neus en een tong en vingers, maar toch vooral oren. Leven zonder oren is leven zonder verrassing.

Ik zie het aan mijn hond. In zijn reacties op het onverwachte is opspringen van verrassing zo onderhand helemaal verdrongen door wegduiken van schrik. Ja, schrik maakt iemand kleiner dan hij is, verrassing juist groter.

Met verrassing bedoel ik hier iets aangenaams. Dat is bestaand spraakgebruik. Als je een onaangename verrassing bedoelt, moet je dat er uitdrukkelijk bij zeggen.

Met verrassing bedoel ik dus een prettige afwijking van het voorspelbare. Het voorspelbare wortelt in vertrouwen in de wereld, en vertrouwen in de wereld is kennelijk in hoge mate afhankelijk van het geluid van de wereld.

Nu mijn verdwijnen en verschijnen nauwelijks meer met geluid gepaard gaan, verliest Rekel zijn greep op dit fenomeen. Hij kijkt nog wel op, hij kwispelt wel, maar meer en meer in het onzekere. Met zijn gehoorvermogen verliest hij zijn gretigheid. Als je alles kunt verwachten wordt verwachten zinloos, als alles bij verrassing gebeurt is er geen verrassing meer. Wat overblijft is lauwheid, een waas van wantrouwen, een kooi van onverschilligheid.

Verrassing is een capaciteit van een goedgeïnformeerd intellect. Zij ontstaat uit het spel van mogelijkheden, zij heeft alles met gevoel voor humor te maken. Laatst dacht ik nog: aan mijn hond kun je zien waarom er geen dove cabaretiers zijn. Maar waarom er wel blinde cabaretiers zijn, dat kun je aan mijn hond *niet* zien.

(18/10/'98)

Tijdens ons jaarlijkse etentje in De Menthenberg (spreek uit: *dementenberg*) stak mijn broer me een envelop met fotootjes toe. Die had hij gevonden met opruimen.

Bello.

Bello in de Hatertse vennen.

Ik hoef mij maar in mezelf te keren of ik weet daar alle paadjes weer, op elk moment van de dag, in elke tijd van het jaar. Eigenlijk is het landschap op deze foto's me vertrouwder dan de hond. Door dat landschap voel ik mij opgenomen, door die hond buitengesloten. Onvoorstelbaar jong.

Je ziet hem door het water rauzen. De huidige beheerder van de vennen zou een beroerte krijgen als hij een hond zo tekeer zag gaan. Maar we zijn in de tussentijd natuurlijk een stuk wijzer geworden, een stuk zuiniger op de natuur. En Bello nog het zuinigst van allemaal. Die is tenminste dood.

Je ziet hem druipend op de kant klimmen. Zich uitschudden. Afwachten of er nóg een stok wordt gegooid. Je ziet hem draven met wapperende oren aan zijn hoofd en een scheve tong uit zijn bek. Bij het zijige dat een setter nu eenmaal aankleeft, heeft hij onmiskenbaar iets mannelijks, bij het aristocratische iets rauws. En een tong in de vorm van een schoenlepel.

Aan de berkjes (zo huiverig) zie je dat het winter is, aan de hond (zo mager) dat hij nog niet volgroeid is. Eind '74, zou ik zeggen, misschien '75. Bijna vijfentwintig jaar geleden.

In de Hatertse Vennen zag je nooit iemand. Mijn broer was negentien, ik communist, Iris nog zo jongensachtig, onze jongste zoon niet eens geboren. Dat maakt het vreemd om te zeggen dat Bello mijn vorige hond was. Ik bedoel, dan lijkt het opeens nog maar zo *kort* geleden.

(24/10/'98)

Gisteren zijn we naar Arnhem gereden en nu zijn er verschillende indrukken die om voorrang strijden.

Daar was een moment op de A12. Daar werd kwistig met bliksemflitsen en rukwinden gestrooid, en opeens verdween de hele hemel in een inktzwarte duisternis, waaruit het weldra oorverdovend begon te hagelen.

Maar daar was ook een moment in het bos bij de Stenen Tafel. Rekel keek mij vragend aan (hij verwachtte een koekje) en je zou zweren dat hij verdriet had. Dan verwondert mij het vermogen van mensen om iemand in de ogen te kijken en verdriet te zien. Ergens in de loop van de geschiedenis, onze *struggle for life*, moet ons dat zijn geleerd. Hoe, wanneer, met welk nut, welk doel? Waarom zijn we in staat zelfs bij een hond verdriet te zien? Wat is er zo belangrijk aan het zien van verdriet dat we het zelfs zien waar helemaal geen verdriet is? Want Rekel hééft geen verdriet. Zijn oog is geïrriteerd, welbeschouwd bestaat zijn hele treurigheid uit een wit vliesje dat een beetje vreemd in de ooghoek steekt. Hij prepareert zijn voorpoot met zijn tong en probeert vervolgens zijn geneeskrachtige speeksel in dat oog te wrijven. Dat is eigenlijk alles. (Of ik moet eraan toevoegen dat hij gisteravond toeliet, zonder noemenswaardig protest, dat ik er druppeltjes in deed. Jezus Rekel, je takelt wél af!)

En daar was een moment in Sonsbeek, ná de waterval. We keken omhoog en zagen dat op de heuvel het bos stond, een waaier van herfstkleuren tegen een schitterend blauwe lucht. Alles open, alles mogelijk.

(31/10/'98)

Op de televisie: een film over het Yellowstonepark waarin het wemelde van de jonge dieren. Jonge coyotes, jonge beren, jonge bizons, jonge elanden, jonge woelmuizen, het hield maar niet op. Jonge vogels trouwens ook, maar die laat ik erbuiten, die zijn zo afwijkend van model dat ze niet in mijn gedachtegang passen. Want wat ik zeggen wil: door elk jong voelden wij ons weer aangesproken. Schattig.

Ik beschouw de mens als een diersoort. Dat betekent dat je je bij zijn fundamentele eigenschappen de vraag naar de evolutionaire wortels stelt, de vraag naar het ontstaan: hoe, wanneer, met welk nut, welk doel?

Dat we gevoelig zijn voor de kinderlijke kenmerken van onze eigen kinderen, ligt nogal voor de hand. En dat we gevoelig zijn voor de kinderlijke kenmerken van de kinderen van de buren, valt ook nog wel te begrijpen. Maar waarom in 's hemelsnaam zouden we gevoelig zijn voor de kinderlijke kenmerken van kinderen die zich mijlenver buiten onze eigen soort bewegen?

Zelfs jonge reptielen!

Op een landweggetje in Oostenrijk verrasten we een addertje, nauwelijks een potlood lang. Het dier reageerde woedend op ons torenhoge opdoemen. Toen dat niet hielp, kroop hij weg onder een klein blad van klein hoefblad. Zelfs dat jonge addertje had wel wat. Zo diep zit dat.

In Grindelwald heeft Rekel een keer een vosje doodgebeten. Een *jong* vosje – ja, dat hebben wij, dat heeft een hond helemaal niet. Ik kan niet eens zeggen dat ik het hem kwalijk nam. Ik voelde me ontgoocheld. Trek je een leven lang samen op, kom je op zo'n moment toch als vreemden tegenover elkaar te staan.

(8/11/'98)

Het minste wat je van een hond mag verwachten is wel dat hij loopt om aan voedsel te komen. Zo denk ik erover en ik geloof dat de hond er ook zo over denkt. Op zaterdagmorgen vergezelt hij me zonder morren naar de stad, de Nieuwstraat, de dierenspeciaalzaak van Verwey. Drie verschillende pakken Rodi, altijd hetzelfde.

Het lopen zelf gaat eigenlijk best, vooral nu ook de herfst alweer in zijn nadagen is en het niet zo warm meer wordt ('zo warm' begint tegenwoordig al bij een graad of achttien – daaronder is hij een stuk kwieker dan daarboven).

Maar hij kan zo ontzettend treuzelen.

Dan gaan we door het Bredius en dan vergeet ik mijzelf natuurlijk ook een beetje en dan kijk ik toch maar eens om om te zien waar hij blijft, en dan staat hij een heel eind terug in het gras te snuffelen. Tijden doen zijn aftandse hersentjes erover om de boodschap die daar voor hem is gedeponeerd te doorgronden. Is dat eindelijk gelukt, richt hij zich eindelijk op, kijkt hij links, kijkt hij rechts, kennelijk vergeten in welke richting we liepen. Dus vijftig procent kans dat hij zich vergist en op een drafje, zichtbaar verontrust, de verkeerde kant op begint te sukkelen. En lángs dat park een verkeersweg waar een dove hond kansloos moet worden geacht.

Roepen is zinloos, fluiten helpt niet. Er zit niets anders op dan de achtervolging in te zetten.

Daarbij houdt een mens altijd rekening met bekijks, zelfs op zaterdagmorgen in het Bredius. Het gevaar dat je hond de weg op loopt is één ding, het gevaar dat je jezelf belachelijk maakt een ander. Je holt ongeveer zoals iemand holt die probeert de trein te halen zonder te laten merken dat hij de trein wil halen.

Tot ik hem op zijn rug kan tikken. Hij blij.

(16/11/'98)

Nu kun je je afvragen of het verantwoord is een hond, die zo doof en verstrooid wordt, los te laten lopen – en dat vraag *ik* me ook weleens af. Maar van besluitvorming is hier nauwelijks sprake. Dit voltrekt zich op het niveau van de geconditioneerde reflex. Zodra er ruimte is, geef ik hem de vrijheid.

Ik hou ervan om op mezelf te zijn en ik hou van een hond die er ook van houdt om op zichzelf te zijn. Ik wil op z'n minst de illusie dat we, ik met hem en hij met mij, uit eigen verkiezing met elkaar optrekken.

Geef ik hem de vrijheid? Wat betekent dat voor een hond? Dan denk ik onwillekeurig terug aan een definitie die we hanteerden in mijn actiejaren, namelijk dat vrijheid het inzicht is in de noodzaak van de beslissingen die je neemt. Zeker, een afzichtelijk leninistisch gedrocht. Maar toch.

Dus ik volg dit soort gedachtegangen, en *hij* zit nergens mee. Ongelooflijk, zo goed als hij op het ogenblik is. Vief. Gretig. Nu en dan een sprintje. Zijn staart voortdurend in de opgewektste stand.

Zelfs dat dorre kuchje van hem, dat bij de minste opwinding begon op te spelen en als symptoom van longemfyseem kon worden opgevat (eigenlijk de eerste ouderdomskwaal waarop ik hem heb laten onderzoeken; tot nu toe kwamen we alleen met kwajongenswerk bij de dierenarts)... zelfs dát hoor je bijna niet meer.

Vanmorgen stond hij te blaffen tegen de honden van de overkant. Ik bedoel, we stapten naar buiten en het was zo'n vorstige ochtend, de hele wereld berijmd – en aan de overkant stapten ze ook naar buiten. Hij *zag* die honden blaffen en hij dacht: laat ik nog maar eens terugblaffen. Zijn stem een beetje sleets, maar vol animo.

En nu hij zo goed in de polder is, vraag ik me telkens af hoe goed hij in de bergen zou zijn.

(21/11/'98)

Blijven we na het eten nog even zitten, wordt de hond onrustig. Hij gaat naar de keuken, keert onverrichter zake terug in de kamer, komt bij me staan, legt z'n kin op m'n schoot en begint me te bestoken met diepe zuchten en smachtende blikken. Hij wil ook eten.

Zijn maaltijden worden bereid op basis van Rodi Kompleet met Pens en Hart, Rodi Kompleet Ideaal met Pens en Schapenvet of Rodi Kompleet Excellent met Rund en Hart. Daarbij kijkt hij gespannen toe. Soms wordt het hem te machtig; dan kan hij het gewoon niet langer aanzien, en dan loopt hij weg, dan zie je hem pas terug als het klaar is. Eten!

Als zijn bak op de grond wordt gezet komt hij ruiken. Vervolgens wendt hij zich af. Hij loopt de gang in, stapt in zijn mand, kijkt nog één keer om, slaakt nog één zucht en doet zijn ogen dicht. Soms alsof hij zich alleen maar van zijn récht op eten wil verzekeren. Soms alsof hij, hevig dementerend, wil zeggen: *het smaakt me tegenwoordig niks meer.*

Soms eet hij dagenlang niet.

Ik ga op mijn hurken bij zijn bak zitten. Ik steek een vork in zijn kompleet fantastische prakje en Rekel komt stram overeind, hij komt kijken wat ik met zijn eten van plan ben. Nu staat hij er met zijn neus bovenop. Hij kijkt naar mij, hij kijkt naar zijn eten, hij kijkt nog eens naar mij en jawel, daar gaat hem een licht op, hij weet opeens wat de bedoeling is. Hij likt mij hartelijk in mijn gezicht.

(Op het ogenblik eet hij trouwens goed. Sinds Bergen aan Zee eigenlijk. Ik snap dat niet. Ja, ik snap dat een hond na zo'n uitstapje trek heeft, dat hij na zo'n inspanning stevig toetast. Maar ik snap niet dat hij blíjft toetasten. Acht weken op één duinwandeling. Ik denk dat hij *vergeten* is dat hij met eten wilde stoppen.)

(26/11/'98)

104

Vertrek uit Woerden 20.10 uur, overstappen in Utrecht, Basel en Interlaken, aankomst in Grindelwald 10.08 uur. Zo simpel is dat.

Omdat de weerberichten bol stonden van sneeuw en ijzel, hebben we in plaats van de auto de trein genomen. Voor Rekel was het verreweg de langste treinreis ooit. Zijn behoefte heeft hij gedaan op het uiteinde van perrons in Emmerik en Basel-Bad, waar niemand aan zijn bezigheid aanstoot nam en het resultaat makkelijk kon worden weggewerkt. Nee, daarover hadden we ons niet druk hoeven maken.

Hier, rond het chalet, waar hij exact evenveel dagen van zijn leven heeft doorgebracht als ikzelf, ligt de sneeuw al een centimeter of dertig hoog. Heldere wereld. Een landschap in grote lijnen. Weggetjes uitsluitend begaanbaar voorzover ze worden bereden door boeren die hun koeien nog in hooggelegen schuren hebben staan.

Zojuist hebben we in de zuiverende kou het eerste ommetje gemaakt, en toen Rekel verdwenen was, bleek hij naar zo'n schuurtje te zijn geploeterd. Daar loopt hij dan een keer of zes omheen. Daar verwacht hij alpenmarmotten. 'Kijk,' zei ik tegen Iris, 'die weet precies waar hij is.' Berghond. Alpenheld. Toen hij ons eindelijk nakwam, zag het eruit alsof hij *zwom* in de sneeuw.

Daardoor herinnerde ik me een droom van een paar dagen geleden.

Ik stond in het moeras op een dijkje. Rekel zou zich bij me voegen. Hij was doof. Hij was blind. Hij liep pardoes het water in. Hij begon te zwemmen en zie je wel, dacht ik, je kúnt het wel. Op dat moment zonk hij, ongeveer zoals een duikboot onder water gaat. Nu moest ik hem redden, maar ik had geen idee waar hij weer boven zou komen – áls hij nog een keer bovenkwam.

(5/12/'98)

Uit Grindelwald 9.50 uur, overstappen in Interlaken en Utrecht, in Woerden 20.43 uur. Dat is tenminste de bedoeling.

Wat betreft de sneeuw die we hier achterlaten – er lag dus al een pak om mee te beginnen en intussen zijn er zeker nog twee pakken bij gevallen. Was het warmer geweest, dan hadden we de hele week in de regen gezeten. Dus dat zal me wel bijblijven: één en al gedwarrel (en een uitgestreken, indigoblauwe hemel op dinsdag).

Voor boodschappen moesten we lopend naar het dorp. Verder zijn we richting Grosse Scheidegg geweest, en richting Schäftigenmoos en natuurlijk richting Bort. Zestien-, zeventienhonderd meter – hoger kon je met onze middelen niet komen. Sneeuw tot boven je knieen. Dus kalmpjes aan, hooguit een uur of vier per dag.

In het begin, bij min acht, min tien, werd Rekel ernstig gehinderd door ijsafzetting tussen de kussentjes onder zijn poten. Die klonten degradeerden hem tot een ouwelijke sukkelaar, een hardvochtig *überforderter* hond. Dit was des te ergerlijker omdat hij verder een uitstekende indruk maakte. En deze indruk werd bevestigd op het eind, even boven nul, toen er van klontvorming geen sprake meer was.

Als hij zich lekker voelt, loopt hij voorop. Dus dat hij in de sneeuw de kop neemt, nog soepel in de rug, licht van tred (maar de achterpoten een beetje doorgezakt en de voetjes naar buiten gekeerd, wat dan toch zijn leeftijd verraadt) – dat zal me ook wel bijblijven.

En driemaal twee steenarenden.

Waterspreeuwen in de Lütschine.

Een groene specht in het strooisel onder een spar.

Een alpenheggenmus op de rand van ons balkon.

Te veel om op te noemen eigenlijk.

(12/12/'98)

Ik ben iemand die zich weleens afvraagt of het geen tijd wordt om er een eind aan te maken – en dan stuit ik telkens op mijn hond.

Ik vind dat je je zoiets niet moet afvragen uit wanhoop of wrok, teleurstelling of vermoeidheid. Het moet geen nederlaag zijn. Ik wil een sereen besluit.

Is dat al denkbaar, dan zit je altijd nog met de manier waarop. In de uitvoering krijgt zo'n besluit toch gauw iets van een daad van geweld, de voltrekking van een vonnis tegen jezelf.

Daarom zeg ik: ik ga op een berg zitten. Ik vertrouw mij toe aan de sereniteit van sneeuw. Dan valt de nacht, dan trekt de kou je met donzige hallucinaties over de streep.

Maar de hond.

Je wilt natuurlijk niet dat die wakker wordt naast iemand die dood is. Het is maar een klein hondje, hij zou zich geen raad weten.

Hoe voorkom je dat? Moet je om te beginnen je hond in een ravijn duwen? Wurgen? De schedel inslaan? Toetakelen met een Zwitsers soldatenmes? Komkom, zo erg kan het nooit zijn!

Bovendien, hoe ouder hij wordt, hoe dapperder hij het juk van zijn ouderdom verdraagt, hoe lomper het is om hem de kans te ontnemen om nóg ouder te worden.

Iris zegt dat ik hem gerust achter kan laten.

Dat vind ik niet.

Ik bedoel: ze zullen heus wel voor hem zorgen, maar als ik hem achterliet zou ik steeds willen weten hoe het met hem gaat.

(19/12/'98)

Wij willen niet altijd precies hetzelfde, Iris en ik, vooral ik. We hebben het weleens over uit elkaar gaan en zo, en dat belooft natuurlijk weinig goeds voor de hond.

Dat wordt een benauwd kamertje in een vreemde stad, waar we (Rekel en ik) tegen beter weten in een laatste roman, een *eerlijke* roman, proberen te concipiëren en elkaar verder voortdurend in de weg zitten. Dat wordt eenzaamheid, geldgebrek, luidruchtige buren, vieze luchtjes in het trappenhuis, een lullig blokje om in plaats van de polder in, een droevig plantsoentje in plaats van het Berner Oberland, elke dag regen. En dat is dan je loon voor zoveel jaar trouwe dienst, dat is dan je avondrood.

Dus dit ligt er in het verschiet bij de dingen die we in alle openheid bespreken. Geen geheimen voor de hond. En de hond zelf? De hond zelf zit nergens mee. Of ja, de hond zit met de nasleep van het kerstdiner. Hij slaapt.

Ik geloof niet dat hij een blind vertrouwen in de toekomst heeft.

Ik geloof alleen maar dat zijn slaap op dit moment meer voor hem betekent dan wat dan ook.

Ik kan me het landschap waarin zijn slaap hem meeneemt, niet goed voorstellen. Ik weet niet hoe het daar ruikt, hoe de bomen daar staan, wat daar gebeurt, hoe hij zich daar beweegt, hoe zijn ademhaling daar gaat. Maar ik dénk dat er sneeuw ligt, dat hij daar alle tijd heeft en de weg weet.

Nu is het zijn slaap die zachtjes begint te keffen, de slaap die het op een drafje zet, de slaap die hem macht geeft, ook over de dood.

(27/12/'98)

Zijn reacties op het vuurwerk dezer dagen wekken de indruk dat hij nog dover is dan ik dacht. Dat wil zeggen, op het moment van de jaarwisseling zelf brak er een zo verschrikkelijk kabaal los, dat hij haast was bezweken van ontzetting. Maar van de verspreide klappen voor- en achteraf heeft hij maar weinig meegekregen.

Als hij nog dover is dan ik dacht, kan het niet anders of hij doet onze wandelingen nog meer op het kompas van de routine. Zowel in de stad als de polder gedraagt hij zich nog steeds heel gezeglijk. In feite hoeft hij nog maar zelden aan de lijn.

Daan heeft daar een theorie over. Die oppert dat de hond zich speciaal toelegt op het camoufleren van zijn handicaps. 'Hij weet precies waar je gewend bent wat tegen hem te zeggen en daar denkt-ie dan: laat ik hem maar weer eens aankijken, laat ik nog maar eens net doen of ik hem hoor.'

Net zoals oma.

Zoals oma permanent bezig is de schijn op te houden dat alles normaal is. Als je haar kamer binnenkomt: ha, daar is m'n jongen! Hoe listig ze je dan begint uit te horen om erachter te komen wie je bent, hoe je heet. Hoe ze deze kennis vervolgens gebruikt om van jou te weten te komen waar ze is, waarom hier en niet ergens anders. Hoe het toch met haar vader en moeder gaat, hoe oud haar kinderen inmiddels zijn. Of: ja, zet *jij* nou eens een lekker kopje thee. Alsof ze dat gisteren nog zelf heeft gedaan.

In mei wordt ze negenentachtig.

Ze dementeert.

Dementeren vergt een uiterste inspanning van de hersenen. Dementeren, dat is denken op topcapaciteit.

(2/1/'99)

Als er een andere hond meedoet wil hij nog weleens een eindje achter een tennisbal aan hollen, maar je moet niet denken dat hij nog voor zijn plezier aan een stok gaat staan rukken of dat je hem nog aan een ouwe sok door de kamer kunt sleuren.

Samen de trap af rennen is er ook niet meer bij.

Wat wel gewaardeerd wordt: dat je nog eens bij hem op de grond gaat liggen. Dan loert hij beurtelings naar je gezicht en naar je handen om te zien wat hem te wachten staat. Een tik op zijn neus, een por tussen zijn ribben, een greep naar een van zijn poten. Dan geeft hij een nummertje grommen weg en bijt hij naar behoren van zich af. Soms, leniger dan je zou verwachten, weet hij zich verrassend vrij te vechten.

Maar bij de minste opwinding komt er al iets hoesterigs in zijn adem. Dus dan kalmeer je hem maar weer, dan aai je nog maar eens wat. Als je hem op zijn borstbeen krabt, raakt hij min of meer verlamd van genot.

Tevens geeft dit gelegenheid hem te controleren op nieuwe uitwassen van de huid. Wat vroeger een teek was en verwijderd kon worden, is nu een ouderdomsverschijnsel. Dat gaat niet meer weg, daar komt alleen nog maar bij.

Je hebt oude honden die zo met builen en zweren te koop lopen dat je medelijden zou krijgen met de mensen die gehouden zijn om zoiets onsmakelijks de kost te geven. Rekel niet. Niets wat niet door zijn vacht wordt bedekt, niets waar de mantel der liefde aan te pas moet komen.

(9/1/'99)

Twee jaar geleden werkte ik in januari aan *Sneeuw van Hem*. Ik weet dat nog omdat het toen verschrikkelijk koud was, en dat het zo koud was weet ik nog omdat ik elke nacht met Rekel naar buiten moest.

Voor mijn gevoel begint deze episode nog steeds op het strand bij Kijkduin, waar hij te grazen werd genomen door twee Duitse herders. Hij was geschokt – door de aanval zelf, maar misschien nog wel meer doordat wij, de directie van zijn roedel, te laat waren gekomen om met hem mee te vechten.

De rest van de middag liep hij me voortdurend voor de voeten en twee, drie dagen later begon hij op mijn kamer te piesen.

Dan hoorde je hem in je slaap naar boven scharrelen en dan zat er niets anders op dan wakker worden, opstaan en erachteraan. Dweilen.

En dit moet ik hem nageven: van alle kamers die hij voor deze uitspatting had kunnen kiezen, was de mijne nog het meest geschikt, althans het minst ongeschikt. Linoleum.

Op zeker moment begon ik de wekker te zetten. Maar slapen bij een wekker die op drie uur staat, is niet zo'n sterk punt van me. Meestal hees ik me om halfdrie al uit bed. Winterjas over mijn nachtgoed, blote voeten in een paar slippers, achterom de nacht in.

Indrukwekkende nachten, prachtige sterren, de enige wolken die je zag kwamen van je eigen lippen. Wat ik me vooral herinner: het ijzer van de klink van het poortje, zo koud dat het kleefde in je hand.

En Rekel deed opgewekt een plas, en het hielp helemaal niets want óf hij had dat tevoren op mijn kamer ook al gedaan óf hij deed het achteraf alsnog.

(16/1/'99)

Ik heb altijd gedacht dat het een soort kneuzing was. Mevrouw Bergh, zijn lijfarts, hield het op een meer structureel defect in relatie tot zijn nieren, en toen dat allemaal onderzocht was en in orde bevonden, zei ze dat het misschien psychisch was. Honden kunnen een stadium bereiken waarin ze alles wat ze geleerd hebben weer afleren.

Thuis werden intussen maatregelen getroffen in de sfeer van het watermanagement. Hij kreeg zijn avondeten vroeger, en dan na zessen geen drinken meer. Maar hij bleef het doen, hij bleef 's nachts op mijn kamer piesen. Waar hij het vandaan haalde was een raadsel. Ja, dat heb je met reuen; voor noodgevallen hebben ze altijd nog wel wat urine in reserve.

Ik denk weleens: als ik hem toen een spuitje had laten geven... niet dat we dat serieus overwogen hebben; maar zoiets heeft toch de schijn van ouderdom, ongeneeslijk, nog zo'n defect erbij en het wordt een onhoudbare toestand... als ik hem toen een spuitje had laten geven, hadden we nooit geweten dat het kon overgaan.

Want zo is het gegaan: hij sloeg eens één nacht over, hij sloeg eens twee nachten over en op een gegeven moment, toch nog bij verrassing, was hij weer zindelijk.

Daarna is het nog een doodenkele keer voorgekomen dat hij mijn kamer opzocht om een plas te doen, steeds na dagen van hevige emotie – een medische behandeling onder narcose of zoiets.

Een kneuzing van de ziel dus, en nog steeds kijk ik, als ik 's morgens op mijn kamer kom, om te beginnen of er niet iets ligt.

(24/1/'99)

Het is maar goed dat je nu en dan wat opschrijft. Globaal blijven ontwikkelingen je wel bij – de hond wordt oud – maar de details hebben een koppige neiging tot verdampen. Dat komt ook doordat het geen rechtlijnige ontwikkeling is. Er zijn verschijnselen die aan ouderdom worden toegeschreven maar dan toch weer overgaan, en dan moet het iets anders zijn geweest – ouderdom is nu precies dat wat *niet* overgaat.

Een tijdje terug heb ik genoteerd dat ik hem zijn avondeten moest voeren met een vork. Als het niet zwart op wit stond, zou je het niet geloven. Sindsdien eet hij als een wolf. Echt, als nooit tevoren. Hier dreigt een hond met overgewicht.

Hij eet zijn Rodi op, hij eet zijn brokken op, hij gaat voortdurend in de keuken langs om te zien of er niet nog méér manna is neergedaald. Soms schuift hij zijn lege bak een eind voor zich uit over de vloer. Het geluid van zijn bak op de tegeltjes – de hond murmureert.

Je merkt het aan zijn manier van bedelen. Normaal wacht hij zijn rechtmatig deel van koek of kaas geduldig af. Nu klimt hij haast bij je op schoot, een dier in nood, een beest dat vecht voor zijn bestaan.

Je merkt het aan de felheid waarmee hij een brokje dat hem wordt toegeworpen, uit de lucht plukt. Wat een ogen nog, wat een coördinatie, wat een fanatisme. Ajax mocht willen dat het zulke reflexen in het doel had staan. (Behalve als je iemand wilt laten zien hoe goed hij vangen kan. Dan wendt hij zijn kop moedwillig af. Dit is geen hond die kunstjes doet.)

Ik denk weleens dat hij over mijn schouder meeleest, dat mijn geschrijf hem ertoe aanzet onmiddellijk het tegendeel te bewijzen. Hoe kom je erbij. De hond wordt helemaal niet oud.

(29/1/'99)

Je zou een studie kunnen wijden aan de houdingen waarin hij slaapt. Vooral bij de ligging van de snuit op de voorpoten (of andersom: van een voorpootje over zijn snuit) vallen steeds meer varianten op, de ene nog snoeziger dan de andere. Elke houding haar eigen bijzonderheid, elke houding een vorm van overgave.

Bij mij boven slaapt hij meestal op een stoel tegenover mijn bureau, soms op het kleed onder mijn bureau. Op de gang beneden ligt hij altijd in zijn mand. In de huiskamer koestert hij zich in de warmte van de winterzon – daarbuiten heeft hij hier geen vaste plaats; eigenlijk strijkt hij zomaar ergens neer en dat kun je zowel positief als negatief beschouwen: hij heeft het overal even goed/even slecht naar zijn zin.

Dat hij in zijn slaap een steeds brozere indruk maakt, verwondert me niet. Hij wordt überhaupt steeds brozer, natuurlijk straalt dat af op zijn slaap. Wat me wel verwondert: dat je aan zijn manier van slapen kunt zien hoe diep het gaat, hoe hard het nodig is, hoe vermoeid hij is. Dat is geen kwestie van houding, maar van intensiteit. Je ziet als het ware hoe ver zijn bewustzijn wegzakt.

Ik heb weleens gedacht, misschien zelfs weleens opgeschreven, dat hij in zijn slaap de grenzen van de dood verkent. Dat komt me nu een beetje overdreven voor, een beetje versluierend ook. Wat blijft is het gevoel dat slapen een vorm van reizen is, en dan kom je toch weer uit op het punt dat deze reizen hem steeds verder bij je vandaan voeren.

En in elke houding een aparte manier van opkijken bij het ontwaken. Hèhè, de hond is terug.

(8/2/'99)

Van inmiddels vergeelde vakanties herinner ik me hoe onwaarschijnlijk lang hij in zijn slaap zijn adem kon inhouden.

Drie tenten hadden we (en die hebben we in feite nog steeds): de
grote circustent, de kleine circustent en een driepersoons lichtge-
wicht, compleet met slaapspullen, zitspullen, kookspullen en eetspul-
len.

In de Dolomieten bijvoorbeeld, even ten oosten van Predazzo. We
hebben de hele dag gelopen, we zijn allemaal aan het eind van ons
Latijn, en het is maar goed dat een hond nooit zal informeren naar
de *noodzaak* van dit soort inspanningen.

In iedere tent had hij zijn vaste plekje naast het mijne. En dan
schrik je wakker. De hond. Wat is er met de hond? Hij haalt geen
adem meer. Nee, denk je nog, daar trap ik niet in. Maar dan ben je
al begonnen er wél in te trappen. Het geduld van de ervaring legt het
af tegen het ongeduld van je slechte geweten. Nu ben je werkelijk te
ver gegaan, deze keer (en dat maakt het anders dan alle voorgaande
keren) heb je hem de dood in gejaagd.

Tot hij dromerig begint te zuchten.

Tot hij, reagerend op de hand die zoekend over zijn lijf gaat, in
het donker zijn staart beweegt.

Wat hij ook leuk vond: kampvuur! Knappend hout, oplaaiende
vlammen. Het zou overdreven zijn te zeggen dat hij ín het vuur ging
liggen, maar het scheelde niet veel. De grens tussen gloeien en
schroeien werd in ieder geval regelmatig overschreden. Dan zag je
hem opkijken, terugwijken, aarzelen, en toch maar blijven liggen. Als
hij zijn leven met één kleine verbetering mocht overdoen, zou hij
vermoedelijk kiezen voor minder opera en meer open haard.

(14/2/'99)

Het zal nu anderhalf jaar geleden zijn dat Iris over de hond begon te struikelen als ze 's avonds de gang op ging.

Achteraf is er een duidelijk verband met zijn beginnende doofheid. Als hij haar gehoord had, had hij wel opgekeken en als hij had opgekeken, was hij haar wel opgevallen. Maar de onderdrukking van de vrouw schijnt ook een rol te hebben gespeeld. Een vrouw heeft nou eenmaal altijd haast als ze door het huis loopt, en vaak houdt ze nog iets in haar handen ook, waardoor ze helemaal niet kan *zien* dat er een hond in de weg ligt.

Hoe het ook zij – Rekel gelooft nooit dat hem per ongeluk pijn wordt gedaan. Op dat punt kun je de trekken van een straathond in zijn achtergrond ontwaren.

De eerste keer beet hij van zich af, de tweede keer beet hij harder van zich af, de derde keer dacht hij: dat zal ik haar nou eens goed afleren. Hij greep haar boven haar enkel in haar been en moet als een razende tekeer zijn gegaan, echt alsof hij iets te pakken had waarvan de nek moest worden gebroken.

Ik lag al in bed.

Iris gillen, Rekel grommen.

Dan heb je daar je vrouw, die ten prooi valt aan een verscheurend dier, en je hond, die ergens in het proces van onnatuurlijke selectie heeft geleerd dat hij niet over zich moet laten lopen. En dan mag je kiezen.

(Ik weet wel dat ik gauw even gekeken heb of zijn hoektanden, die kort tevoren uit zijn kaak gebroken waren geweest, nog vastzaten.)

(19/2/'99)

Sinds die tijd laten we 's avonds overal in huis waar de hond zou kunnen liggen, het licht branden. Dat is niet goed voor het milieu, maar ja, een bijtende hond is niet goed voor de wereldvrede.

Op de gang is in de tussentijd de warme vloerbedekking vervangen door koud linoleum. Dat heeft tot gevolg (geheel onvoorzien, maar niet onlogisch) dat hij daar nu altijd in zijn mand kruipt, en die mand, daar struikelt niemand over.

Wat de nachten betreft: vroeger had hij er een handje van om pal voor onze slaapkamerdeur te gaan liggen. Tegenwoordig slaapt hij op mijn werkkamer. Ik heb bij de Kwantum zo'n hekje gehaald dat is bedoeld om kleine kinderen uit het trapgat te weren. Dat houdt hem boven en daar heeft hij vrede mee. Dat had ik niet verwacht.

Hij was weleens eerder op mijn kamer opgesloten geweest en dat zinde hem dan absoluut niet. Het verschil is dat hij nu toegang heeft tot de overloop, een overloopje van niks. Het verschil is, denk ik, het gevoel dat hij in verbinding staat met heel het huis – wat bij de heersende doofheid natuurlijk een illusie is. Een tijdje terug moesten we in het holst van de nacht naar Schiphol om Daan af te halen. Daar heeft hij niets van gemerkt, niet dat we weggingen en niet dat we terugkwamen.

Wat jammer is: nu we 's nachts zo ver uit elkaar liggen, hoor je hem nooit meer eens zuchten of kreunen of piepen in zijn slaap. Daar hield ik van. Dat de hond een teken van leven gaf als je wakker lag.

En wie weet hoe prettig hij het vond om naar mijn ademhaling te luisteren als híj wakker lag.

(27/2/'99)

Ik werk aan een roman, ik ben moe. Het liefst ging ik meteen na het avondeten naar bed. Maar dat zou weinig helpen. Zodra ik in bed lig ben ik klaarwakker, vol ideeën. Dus dat kan wachten.

Dan, om een uur of halfelf, na een laatste rondje door de buurt, lok ik de hond met wat lekkers naar boven. Daar vangt hij de brokken die hem worden toegeworpen, gretig op. Vervolgens schuif ik achter mijn bureau om te noteren wat me in de loop van de avond zoal is ingevallen met betrekking tot die roman waaraan ik werk, *Een deur in oktober.*

Het kan nog weken duren voordat ik aan dat hoofdstuk toe ben, maar ik weet nu al dat er een jonge dichter zal optreden die op de vraag waar zijn werk over gaat, antwoordt dat het over het leven gaat, over de volgorde waarin dingen gebeuren.

Het leven, de volgorde waarin dingen gebeuren.

Ooit heb ik me voorgenomen nooit meer een het-leven-is-zus-of-zo-zin te schrijven. Het nut van dergelijke voornemens is niet dat je je eraan houdt, maar dat er heel goeie argumenten nodig zijn om ervan af te wijken. De vorige keer was in '87 ongeveer, *Een jaar in scherven* als ik me goed herinner: Het leven, dat is alles wat leeft. Nee, dat mag wel weer een keer.

Ik leg mijn vulpen weg, doe mijn boekje dicht, mijn stoel naar achteren, mijn lamp uit. En nog een lamp uit, en nog een lamp uit. Nu sta ik op de trap. Ik trek het kinderhekje dicht en controleer of het goed zit, of de hond echt geen kwaad kan. Hij steekt zijn snuit tussen de spijlen en we snuffelen aan elkaars neus. Ik blaas hem in zijn gezicht, wat hij tolereert, en krab hem onder zijn kin, wat hij heerlijk vindt. Op dit moment is het net een dierentuindier – blij met de aandacht die hij krijgt en eerder verwonderd dan verontwaardigd over de beperkingen die hem worden opgelegd.

(8/3/'99)

Na ongeveer anderhalf jaar regen lijkt het opeens wel lente. Donderdag brak de zon door en gisteren, zaterdag, werd het een graad of zestien. Rekel sjokt amechtig mee. Ik zeg: als het je nou al te warm is, kan het weleens een hete zomer worden.

Nee, hij loopt niet goed op het ogenblik (hij loopt goed, hij loopt niet goed, net of je het over een machientje hebt) en dat is niet alleen die plotselinge stijging van temperatuur, het is ook dat hij weer eens te grazen is genomen door Bink. Hij gedraagt zich geblesseerd, hij voelt zich aangeslagen.

Bink is een stuk groter, een stuk steviger, een stuk jonger dan hij. Vroeger had hij nog wel respect voor Rekels weerbaarheid, maar die is onderhand danig geslonken en tegenwoordig gaat hij hem direct te lijf. We kwamen hem tegen op een bruggetje, een hoek. Er was geen ontkomen aan.

Het duurde even voordat ook menéér Bink de hoek om kwam. Hij greep zijn hond bij de staart en zag uiteindelijk kans hem los te trekken van de mijne. Ik was intussen behoorlijk aan het vloeken geslagen. Dat-ie die tyfushond van 'm moest vasthouden en zo.

Tegen dergelijke kwalificaties meende hij bezwaar te mogen maken. In huiselijke kring schijnt Bink reuzelief te zijn. Maar tegen de rest verzette hij zich niet. 'Daar kan ik niks tegenin brengen; u hebt volkomen gelijk.' Beschaafde mensen onder elkaar. Jammer. Ik had liever nog een tijdje staan razen. Dat kwam ons wel toe, dacht ik.

Rekel bloedde uit verschillende wonden en sleepte akelig met een achterpoot. Verdomme nee, dat kunnen we niet meer hebben, niet nu hij zo oud wordt, niet nu dat oud-worden hem helemaal opeist.

(14/3/'99)

Rekel heeft altijd graag met groepjes mensen gewandeld, en als hij zo'n groepje eenmaal bij elkaar had, deed hij discreet zijn best om het bij elkaar te houden. Het is helemaal niet zo onwaarschijnlijk dat hij voor een deel uit schapendoes bestaat.

Intussen hebben we nog steeds met de naweeën van zijn treffen met Bink te kampen. Hij eet goed, hij loopt niet slecht, maar hij is weleens viever geweest en er zit een bult in zijn nek zo groot als een kippenei.

Gisteren, toen Daan gebeld had om te zeggen dat we naar zijn huis konden komen kijken, wou hij nauwelijks uit zijn mand komen. Hij zal ook wel in de gaten hebben gehad dat het regende.

Daan z'n huis, een fonkelnieuwe maisonnette. Zelfs met een onwillige hond is het maar een minuut of vijf lopen. Jan was er ook – die was uit Amsterdam gekomen om zijn broer bij te staan bij het in ontvangst nemen van de sleutels.

Vreemd, zo'n naakt huis. En wíj hebben wel een idee hoe je het kunt aankleden, maar dat heeft een hond natuurlijk niet. Het moet Rekel knap raadselachtig zijn voorgekomen dat iemand deze woning verkiest boven de onze, die met zijn mand in de gang.

We vertrokken uiteindelijk met ons allen. De galerij af, de trap af, het gebouw uit. Daan en Jan liepen naar de auto, ik en Rekel onder een poort door, en daar loopt de rondweg, daar moet je wachten met oversteken. Ik keek om naar mijn hond en mijn hond keek ook om, gespannen, ergens op de grens tussen ongeloof en ontgoocheling. Waar blijven de jongens nou? Als ik hem niet aan de lijn had gehad, was hij ze gaan halen.

Ik moet zeggen, dat ontroerde me wel. Zo'n oude hond, die terugkijkt op je gezin.

(19/3/'99)

De vorige botsing met Bink, realiseer ik me nu, was twee jaar terug. Toen liepen ze elkaar tegen het lijf in een bocht van het jaagpad. Ze begonnen moeizaam om elkaar heen te draaien en misschien, *misschien*, was het goed gegaan – als mevróúw Bink zich niet geroepen had gevoeld hem bij zijn nekvel te grijpen. Bink rukte zich onmiddellijk los en vloog Rekel aan. Had die vrouw hem in bedwang weten te houden, dan was Rekel hém aangevlogen. Zo zijn honden, en zo was Rekel ook.

Toen ze eindelijk gescheiden waren, bloedde hij hevig uit zijn bek. Maar we hebben eerst nog ons rondje door het Bredius gemaakt. Thuis pas, een klein uur later, ontdekte ik dat zijn bovenste hoektanden haaks op de normale richting stonden. Die waren, met een randje van het omringende bot, radicaal uit de kaak gebroken.

Sinds die tijd geloof ik dat het nauwelijks tragisch kan worden genoemd als een hond bij zo'n gevecht het leven laat. Ik bedoel: *jij* kunt het verschrikkelijk vinden, maar *hij* heeft er geen weet van, hij is dol van woede, hij maakt de volmaakte adrenalinetrip.

Een ander gevolg van dit incident is dat hij straks weer mee op vakantie mag. Hij liep dat voorjaar miserabel. Voor onszelf hadden we een chalet gereserveerd in Grindelwald en ja dacht ik, aan alles komt een eind, Rekel moest maar naar een adresje hier in de polder. Maar zo, met die kapotte bovenkaak, hij mocht beslist nergens in bijten, hij moest vloeibaar voedsel en zo, konden we hem natuurlijk niet achterlaten. Rekel nog één keer mee de bergen in, en daar heeft hij zich toen zo geweldig geweerd, dat ik hem een belofte heb gedaan. Tot zijn dood geen vakantie meer zonder hond. Bink, je wordt bedankt!

(28/3/'99)

Als alles klopt is Rekel deze week jarig geweest. Voortaan is hij vijftien. Hoe vier je zoiets? Eerst was ik nog van plan maar eens een echt feestje op touw te zetten. Maar naarmate het moment nadert vermindert de animo. Toch een geforceerd idee. Wij zijn niet van die zwijmelaars. Bovendien: Daan is met zijn huis bezig en Jan is over een paar dagen zelf jarig.

Dan denk je nog aan een extra stuk worst, een extra aai over de kop, een extra eindje wandelen – en dan besef je pas wat een luizenleventje die hond heeft. Al die extra's zouden zijn verjaardag nauwelijks boven andere dagen uit tillen. Nou ja, dat stuk worst heeft-ie gehad. Een feestje van pakweg twintig seconden. En wij een taartje.

Een tijdje terug, toen mijn vader tachtig werd, heb ik me nog eens afgevraagd of het een *prestatie* is om oud te worden. Maar je kunt je net zo goed afvragen of het een prestatie is om blauwe ogen te hebben, of slanke handen, of een gave huid. Mensen worden nou eenmaal op dat soort dingen beoordeeld. Honden ook. Mutatis mutandis.

En dan kun je van oud worden nog zeggen dat het inspanning vereist. Daar zit tenminste iets van sport in. Vandaar de deceptie die zich van ons meester maakte toen we laatst te weten kwamen dat een zeker hondje van de Meander al zeventien is. Daar zullen we een harde dobber aan krijgen!

Eerder deze week werd bekend dat Ernst Jünger, die onlangs op 102-jarige leeftijd overleed, kort daarvoor katholiek was geworden. De plaatselijke pastoor noemde deze overgang de vrucht van een lang rijpingsproces. Ja, dat moet haast wel.

Dus ik lees dat, ik kijk mijn hond eens aan, ik zeg: je begrijpt zeker wel dat wij voorlopig niet meer langs de kerk lopen.

(3/4/'99)

Vorige week, een dag voor zijn vermoedelijke verjaardag, werd hij in het Bredius gebeten door een airdaleterriër. Het was een vechtpartij van niks, maar op zijn schouders ontwikkelde zich een enorm abces, een bizonrug.

Bovendien begon hij 's nachts te hijgen. Uren- en urenlang, net zoals hij bij onweer hijgt. Met Bello hadden we dat ook meegemaakt en toen was het het hart. Dus opeens neemt oud de overhand over kras, opeens rukt zijn dood op van ooit naar straks.

Maar waarom dat hijgen precies moest beginnen als wij naar bed gingen, en waarom hij dan bij de buitendeur ging staan – dat was niet te verklaren. Ik zei al tegen Iris: 'En als we nou eens ópblijven?' Van slapen kwam toch al weinig.

Dit alles uitgerekend met Pasen. Dus met twee dagen vertraging naar de dierenarts. Dinsdagochtend heeft mevrouw Bergh dat abces opengemaakt. Ik wil mijn eetlust niet bederven, ik zal de vloeistof die begon te vloeien niet beschrijven. Je had er een soepkom mee kunnen vullen.

Na deze behandeling beluisterde ze hart en longen. Een kleine ruis, een beetje vocht. Niks alarmerends.

Hij moet, zei ze, verschrikkelijk veel pijn hebben gehad. Hij moet, als we hem alleen lieten voor de nacht, in de stress zijn geschoten. Hyperventilatie. En waarom bij de buitendeur? Omdat je buiten kunt wandelen, omdat je als je wandelt afleiding hebt. Zoiets.

Goed, hij leeft! Hij hééft weer eens wat. Straks is het over en dan is hij weer net zo gezond als voorheen. Of beter zelfs. In mei doen we een kuurtje om zijn longen schoon te maken en dan... de bergen in. We zullen eens zien wie hier oud is!

(10/4/'99)

Hij is dus *niet* kleinzerig. De vraag is waarom ik dacht dat hij wel kleinzerig was. Hoe heeft-ie me al die jaren om de tuin weten te leiden? Wat zeker is: hij heeft (of had) er een bloedhekel aan om zich te laten verzorgen. Je hoefde maar naar een zeer plekje te wijzen of hij begon te grommen. Druppels voor het oor, een zalfje voor het oog – Rekel zag de bui meteen hangen en liet merken dat hij zich met hand en tand zou verzetten. Wat ik had moeten begrijpen: dat dit zijn wantrouwen tegen mensen was, niet zijn gevoel voor pijn.

Hij is nerveus, dat wel. Niet in de agressieve zin van het woord, maar in de sfeer van het eenzelvige. Hij denkt nogal gauw dat hij er alleen voor staat.

Mevrouw Bergh zegt dus dat dat abces verschrikkelijk veel pijn moet hebben gedaan. Dat verrast me. Het verrast me dat me dat verrast. Als je erover nadenkt: natuurlijk doet zo'n buil op je rug verschrikkelijk veel pijn. En ja, hij keek wel een beetje dof, hij liep me in huis wel de hele dag voor de voeten. Maar hij at als een polderjongen (abnormaal zoals die hond eet tegenwoordig) en hij ging gewoon mee naar buiten; hij liep gewoon te snuffelen, hij zette het gewoon op een drafje als hij achterop dreigde te raken. Kortom, doordat-ie zo flink was had je niet in de gaten hoe flink-ie wel niet was. Ik ben blij dat dit nog tijdens zijn leven is opgehelderd.

Opmerkelijk: hoe lijdzaam hij het abces, dat helaas nog steeds niet is uitgewerkt, nu door ons laat behandelen. Hij heeft nog niet één keer bezwaar gemaakt als er een hand naar zijn rug ging. Dát ben ik toch geneigd als een ouderdomsverschijnsel te beschouwen. Een verbetering.

(18/4/'99)

Nooit achter fietsers of hardlopers aan. Altijd vriendelijk voor koeien, schapen en varkens. Geen enkele belangstelling voor broedende eenden. Zo hebben wij hem niet gemaakt, zo is hij geboren. Ik denk weleens: zo'n makkelijke hond krijg je nooit meer.

Zeldzaam makkelijk ook waar het de omgang met andere honden betrof. De borst vooruit, de staart in kwispelstand en vooruit, eropaf. Zijn argeloosheid was ontwapenend. Vooral bij de vrouwtjes. Verscheidene teefjes die door hun baas toch sikkeneurig of eenkennig werden genoemd, vlogen hem ronduit om zijn nek.

En reuen? Duitse herder, dobermann, bouvier of Deense dog, bakbeesten die hem in één hap naar de andere wereld konden helpen – ík hield mijn hart vast, híj trad ze altijd met enthousiasme tegemoet. Ik zal niet zeggen dat het nooit zijn schuld is geweest als het op vechten uitliep. Hij had echt wel de neiging zijn kop op andermans rug te leggen en daar zijn ze lang niet allemaal van gediend. En werd er eenmaal gevochten, dan stond hij zijn mannetje wel. Maar boosaardige opzet? Agressieve bedoelingen? Nooit.

Jammer, hij heeft zijn lesje geleerd. Zijn vertrouwen in de hondheid is diep geschokt.

Nu blijft hij, als er een hond verschijnt, op afstand stokstijf staan. Vooral als het een grote is. Vooral als het een zwarte is. Hij kijkt, hij wacht. Hij kwispelt wel, maar o zo voorzichtigjes. Eerst moet die andere zíjn bedoeling maar eens laten zien.

Jammer, zeg ik.

Je kunt ook zeggen: verstandig.

Jammer dat dat verstandig is.

(24/4/'99)

De mensen kan ik me niet herinneren – dit gebeurde jaren en jaren geleden. Ze woonden achter ons en ze hadden een bouvier. Die bouvier werd nooit uitgelaten. Als hij Rekel hoorde aankomen, stak hij zijn snuit onder de tuinpoort door en dan maakten ze contact. In feite was dit het enige wat die twee ooit van elkaar te zien kregen: de dop van hun neus. Toch moeten ze vriendschap hebben gesloten.

Náást ons woonde in die tijd een Amerikaanse militair die was gelegerd op Soesterberg. Het zullen best aardige mensen zijn geweest, ze zullen heus wel pal hebben gestaan voor het vrije Westen en zo, maar ze hielden honden alsof ze ergens midden op de prairie zaten. Het stonk daar. Het was er altijd een leven als een oordeel.

Op een zonnige dag hadden ze een Ierse terriër op bezoek, een heetgebakerd mannetje. Die presteerde het om een gat in de heg te vinden en Rekel in onze eigen tuin te lijf te gaan. En voor je boe of bah kon zeggen was daar de bouvier van de achterburen.

Hij hoorde ze vechten. Hij sprong over de ene heg en brak dwars door de andere. Hij stoof om onze schuur heen en greep toe, en toen het stof optrok bleek hij precies de goeie bij de strot te hebben. De Ierse terriër lag op zijn rug en worstelde voor zijn voortbestaan.

Nu kun je zeggen dat het fiftyfifty was, dat hij voor hetzelfde geld niet die terriër maar Rekel had gegrepen. Maar ik geloof niet dat het toeval was. Ik geloof al z'n leven dat de bouvier in die fractie van een seconde, in dat kluwen van vechtende honden, een keus heeft gemaakt. In ieder geval heb ik sindsdien een heilig ontzag voor de reflexen van honden, zelfs voor die van de minst geoefende onder hen.

(2/5/'99)

Inmiddels zijn we een weekje gevorderd met een tiendaagse kuur om zijn longen te ontwateren. Plaspillen. Hij plast zich een ongeluk. Ze werken dus, maar of ze ook helpen? Hij slaapt alsof hij in coma ligt en zijn conditie is waardeloos. Donderdag kon hij de gebruikelijke vijf kwartier op de Hollandse Kade nauwelijks volbrengen.

Zit ik weer eens tot over mijn oren in een roman, moet ik weer in het holst van de nacht de straat op met mijn hond. Tussen elf uur 's avonds en halfacht 's morgens zijn twee stops voorzien. Eerst de wekker op twee uur, dan op vier uur. En dan nog kan zijn water zo onstuimig opkomen, dat hij zich gedwongen ziet het ergens in huis te laten lopen.

Vrijdagmorgen – je slaapt op den duur net zo ril als een jonge moeder met een baby – hoorde ik hem in alle vroegte de trap op sluipen. Ik uit bed. Kom eens hier jij! Hij probeert zich om te draaien en hij dondert vijf, zes treden naar beneden. Het gaat met zo'n dier net als met mensen: steeds onsmakelijker, steeds ontluisterender.

Laatst zou hij in Arnhem zwierig uit de auto springen. Hij zakte gewoon door zijn poten, hij viel plat op de grond. En die had poten waarmee je achter een haas aan kon, of zelfs achter een trein aan.

Maar gisteravond lag ik een tijdje met 'm te stoeien en opeens heb ik in de gaten: hij hoest niet zo. Dus misschien helpen ze wel, misschien krijgen we z'n longen werkelijk schoon en is die deuk in z'n conditie iets tijdelijks, iets wat je op de koop toe moet nemen.

(9/5/'99)

Met een beetje oefening kun je van de vreemdste dingen sentimenteel worden.

Iris zet haar fiets tegen het raam, Rekel kijkt op, hij begint te blaffen, ik slik een herinnering weg. Maar wat kan dat anders dan de herinnering aan ellendige nachten zijn?

De hond sliep op de overloop en hij hoorde alles, en op alles wat hij hoorde had hij commentaar. Bij het minste gerucht – voetstappen op straat, een sleutel die zes deuren verderop in het slot gestoken werd – zette hij het op een grommen. Laat staan als er een sleutel in ons eigen slot gestoken werd. Dan barstte hij in blaffen uit, luidkeels, bloedstollend. Dan schoot je met een hartstilstand overeind.

Dat was vast pandoer in nachten van vrijdag op zaterdag en van zaterdag op zondag, als Jan thuiskwam (drie uur) en als Daan thuiskwam (vijf uur). Jaren- en jarenlang. En zelf kon je ook niet 's nachts thuiskomen zonder dat het halve huis werd afgebroken.

Eigenlijk, dacht ik toen, zou je bij Rekel onderscheid moeten maken tussen een daghond en een nachthond. Overdag een trouwe mensenvriend, 's nachts een monster. Het verbaast me nóg dat ik hem 's nachts nooit vermoord heb.

En nu? De jongens zijn de deur uit, Jan allang, Daan sinds kort. Kwamen ze 's nachts thuis, dan zou hij ze niet horen. Hoorde hij ze wel, dan zou hij niet blaffen. Zou hij blaffen, dan klonk het hees en krachteloos. Hij heeft de stem van iemand van over de negentig.

De nachthond is verscheiden, het is de daghond die standhoudt. Maar ik zeg weleens: blaf nog eens wat!

(16/5/'99)

Met Daan in de tuin (1986).

In het Vijverbosch (1987). Foto: Harry Verkuylen, *Haagsche Courant*.

Met Jan op de camping bij Predazzo, Italië (1988).

Bij een interview (1988). Foto: *Tubantia*.

Op Herwijnen (1988). Foto: Klaas Koppe.

[Boven] In de tuin (1990).
[Rechts] In het Bredius (1994). Foto: Klaas Koppe.

In het Berner Oberland (1997).

In Sauerland (1997). Foto: Jan van Zomeren.

In de Karnische Alpen, Oostenrijk (1998). Foto: Jan van Zomeren.

In de Karnische Alpen, Oostenrijk (1998).

In de Karnische Alpen, Oostenrijk (1998). Foto: Jan van Zomeren.

Met de jonge hofhond in Sillian, Oostenrijk (1999).

In de Lek (1999).

In de Brenne, Frankrijk (2001). Foto's: Jan van Zomeren.

Met Rian in de Brenne, Frankrijk (2001). Foto: Jan van Zomeren.

Peter was hier om *Een deur in oktober* te bespreken. Vooraf namen we de huiselijke omstandigheden even door. 'Je hebt wel veel voor die hond over,' zei hij toen ik uit de doeken deed hoeveel nachtrust Rekel me de laatste tijd had gekost.

Ik weet het niet. Zelf zou ik het nooit zo gezegd hebben. Ik heb niet het gevoel dat ik offers breng, of laat ik het zo zeggen: dat je die offers ook *niet* zou kunnen brengen. Je hebt geen keus. Je kunt een hond moeilijk laten afmaken omdat hij af en toe moeite heeft om zijn plas op te houden. Met het vorderen van de ouderdom worden zijn tekortkomingen bovendien steeds aandoenlijker, steeds minder laakbaar.

Ja, veertien jaar geleden, toen ze hem in het asiel in Gouda uit zijn hok haalden, toen had ik misschien een keus. Toen had ik nee kunnen zeggen, nee tegen het onooglijke hondje waarmee ze kwamen aanzetten, nee tegen onze Jan, die direct weg was van dat hondje. Maar toen dacht ik: het zal wel wennen. En de rest gaat vanzelf.

Dan is er een hond. Je doet dingen om het die hond naar z'n zin te maken, je doet dingen om het jezelf naar de zin te maken en die dingen blijken hoe langer hoe meer samen te vallen. Ik weet niet hoe dat komt. Misschien is dat liefde.

Straks gaat hij mee naar Oostenrijk en daar zal-ie ongetwijfeld een blok aan het been zijn. Maar het lijkt me ook niks om zonder hond in Oostenrijk te zitten. Je vraagt je toch voortdurend af hoe het met 'm gaat. Dat is net zo goed een blok aan het been.

Thuis heb ik dat trouwens ook al. Als je wakker wordt, meteen de gedachte: hoe zou het met de hond zijn? Dus dat eerst, en dán haal ik pas de krant uit de bus.

(23/5/'99)

Jaren en jaren, láng geleden zat ik in een trein op Utrecht-Centraal. Ik herinner me een man die zich met een aangelijnde hond op zijn hielen over het perron repte. Of eigenlijk: ik herinner me de blik van die hond. In deze blik, dit ene moment, lag het hele mysterie van het hond-zijn besloten.

Uit zichzelf, dat was duidelijk, zou een hond zich nooit en te nimmer in deze situatie gewaagd hebben. Al die mensen om hem heen. Al die haast. Al die herrie. Al die stank. Dus die hond, die zoekt houvast, die wisselt een blik van verstandhouding met zijn baas.

Maar zijn baas heeft nu wel wat anders aan zijn hoofd. Hij moet een trein halen. Hij wil een zitplaats. Hij heeft een bestemming, verplichtingen. Dus die hond, die wisselt een blik van verstandhouding met de *rug* van zijn baas.

Er sprak vertrouwen uit zijn blik. Vertrouwen, dat is overgave. Overgave, dat is kwetsbaarheid. En kwetsbaarheid van de één, dat is ook altijd kwetsbaarheid van de ander. Je bent geweldig verantwoordelijk voor zo'n hond. Je bent zijn God en je kunt aan bijna al zijn verwachtingen voldoen, maar uiteindelijk verwacht hij van zijn God wat iedereen van zijn God verwacht: het eeuwige leven. Uiteindelijk zul je falen.

Nu loop ik met Rekel op het jaagpad langs de Oude Rijn. Over het bruggetje komen een paar fietsers aan. Ik kijk om, om te zien waar hij blijft en hij blijkt me vlak op de hielen te zitten, en hij werpt me precies op dat moment precies die blik toe. *Ik neem aan dat jij weet wat we doen, baas.*

De zon aan de hemel, het groen in de bomen, vogels op het water, een goddelijke ochtend.

(29/5/'99)

130

Dwars door Duitsland. Het was eigenlijk niet zo warm, maar we hadden de hele weg zon en dan werkt zo'n auto toch als een broeikas. Het zou te weinig zijn om te zeggen dat je dorst krijgt. Het is meer dat je hele inwendige landschap uitgedroogd raakt. Drinken helpt maar even.

En toen moesten we nog dwars door Oostenrijk ook.

Even voor de Felbertaurntunnel reden we een parkeerplaats op voor de laatste tussenstop. Daar zag Rekel een riviertje stromen, heerlijk voortkabbelend water. Hij begon het steile, uit natuurstenen opgebouwde talud af te scharrelen. Onderaan was een draad gespannen om eventuele koeien op een afstand te houden. Hij aarzelde.

Maar hij keek niet naar links, hij keek niet naar rechts, niet op of om. Hij had uitsluitend oog voor dat watertje.

Rustig, zei ik nog. Maar dat hoort hij dan niet. Hij nam een sprong en maakte aan de andere kant van die draad een smak van wel anderhalve meter. Het was akelig om te zien.

Het volgende wat zichtbaar werd: dat zijn rechterachterpoot het liet afweten. En het daaropvolgende: dat het hem niks kon schelen dat zijn rechterachterpoot het liet afweten. Hij sleepte zich naar de waterkant zoals een gewonde soldaat zich naar het lazaret sleept. Een beetje overacted. Een beetje Ko van Dijk in de woestijn.

Ik zag dat hij in het riviertje ging staan, dat zijn poot weer bijtrok. Ik ging op een grote platte steen zitten en herinnerde me het boek dat ik nog net voor de vakantie had uitgelezen. Oorlog. Stalingrad. Vandaar natuurlijk. Zoals een gewonde soldaat zich naar het lazaret sleept.

(6/6/'99)

Rex is de hofhond van de Steidls in Sillian. Ze is een jaar of zeven. Ze heeft iets van een Duitse herder in de vacht van een Berner sennenhond. Ze verstaat de kunst om vriendelijk te zijn zonder haar onafhankelijkheid op te geven.

Tot haar taken rekent ze de permanente observatie van het asfaltweggetje verder naar boven, waar je tussen de bomen de volgende boerderij kunt zien liggen. Met het schuwe maar potige mannetje dat daar woont, onderhoudt ze een latrelatie.

Van de nesten die ze werpt, worden telkens twee jongen in leven gehouden. Van het laatste tweetal is het teefje net afgehaald door mensen uit Lienz. Het reutje, inmiddels een kleine drie maanden oud, loopt hier nog rond.

De een noemt hem Bob, de ander noemt hem Bello, een derde noemt hem Beertje – en inderdaad: dat mollige achterwerk, die koddige manier van wegrennen. Je zíét hem groeien. Je zíét Rex worstelen met haar verantwoordelijkheden. Voortreffelijke moeder. Zo nodig, om hem van gevaarlijker bezigheden af te houden, speelt ze zich te barsten met hem. En hij natuurlijk steeds dwarser, steeds ongehoorzamer.

Wat me vooral opvalt: hoe plezierig het is om weer eens contact te hebben met honden die je aankijken als je tegen ze praat (en onmiddellijk worden afgeleid door het dichtslaan van een autodeur, het rammelen van een melkemmer).

Dus ik zeg tegen Rekel: 'Als jij nou een hartstilstand neemt, dan nemen wij dat kleine hondje.'

Maar híj luistert niet.

En hij geeft geen krimp.

En ik moet toegeven: als ik aan een nieuwe hond denk, zinkt de moed me in de schoenen. Zo'n klasbak als Rekel vind je nooit meer.

(12/6/'99)

Hij hijgt enorm – maar als we tien minuten op de Hollandse Kade lopen hijgt hij ook enorm.

We hadden beloofd dat we hem niet over de kop zouden jagen. We hielden er rekening mee dat hij hier geen poot zou verzetten, dat er deze keer van wandelen niets terecht zou komen. En kijk nou eens! Hij kwispelt als we 's morgens de bergschoenen aantrekken. Hij wil vooroplopen. Hij heeft een formidabele eetlust. Zijn ogen staan helder.

Drie uur naar boven, dat is de limiet. Drie uur naar boven, twee uur naar beneden en als je dan nog eens ergens gaat zitten (om te eten, om waargenomen planten en vogels te bespreken of gewoon een tijdje van de zon en een sigaartje te genieten) ben je toch de hele dag in de bergen.

Ik zou liegen als ik zei dat hij bij dit alles een uitbundige indruk maakt. Eerder een beetje gelaten. Waarschijnlijk zijn het vooral de alpenmarmotten die hij mist. Het fluiten van een marmot gaf hem altijd een geweldige kick. Dat hoort hij niet meer. Maar zien en ruiken natuurlijk wel, en zowaar, gisteren op de hellingen van de Regenstein zette hij het nog eens ouderwets op een struinen – daar struikel je haast over die beesten en daar, wis en zeker, had hij het naar z'n zin. De Würzfläche (2328 m), het Mittelsattel in de Liköferwand (2329 m), de Arntaler Lenke (2658 m), het Rotes Kinkele (tot vlak onder de top, 2763 m), de Obstansersee (2304 m) en het Villgrater Joch (2585 m) – allemaal plekken waar hij nog niet eerder was geweest. Nee, de Mount Everest zit er niet bij, maar God, hij is vijftien – hoeveel honden van vijftien zouden nog zulke plekken op hun lijstje kunnen bijschrijven?

Straks nog een rondje om de Thurntaler.

Morgen naar huis.

(18/6/'99)

Het is me een raadsel hoe een hond die in de bergen nog zo goed uit de voeten kan, zoveel moeite kan hebben met vijf kwartier in de polder.

Nu moet ik toegeven dat hij er op foto's uit Oostenrijk heel wat afgedraaider uitziet dan ik gedacht had. De lens van de camera is kennelijk scherper dan het oog van de meester. Misschien heb je in de bergen te veel met jezelf te stellen om goed op de hond te letten.

Maar zoveel is zeker: dáár heeft hij nooit op het punt gestaan om op te geven, dáár heeft hij nooit het slijm uit zijn lijf staan hoesten van benauwdheid, zoals gisteravond op Breeveld.

Het was ook wel erg warm gisteren, en hijgen maakt dorstig, en hier heb je nergens dat frisstromende bergwater waarin je een tijdje kunt rondwaden – een gewoonte die hij zich de laatste jaren heeft eigen gemaakt. Water genoeg in de polder, maar fris niet, en de steilte van de slootkanten stelt hem voor onoverkomelijke problemen.

Wat ook een rol kan spelen – misschien is de berglucht beter voor zijn longen, die langzaam schijnen dicht te slibben. Ik heb hem daar tenminste niet horen hoesten, niet zoals hier. Hijgen wel, hoesten niet.

Of misschien vindt hij bergen gewoon spannender. Dat heb ik zelf ook, ik loop in de bergen ook beter dan hier. Vijf kwartier in de polder is me meer dan genoeg, vijf kwartier in de bergen is altijd nog maar een beginnetje.

Dus ik zeg: voor Rekel zouden we eigenlijk naar de Alpen moeten verhuizen.

Maar voor mijzelf ook.

(27/6/'99)

Nu dringt ook eindelijk tot me door waarom een dove hond moeite heeft met koekjes vangen.

Je maakt om te beginnen een beweging om hem erop te attenderen dat je gaat gooien, een voorgooi. Maar Rekel denkt dan dat je al gegooid hebt, dat hij gemist heeft, en kijkt om zich heen waar dat koekje gebleven is.

'Hier, hier,' zeg je nog om zijn aandacht weer op je hand te vestigen. '*Hear, hear.*' Maar dat is nou juist het probleem. Een normale hond zou een koekje horen vallen. Of hij zou zich realiseren dat hij het *niet* heeft horen vallen. Rekel kan daar niet op bouwen. Hij hoort niet wel, maar hij hoort ook niet niet.

Ik geloof niet dat hij dover is dan een jaar geleden. Maar ik geloof ook niet dat hij minder doof is dan een jaar geleden. Dat lijkt maar zo. We hebben ons aangepast, we hebben zijn doofheid in een camouflagepak gestoken. Ik roep of fluit hem bijvoorbeeld vrijwel nooit meer. En hij van zijn kant reageert een stuk minder bits als je plotseling achter hem staat. Hij schrikt nog wel, maar hij voelt zich niet meteen bedreigd.

Voordelen zijn er trouwens ook. In Oostenrijk tot tweemaal toe een onweer dat in de verte ongemerkt voorbij kon trekken. Zijn beduchtheid voor zoemende insecten verdwenen. In de tuin stuift hij niet meer op als er kinderen joelend door het gangetje hollen.

In feite is dat het eerste signaal geweest, een buurvrouw die zei: 'Hij is een stuk rustiger tegenwoordig.' Toen dacht ik dat hij verstandig geworden was, later: dus dat was het begin.

(3/7/'99)

Eén ding staat vast: ik ben veel te vroeg over zijn ouderdom begonnen.

Voor een deel is dat te verklaren uit mijn vorige hond – die was op zijn achtste al behoorlijk afgeleefd. Voor de rest zullen we moeten afdalen in de kelders van de psyche. Ja, ik heb een zwak voor vergankelijkheid. Ja, ik ben overbezorgd. Ik leef in menig opzicht vol ongeduld.

Zo ontvankelijk als ik toen was voor tekenen van verval, zo kien ben ik nu op tekenen van vitaliteit.

Het was warm van de week, hij was nauwelijks tot een wandeling te bewegen. Vrijdagavond zijn we naar de Lek bij Jaarsveld gereden. Het duurde even eer Rekel in de gaten kreeg dat je zo'n rivier als een uitgedijde bergbeek kunt beschouwen. Toen fleurde hij op. Hij kreeg iets speels over zich. Zijn manier van lopen, zijn manier van kijken, de stand van zijn oren – een en al levenslust.

Of het moment dat hij een andere hond ziet aankomen. De gelatenheid die tegenwoordig zijn houding bepaalt, verdwijnt als bij toverslag. De borst vooruit, de poten stram, de staart omhoog. Let op, hier staat een volwaardige reu. Of als je iets zit te eten wat hij ook wel zou lusten. Opeens merk je dat hij je al een tijdje ligt aan te kijken, dat hij dat lekkers fixeert met zijn bruine ogen. Ja, vooral die ogen, dat vinnige, dat gretige, dat wat hij altijd al had.

Op deze momenten is de dood een eind uit de buurt. Wat zeg ik? Dan is de dood in geen velden of wegen te bekennen. Er *is* geen dood, alleen maar leven.

Leven: een beperkte reeks momenten van onsterflijkheid.

(11/7/'99)

Dagboek

(13/7/'99) Ik was van plan dat weekboek een jaar lang te doen. Dat is achter de rug en kijk eens aan: hij leeft nog, ik leef nog, we moeten verder. Ik heb besloten mijn aantekeningen in dagboekvorm te vervolgen, alleen als er aanleiding (tijd, animo) voor is. Het meeste zal nu ook wel gezegd zijn. Het gaat er alleen nog maar om hoe oud hij wordt.

'Het duurde even eer Rekel in de gaten kreeg dat je zo'n rivier als een uitgedijde bergbeek kunt beschouwen.' Deze observatie verdient een zekere uitbreiding.

Ik weet nog precies waar hij voor het eerst in een beek ging staan: aan de voet van de Wetterhorn. We waren naar de Glecksteinhütte geweest, het was warm. Een jaar of acht geleden. Het zou zo onderhand dus normaal moeten zijn dat hij in een beek gaat staan. Maar zijn afkeer van water was vóór die tijd zo kenmerkend, dat dit wel altijd een inbreuk op ons Rekelbeeld zal blijven. De hond gaat te water! Bedachtzaam. Wadend. In het uiterste geval tot aan zijn buik. Als het water raar doet, doet de hond een stapje terug. Zee bijvoorbeeld, dat is niks voor hem. Golfjes! Spatjes!

Hij loopt maar wat rond. Hij kijkt ingespannen naar de bodem. Hij krabt wat aan een steen die daar ligt. En hij vindt het reuze-interessant als je in zijn buurt een steen laat plonzen. Ook dat geeft natuurlijk spatjes, maar kennelijk overheerst dan de suggestie dat er wat *leeft* in het water.

Doorgaans maakt dit waden en wroeten een dwangmatige indruk, het ziet er niet uit als iets waaraan hij plezier beleeft. Nou, en dat was vrijdag, aan de Lek, anders. Wadend, zeker. Wroetend, jawel. Maar dit keer, dát trof me, alert, bij de pinken, *jeugdig*. Niet zo in zichzelf gekeerd, maar juist heel erg betrokken bij zijn omgeving. Ik zag hem daar bezig en ik werd er vrolijk van.

(15/7/'99) Tegenover ieder voor het laatst staat wel een voor het eerst.

Voor het eerst zonder Rekel wezen wandelen. Dat wil zeggen, ik ben natuurlijk wel vaker zonder hem van huis gegaan, maar dit was typisch iets wat we altijd samen hebben gedaan.

Rugzak en verrekijker heb ik stiekem naar buiten gebracht. Alles goed en wel, maar liever niet die blik van ongeloof en ontgoocheling in zijn ogen als alle seinen op wandelen staan en hij toch niet mee mag.

Als hij bij me is heb ik vaak nauwelijks weet van hem. Nu liep ik de hele tijd aan hem te denken. Toen ik in de bijvakjes van mijn rugzak op zoek ging naar zuurtjes die misschien waren achtergebleven van Oostenrijk, trof ik een paar hondenbrokjes aan – heel treurig. Opeens was het je reinste verraad dat ik daar zat.

Waarom? Waarom geen kortere wandeling? Waarom kun je niet thuisblijven als hij moet thuisblijven? Zo'n groot offer is dat toch niet? En al was het dat wél, wat dan nog? Die hond van zijn kant, zou je zeggen, heeft in de loop der jaren meer dan genoeg voor jou gedaan. En als híj nu volmaakt tevreden is met zijn dagelijkse rondjes langs de Oude Rijn of door het Bredius, waarom ben ik dat dan niet?

Het punt is dat ook voor mij de jaren beginnen te tellen. Straks ben ik vijfenvijftig, straks ben ik zestig. Ik heb het gevoel dat ik mijn wandelingen niet voor hem zou opschorten, maar zou opgeven. En dát is meer dan ik kan opbrengen.

Met de trein naar Arnhem. Via Sonsbeek, Stenen Tafel, Hoogte 80 en Geitenkamp naar Rozendaal, Rozendaalsche Veld, Zijpenberg, en langs de Stikke Trui en Heiderust naar Velp (station). Vijf uur lopen. Gekraagde roodstaart, geelgors, roodborsttapuit. Ik ben met *Een deur in oktober* bezig; er ontploffen steeds zinnetjes in mijn hoofd.

We waren allebei erg blij met mijn thuiskomst.

(21/7/'99) Mensen vragen hoe oud hij is. Vijftien, zeg ik, en dan slaan ze niet steil achterover, dan zeggen ze: dat is zeker wel aardig oud? Dat zint me helemaal niet.

Ik ken maar één hondje in de buurt dat ouder was: het rillende boerenfoxje van een man op de Meander. Ik werd er altijd een beetje moedeloos van als die nog eens zei hoe oud hij precies was: zeventien jaar en bijna zes maanden. Dat betrok ik meteen op Rekel en dan dacht ik: dat haalt hij nooit.

Vanmorgen kwam die man me tegemoet op het jaagpad. Hij heeft ook een langharige tekkel. Ik zeg: waar is die ander? Dood!

'Ze gaan zo langzaam achteruit,' zei die man, 'dat je er eigenlijk geen erg in hebt.' Nou hadden ze hem veertien dagen in een dierenpension gehad. Toen ze weer thuiskwamen zagen ze pas hoe hij eraan toe was. Hij lag de hele nacht te hoesten. De dierenarts zei: dat hartje staat soms één of twee minuten stil; ik zou hem maar laten inslapen.

Dus dat heb ik in mijn oren geknoopt. Het dierenpension. Stress natuurlijk. En dan zie je pas hoe ze eraan toe zijn.

Goed, die tekkel. Ik heb niet veel met tekkels, maar deze kan je ongelooflijk vriendelijk aankijken. En hij is ook al twaalf. Dus je denkt: die twee honden zijn ontzettend lang samen geweest. Dus je vraagt: merk je dat-ie die ander mist? Nou, één dag had hij inderdaad een beetje vreemd gedaan. Daarna was het al: nu kan ik lekker alleen op de poef, nu is alle aandacht lekker voor mij.

Merkwaardig, ik realiseer me nu pas dat oud worden een wedstrijd is waarin je niet op kop komt doordat je een ander inhaalt, maar doordat die uit de race stapt. Nu zijn wij de oudste! In ieder geval blijft Rekel de schande bespaard dat hij door een zeventienjarige wordt overleefd.

Wat hemzelf betreft: een beetje hoesterig vandaag. Verder voelt hij zich opvallend goed – omdat ik hem werkelijk wat minder uitlaat. Het stomme is: zodra ik merk dat hij zich goed voelt, wil ik met hem naar buiten. Dat is dan drie keer een kwartiertje overdag (om hem te sparen) en 's avonds gauw een rondje van drie kwartier in het Bredius (omdat het sparen helpt). Ik weet het niet, wij *horen* nou eenmaal buiten.

(22/7/'99) Amerongse Berg. Wind en regen, een typische zomerinzinking. Overal liggen onze vaste routes, onze stilzwijgende afspraken. Nu hij er niet meer bij is, kun je hier en daar eens wat verder kijken. Het geeft niet als je een beetje aan het dwalen slaat. Het geeft ook niet als je in een woonwijk verzeild raakt of een eindje langs een verkeersweg moet. Ik bedoel hier niks negatiefs mee. Ik bedoel hier ook niks positiefs mee.

Ik heb voortdurend het gevoel dat ik iets vergeten ben, dat ik iets heb laten liggen. Mijn kijker? Mijn jas? De riem van de hond?

Ik vraag me ook voortdurend af of het niet te vroeg is om te beslissen dat hij bepaalde dingen niet meer kan. Deze twijfel strekt zich bij voorbaat uit tot na het moment van zijn dood. Straks: dat je te vroeg beslist dat hij niet meer ademt, dat je hem ergens *levend* hebt achtergelaten.

Eén ding staat intussen vast: hij past niet meer in zijn mand. Hij kan zijn rug niet goed buigen (denk ik). Hij ligt aldoor met zijn kont omhoog op de rand. Een komisch gezicht eigenlijk. Erg hijgerig vandaag, terwijl het helemaal niet warm is. En de bloedende wrat op zijn wang, die werkt kennelijk altijd. Net als de Vesuvius. (Werkt de Vesuvius altijd?)

(23/7/'99) Iris' moeder heeft gisteravond haar heup gebroken. De droom waarin ons bestaan uiteindelijk oplost, neemt voor haar steeds boosaardiger vormen aan.

In het ziekenhuis. Ze heeft de bloeddruk van een jong meisje. Ze is negenentachtig en dement. Ze weet niks, ze begrijpt niks, en ze is nog steeds even bijdehand.

Wéér een zuster die haar een hand komt geven. Ma: 'Het is steeds een ander.' Die zuster: 'En we lijken allemaal op elkaar.' Ma: 'Allemaal lijken op elkaar, dat is niet zo mooi.'

Er is een katheter ingebracht. Ma: 'Zuster, ik moet plassen.' Die zuster: 'U kunt het laten lopen, mevrouw Ekkers.' Ma: 'Ja, maar dan word ik nat.'

Vandaag wordt ze geopereerd. Artsen waarschuwen dat de narcose haar geestelijke vermogens ernstig, en misschien wel blijvend, zal aantasten.

(26/7/'99) De hittegolven blijven elkaar opvolgen – tegen zonsondergang met Rekel naar de Lek. We kwamen daar een gele labrador met een bungelende voorpoot tegen. Die was door een aanrijding verlamd geraakt en volledig geatrofieerd. Verder wel een levendige hond. Hij speelde met een tennisbal en ging de rivier in om te zwemmen. Op zeker moment kwam Rekel hem te na. Toen die hond hem wilde bijten, viel Rekel ondersteboven, en hij is tegenwoordig wel zo slim om het dan meteen op een janken te zetten.

De complicatie bij vechtende honden is dat er altijd mensen bij betrokken zijn. De jongen van die labrador voelde zich verplicht om op te stuiven en uit te varen (tegen zijn eigen hond, welteverstaan). Ach, zeg ik, hij voelt zich natuurlijk onzeker (vanwege die poot dus). En die jongen kalmeerde terstond.

Dat klonk aanzienlijk beheerster dan ik me doorgaans voel wanneer Rekel de aandacht trekt van een grote vreemde hond. De dreiging die van zulke momenten uitgaat, is gelijkelijk over ons beiden verdeeld. Hoe brengt *hij* het eraf als hij gepakt wordt, hoe breng *ik* het eraf als hij gepakt wordt?

Vroeger was dat heel anders. Rekel kon wel voor zichzelf zorgen. Zo nodig beet hij flink van zich af en in het uiterste geval kon hij zich altijd nog loswurmen om ervandoor te gaan.

Niet leuk: je hond wordt aangevallen, hij kan zich niet meer verweren en *jij* staat machteloos – je bent zelf bang voor grote vreemde honden.

Ook niet leuk: de herinnering aan Laika, door wie Rekel een keer, een eeuwigheid geleden, bij zijn strot gegrepen werd op het schoolplein. Jan, een jochie nog maar, pakte de kaken van die valse herder vast en begon ze open te wrikken. En ik – ik liet hem begaan. Ik zei achteraf pas: 'Dat moet je nooit meer doen Jan, de agressie van zo'n hond kan overspringen op jou.'

(28/7/'99) Kale plekken op zijn heup en zijn staart. Veel jeuk. Schurft?

(30/7/'99) Toevallig een schriftje aangetroffen waaruit blijkt dat ik al eerder op de dagboekvorm wilde overgaan.

Gisteren heb ik *Een deur in oktober* naar de uitgeverij gebracht. Vanochtend ging ik in de schaduw in de tuin zitten, dat schriftje bij de hand voor het geval ik last kreeg van invallen.

Drie dagen in april, details over de crisis van toen. Eerste zinnen: 'Plotseling wordt het ernst. Als het over een krasse oude hond ging, ging het totnogtoe vooral over kras. Nu krijgt opeens *oud* de overhand. Als het over doodgaan ging, ging het over een zekerheid in de verte. Nu staat het opeens voor de deur, en dan jaagt het toch wel angst aan.'

Hoe zijn vermoedelijke hartgebrek zich ontwikkelde tot een abces op zijn rug. Hoe hij blijk gaf van zijn nood en hoe slecht dat door ons begrepen werd. Het gebeurt in mijn aantekeningen allemaal opnieuw en nu het goed is afgelopen, maakt een verlammend gevoel van verdriet zich van me meester. Dan bedenk ik opeens dat het misschien niet de beet van die airedale in het Brediuspark is geweest, maar de nasleep van die laffe aanval van Bink op de Meander – dan wijken alle mogelijke gevoelens voor dit ene: blinde woede.

'Rekel,' zeg ik, 'je bent een bikkel. Je bent altijd een bikkel geweest, en je bent nog steeds een bikkel.'

's Avonds naar de Lek. Ballonnen met ploffende gasbranders in de lucht, jankende speedboten op het water, scheurende motoren op de dijk, auto's die bijna uit elkaar barsten van de *house* op de parkeerplaats.

Afijn, ik neem hem aan zijn riem mee de rivier in en jawel, hij kan niet anders, hij zwemt. Prachtig zoals zijn vacht meedrijft met zijn bewegingen wanneer het water zich sluit boven zijn rug.

Een andere hond zou misschien concluderen: ik kan *zwemmen*. Rekel niet. Rekel is een doordenkertje. Rekel concludeert: ik moet voortaan uit de buurt van die riem zien te blijven.

Blinde woede – niet zozeer jegens die hond, hoewel die wat mij betreft vandaag nog onder een auto mag komen, maar vooral jegens de man met de stekeltjes die hem los laat lopen. Bij een hond van dit kaliber is dat altijd op andermans risico.

Uit mijn aantekeningen van 6/4, na de behandeling bij mevrouw Bergh: 'Vochtafscheiding als hij na het slapen overeind komt, rondvliegende bloedslierten als hij zich uitschudt. Best kwiek als hij om halfvijf wordt uitgelaten. Daarna diep, diep in slaap. Lief: als hij merkt dat Daan binnenkomt, gaat-ie naar hem toe om zich over z'n kop te laten aaien. Hij is echt een van de jongens.'

(5/8/'99) In *De gelukkige eilanden* komt Paul Theroux op een van de eenzaamste stranden van Australië, ergens boven Cooktown, een zekere Tommy tegen, die leeft van het jutten. Hij heeft een keffertje bij zich.
'De hond was dol op hem, hij wilde graag opgetild en geknuffeld worden. Ik was met name geïnteresseerd in de gedachte dat Tommy probeerde te overleven in deze moeilijke omgeving, waar hij ook nog voedsel voor een hond moest zien te vinden, maar toen ik dat tegen hem zei, haalde hij alleen maar zijn schouders op.'
Ik denk: als de nood aan de man komt, kan hij hem opeten. Ik denk: dát zou nog eens een verhaal zijn, iemand die een hond bij zich heeft als reservevoedsel. En waarom ook niet? Zou dat hondje dan minder dol op Tommy zijn geweest?
Steeds zie ik een zwemmende Rekel voor me. Het water sluit zich boven zijn rug, zijn vacht begint te zwieren. Die tochtjes naar de Lek – dat je een hond hebt om plezier te hebben, om iets te *beleven*.

(16/8/'99) Donderdag was ik van Ede over Wageningen naar Rhenen gelopen. Veel thermiek, veel roofvogels. Op een gegeven moment: *vier* cirkelende buizerds en hoog daarboven twee ooievaars. Op het eind ontdekte ik een aardige variant op de gebruikelijke route, ik dacht: dat zou weleens wat voor ons drieën zijn.
Gisteren, kwart over negen, vanaf het station Rhenen, rond en over de Grebbeberg, Rekels eerste lange wandeling sinds Oostenrijk. Tweeënhalf uur. En het halve uur dat Iris en ik op een strandje hebben gezeten, heeft hij doorgebracht met waden in de Rijn. Hij deed het prima. Hijgend maar geanimeerd, alert, nu en dan een vrolijk sprintje. 't Was ook niet warm meer.
Vannacht wakker door onweer. Ik had de vage hoop dat het bijna ochtend was. Bittere teleurstelling: halftwee pas. Het ging een hele tijd door met onweren. Rekel had niets in de gaten. Maar nou weet ik weer niet of het vermoeidheid of doofheid was.

(18/8/'99) Met Rekel de hele Hollandse Kade (verbreed en opnieuw geasfalteerd) af. Vijf kwartier! Als vanouds!
Met gedichten bezig over de Karnische Alpen.

(21/8/'99) In een goeie bui (hij doet het zo goed, hij kan nog wel twee jaar mee) heb ik gisteren een nieuwe mand voor hem gekocht. Een maatje groter. Vanmorgen, toen ik de krant uit de bus ging halen, lag-ie prinsheerlijk te slapen, alleen zijn ene oor lag over de rand. Hij van zijn kant moet wel het gevoel hebben dat hij een maatje gekrompen is.

(22/8/'99) Het lijkt of Iris' moeder de moed heeft opgegeven. Lusteloos en dof. Geen enkele belangstelling meer voor wat er met haar gebeurt.

(28/8/'99) Rekel geniet van zijn nieuwe mand. Sinds Daan uit huis is slaapt hij bovendien weer op de overloop (we laten daar nu een lichtje branden) en ook dat bevalt hem uitstekend. 's Morgens moet je gewoon soebatten om hem tot opstaan te bewegen.
Aart Aarsbergen vertelde maandag dat hij een hond heeft gehad die zeventien is geworden. Gisteren hoorde ik van Jan Lanzendörffer dat hun spaniël ook zeventien geworden is. Alsof het gewoon is dat een hond zeventien wordt. En Rekel *is* nog niet eens zo ver.

(29/8/'99) Stralende zondagochtend, Koperen Tuin in Leeuwarden, Willem Dijkhuis' marathon over vermoeidheid. Mijn bijdrage: vermoeidheid bij koeien en andere dieren. Aardig gesprek. Naderhand kwam er een man bij de zaalmicrofoon staan met een warrig verhaal over de verschillen tussen mens en dier, denken en instinct (hij vond, geloof ik, dat dat allemaal niet overdreven moest worden), en over honden had-ie het ook. Hoe daarop te reageren?
'Ik ben,' zei ik, 'erg gesteld op de verschillen tussen mens en dier.

Dat is nu juist de aardigheid, dat dieren anders zijn. En wat mijn hond betreft: ik heb de indruk dat zijn hele streven erop gericht is míj het denkwerk te laten doen.'

'Dat is dan heel verstandig van uw hond,' zei die man.

(13/9/'99) Al een paar weken breng ik de donderdagen op de Geitenkamp door – de donderdagen omdat Iris dan voor de hond kan zorgen. Ik voel me daar op mijn gemak, ik heb daar wat te doen. Ik wandel er niet alleen in het verleden, maar ook in de toekomst. Ik zie hoe Iris' moeder in haar dementie op haar Haagse jeugd gefixeerd is en ik denk: als voor *mij* de poorten van alzheimer openzwaaien, zal ik me vast en zeker op de Geitenkamp wanen. Nu loop ik zo'n beetje alle winkeliers op het Marktplein af, hun zaken weerspiegelen natuurlijk de geschiedenis van de buurt.

Hoe gaat het met Rekel? Goed hoor. Vorige week hield hij bij het lopen zijn staart scheef, net of hij iets in zijn rug had. Maar dat gaat dan ook weer over. Zoals er al zoveel is overgegaan.

Vrijdag had ik een afspraak met Peter Sierksma, die tegenwoordig voor Jacobine Geel werkt. Leeft-ie nog, vroeg hij. Wie? Rekel? Natuurlijk leeft hij nog! Nou, zei hij, de vorige keer zei je dat hij ziek was. De vorige keer, een jaar of vier geleden. Ik kan me van Rekel geen ziekte herinneren waaraan iemand na zo lange tijd nog zou moeten refereren. Maar ik weet wel dat ik me vaak veel te pessimistisch over hem heb uitgelaten.

Heerlijk is het, telkens weer een pak van mijn hart, om hem 's morgens gezond en wel in zijn mand aan te treffen, doorgaans een beetje onwillig om op te staan.

Een hete nazomer. We moeten oppassen dat we niet overmoedig worden. Hij kan nog wel wat, maar lang niet meer alles. We moeten een nieuw evenwicht zien te vinden, een nieuw en verantwoord inspanningsniveau. Nog één keer Grindelwald? En als hij daar dan echt niet meer kan, als je daar de hele dag met hem binnen moet blijven?

Op het ogenblik werk ik met vier dagboeken: algemeen, Geitenkamp, Rekel en koeien (Cees M. gaat zijn bedrijf beëindigen, de meeste van zijn zwarte blaarkoppen gaan de laatste winter in). En dat heeft natuurlijk allemaal met elkaar te maken. Soms voel ik me net een jongleur met te veel ballen in de lucht.

(18/9/'99) In de chaos van boekjes die ik erop na hou, tref ik aanzetten tot een gedicht over Rekel aan, dat diepe slapen van hem, zijn verkenningen van het land van de dood, althans van de grenzen daarvan, zijn eenzame terugkeer in onze wereld bij het ontwaken – de dood als een reis in onbekend gebied, zonder riem, zonder geleide, zonder *mij*, en hij kan in zijn eentje niet eens de Utrechtsestraatweg oversteken. Ik herinner mij het idee, het gevoel van beklemming, maar het is verdord, ik kan er niets meer van maken. Ook dat is overgegaan.

(25/9/'99) Nou heeft Jan Siebelink een boek geschreven over zijn leven met zijn hond. En dat is niet het enige. Willem van Toorn: *De rivier*. Geert Mak: *De eeuw van mijn vader*. En Hans Moll (in *M*) over de dood van zijn vriendin. Tegenwoordig zit iedereen in ieders vaarwater. Je moet je zo weinig mogelijk laten afleiden. Eigenlijk moet je van al die dingen gewoon geen kennis nemen.

Toch: één zinnetje van Siebelink in *de Volkskrant* – de aftakeling van zijn hond had hem met zijn eigen sterfelijkheid geconfronteerd.

Ik heb daarover nagedacht en ik moet zeggen: dat heb ik niet. Als ik het over de sterfelijkheid van mijn hond heb, heb ik het werkelijk over mijn hond. Natuurlijk confronteert zijn aftakeling je met het verstrijken van de tijd en natuurlijk is het ook *mijn* tijd die verstrijkt, maar noem eens iets wat je niet met het verstrijken van de tijd confronteert – dus dat betekent niets.

Ikzelf blijf altijd knap monter bij al die veranderingen om mij heen. Vooralsnog beperkt mijn sterfelijkheid zich tot momenten van voorgenomen zelfmoord. De wereld wijst mijn toenaderingspogingen af, ik straf de wereld. Vrolijke momenten zijn het niet, maar ze komen voort uit een proces dat niet anders dan buitengewoon levendig kan worden genoemd.

(26/9/'99) Een uurtje Hollandse Kade. Dat evenwicht, dat hebben we nu, geloof ik, wel bereikt. Er is rust in mij, er is rust in de hond. Het is niet langer zo dat hij oud wordt. Hij *is* oud, en daar is niks dramatisch aan.

Hoe vaak heb ik niet tegen hem gezegd, als er misschien wat veel van hem gevergd werd: 'Het is ook wérk, Rekel.'

Vandaag is het zijn goede recht om te zeggen: 'Maar nu ben ik met pensioen, baas.'

(9/10/'99) Normaal gesproken waren we vandaag naar Zwitserland gereden (nog maar eens een keer voor het laatst naar Grindelwald), en dan hadden we nu de avond de noordwand van de Eiger zien beklimmen. Maar Iris' moeder heeft een dag of tien geleden haar andere heup gebroken. Ze was net terug in het bejaardenhuis, ze kon net weer lopen. De hele nachtmerrie van voren af aan.

Nu houden we zo'n beetje vakantie aan huis. Woensdag over de Grebbeberg en de Rijnoever bij Rhenen, ruim twee uur, wisselend bewolkt. Gisteren bij een miezerig regentje van Boxtel naar Oisterwijk; hei en vennen. Deze wandeling stond genoteerd voor 16 km, maar het was vier uur lopen en op het eind moesten we ons nog haasten om de trein te halen.

Rekel liep prima. Wat je wel merkt: het lopen zelf kost hem zoveel energie dat er weinig overblijft voor avontuur, voor rondsnuffelen, een eindje links, een eindje rechts – die typische hondendingen.

Daan en Jan en Rian waren hier met eten. Iedereen bij elkaar, dat vindt hij nog steeds het mooiste. Hij gaat dan wel liggen slapen, maar zo tevreden, zo intens tevreden.

(14/10/'99) In het kader van de vakantie aan huis zijn we twee dagen naar Bergen aan Zee geweest. Bergen – ze blijven hem inspireren.

Dinsdagmiddag de uitgebreide W. B. Walter-wandeling in de duinen tussen Bergen en Egmond. Ruim drie uur. Zijn inspanningen worden onmiddellijk in honger vertaald. Dat is bekend. Ik had een boterham met leverworst voor hem gemaakt. Alleen, die boterham zat in de tas en die tas stond op de hotelkamer. Zodoende heeft hij voor het eerst van z'n leven Mentos gegeten, twee stuks.

Prachtig weer. Warme herfstzon. Witte stapelwolken. 's Avonds nog een halfuurtje met hem het strand op; ik was op de televisie (*Geel!*) en Iris wou dat zien, ik niet. En de volgende ochtend de gebruikelijke strandwandeling naar het noorden. Wéér bijna drie uur. Wel moe, maar geen centje pijn.

Tegen de duinwand: een groepje bedrijvige sneeuwgorzen.

(18/10/'99) Eigenlijk kun je, nu de benauwenissen van de zomer voorbij zijn, weer onbeperkt met hem naar buiten. Nou ja, geen hele dagen natuurlijk, maar toch wel zo lang dat je er ook zelf moe van wordt.

Wat blijft:

– het hijgen en kuchen (daar wen je aan);

– de uitwassen op zijn huid (de zweer aan zijn bovenlip, de bloedende wrat op zijn wang);

– het geborrel in zijn buik (eens in de twee, drie dagen wil hij het huis uit om te *grazen*, en daarbij is hij heel precies in de keuze van het groen, het liefst heeft hij het blad van hondsdraf).

Haalt de hond 2001, gaat hij nog mee naar Arnhem?

(31/10/'99) Zonovergoten herfstdag. In de namiddag komen ons in het Bredius twee grijze dames achterop, van wie de ene mij inderdaad min of meer bekend is. Terwijl Rekel snuffelend in de slootkant staat: 'Hoe oud *is* hij nou?'

'Hij is aardig op weg om zestien te worden.'

'Ja, ik dacht al,' zei die vrouw. 'Ik heb intussen wel twéé honden versleten en hij loopt nog vrolijk rond.'

Kijk, dát is de toon, zó mogen we het horen.

(11/11/'99) Arnhem. De bouw is begonnen. Okerkleurige zandho pen. Mooi zand, noemden we dat vroeger.

We hebben hem even aan Angerenstein en het Bos bij de Stenen Tafel laten ruiken. Zal-ie het nog meemaken?

Vervolgens naar het keuken- en sanitairbedrijf. Daar werden we werkelijk drie uur lang zoet gehouden. Rekel al die tijd achter in de Alfa.

Vervolgens naar de makelaar. Rekel dus maar mee naar binnen. Toen Iris en ik handtekeningen en paraafjes begonnen te plaatsen, een bezigheid die ons uiteindelijk een half miljoen schuld zou opleveren, kroop hij onder de tafel. Hij slaakte een zucht en viel in een bodemloze slaap.

(15/11/'99) Rekel kwijt op de Oude Rijn. In paniek haastte ik me van het jaagpad naar de Utrechtsestraatweg. Als hij die in zijn eentje probeert over te steken, is het een dubbeltje op zijn kant. En terug naar het jaagpad. Links leeg, rechts leeg. Hoe langer het duurt, hoe meer je hem kwijtraakt.

Daar komt me een vrouw tegemoet op een fiets. Ik heb hem gezien, zegt ze zonder me ook maar iets te vragen, spring maar achterop. En ze keert haar fiets en ik spring op de bagagedrager en ik leg mijn hand op haar heup. Ze zet nog eens extra aan, de hele bocht bij Van der Ham rond. En eindelijk, bij het bruggetje, daar staat-ie. Daar staat hij doodongelukkig om zich heen te kijken.

Merkwaardig: hij kwispelt maar een béétje als ik van die fiets kom. Voor hem ziet het er waarschijnlijk zo uit: hij loopt rustig te wandelen en dan laat zijn baas hem plotseling alleen. Het zal wel een spelletje zijn. En hij kwispelt maar een béétje omdat het geen *leuk* spelletje is.

Achteraf besef ik pas dat die vrouw hem gezien en de situatie begrepen heeft, en dat ze het hele jaagpad af is gereden om mij te zoeken.

Als ik dit allemaal aan Iris heb verteld, zegt ze: 'Dat moet de moeder van Dinant zijn geweest.'

(19/11/'99) Nu geloof ik toch echt dat hij dementeert (totnogtoe was dat een grapje – hij gaat jouw moeder achterna, Iris).

Oude Rijn. Jaagpad. Totnogtoe raakte hij me altijd kwijt door dat eindeloze gesnuffel van hem – kennelijk werken zijn hersentjes steeds trager. Hij raakte achterop en had niet in de gaten welke afslag ik nam.

Nu liep hij voorop. Ik zie dat hij het opeens op een drafje zet en het duurt even voor ik me realiseer: die denkt dat-ie me kwijt is. Eerst zet ik het zelf ook op een drafje. Dan blijf ik even staan om héél hard op mijn vingers te fluiten. Toen keek hij om. Toen kwam hij terug.

Thuis, als ik bij hem op de grond ga liggen: 'Hoe *is* het eigenlijk met je? Weet je nog wel wie ik ben?' Ik sla mijn arm om zijn nek. Ik laat hem weer los en wijs naar mijn neus. 'Toe maar.' Hij kijkt me grappig aan en dan opeens, een lik in mijn gezicht.

(24/11/'99) Terschelling. De eerste dag was helder en zacht, het hele landschap werd *opgetild* door het zonlicht. Noordvaarder. Enorme ruimte, enorme stilte. De ijle figuratie van duinen en duintjes.

Langs het Noordzeestrand. Zeehonden (circa 20) op een zandbank. Eentje kwam er naar ons toe zwemmen, nieuwsgierig naar de hond. Door de duinen terug naar West, hotel Nap. Vier uur gelopen.

Tweede dag: droevig, bewolkt. Langs de Waddenkant. Dwars over het eiland naar West aan Zee. Daar dachten we te rusten, maar het betreffende etablissement was tot nader order gesloten. Ik had de indruk dat er asielzoekers zaten. Dus zonder onderbreking terug naar het dorp. Te zwaar voor de hond. Zakt een beetje in aan de achterkant. Kijkt verbeten (of schichtig, ik weet niet hoe ik het noemen moet) voor zich uit. Maar hij geeft niet op. Drie uur gelopen.

(28/11/'99) Na vier dagen Istanboel ben ik 's middags om vier uur thuis. Ik zet theewater op. Ik maak in de gang mijn koffer open om de spullen eruit te halen die beneden kunnen blijven. De achterdeur gaat open: Iris. Ze is samen met Rekel naar haar moeder geweest. Hij komt naar me toe om zich te laten aanhalen, maar hij kwispelt niet. Volgens mij heeft hij niet in de gaten dat ik ben weggeweest, laat staan dat ik *lang* ben weggeweest.

(2/12/'99) 's Morgens in het donker op het jaagpad. Ik zag hem van vrij dichtbij om zich heen kijken. Ik zag hoe de onzekerheid hem in haar greep kreeg, dat hij de verkeerde kant op wilde wegrennen. Vingerfluit! Voor het eerst vroeg ik me af of zijn ogen niet minder worden.

Steeds van die dingen.

Een tijdje terug – dat vieze korstje op zijn bovenlip, kanker? Maar dat is nu helemaal verdwenen. Misschien toch een wond van een vechtpartijtje of zo.

Verder maakt hij een fitte en opgeruimde indruk. Mijn vier dagen Istanboel, de rust die hij dan krijgt, hebben hem kennelijk goed gedaan. Eigenlijk zou ik zelf van die pauzes voor hem moeten inlassen.

In de Voorstraat kom ik een vrouw tegen met een kleine collie; ze hebben bij ons om de hoek gewoond. Ik aai het hondje en zeg: 'Dus je bent er nog.'

'En uw hondje?' vraagt zij.

'Ook nog.'

'Maar mijn man niet meer,' zegt ze dan onverhoeds. 'Die is dit voorjaar overleden.'

(6/12/'99) Die vrouw op het jaagpad die me achterop nam toen ik Rekel kwijt was, dat blijkt niet de moeder van Dinant te zijn geweest, maar de moeder van Saskia. Ik schaam me. Ik zou haar niet herkennen als ik haar tegenkwam.

(13/12/'99) Soms valt zijn kuifje opzij en dan zie je midden op zijn hoofd een roze puist zitten. Hij heeft wel meer van die roze puisten op zijn lijf (allemaal netjes verborgen onder zijn vacht), maar deze zit daar heel suggestief – net of er iets van zijn hersenen naar buiten puilt.

(20/12/'99) Veel gedroomd vannacht (hoofdpijn), onder meer over een herdershond die kennelijk een ongeluk was overkomen. Men nam aan dat hij dood was. Ik dacht toch nog wel een bepaalde uitdrukking in zijn ogen te zien. Later: hij liep gewoon vrolijk weg. Zie je wel, hij leeft nog, je moet niet te gauw zeggen dat een hond dood is. Nog later, iemand die zegt: ja, maar hij had wel zijn rug gebroken hoor.

(27/12/'99) Om 9 uur naar Den Haag. We rijden over de Utrechtsestraatweg en zien de man met de stekeltjes en Bink lopen – los! Ik had bijna op de claxon gedrukt en de middelvinger opgestoken. Witheet opeens.

Scheveningen-Kijkduin v.v., in beide richtingen langs de vloedlijn. Vroeger ging Rekel zigzaggend over het strand, hij kon geen hond zien of hij moest zich even gaan presenteren. Nu wil hij van honden niets meer weten, misschien niet eens uit angst voor agressie, misschien alleen maar omdat hij het *gedoe* niet meer wil. Hij blijft in ieder geval dicht bij ons in de buurt, meestal aan Iris' kant. En omdat een hond altijd schuin loopt, doet zich steeds weer het moment voor dat ze over hem dreigt te struikelen.

Als een andere hond het initiatief neemt om naar hem te komen kijken, blijft hij stokstijf staan, voorzichtig kwispelend, rechtop, zo jong mogelijk. Tot besluit gaan we het zuidelijke havenhoofd op. Woelige zee. Uitlopers van de storm die dit weekeinde over Noord-Frankrijk is getrokken. Het slaat hard op de stenen, het stuift.

(6/1/'00) *Een deur in oktober* – beroerde recensies in *de Volkskrant*, v n en h p. 's Nachts wakker. Ik besluit dan maar een glas chocomel te gaan nemen. Rekel weggedoken in zijn mand op de overloop. Ik aai hem wakker. Hij kijkt me aan en ik besef op hetzelfde moment de volle omvang van de catastrofe die zich aan ons voltrekt. Dus ik aai hem over zijn kop en zeg: 'Dat heb je mooi nog even meegepikt.'

(12/1/'00) Er zijn plannen dit najaar een boek uit te brengen met alle (ruim duizend) afleveringen van *Vandaag of morgen*, mijn voormalige rubriek in de NRC.

Uit het stukje van 25 mei 1995, toen we zes weken in Grindelwald zaten: 'Rekel houdt zich kranig. 't Is net Robert Redford die nog één keer de mooie blonde jongen speelt.'

Ja, zo was het. Ja, nu zeg je: natuurlijk hield hij zich kranig, toen was hij pas elf. Maar toen was dat anders. Toen was hij *al* elf.

Wonderlijk, in de bergen is hij altijd een andere hond geweest dan in de polder. En 's winters ook altijd een andere hond dan 's zomers. Zoals hij op het ogenblik rondloopt – je kunt je niet voorstellen dat hij *ooit* dood zal gaan.

Hoewel?

's Morgens, kennelijk stram van de uren die hij opgerold in zijn mand heeft doorgebracht, heeft hij moeite om de trap af te komen. Ik probeer hem te geleiden. Gisteren struikelde hij. Het gebeurde helemaal onderaan, nog maar twee treetjes te gaan. Hij kwam plat op het zeil terecht en kon nauwelijks overeind komen. Pas toen we aan het eind van de straat waren, liep hij weer een beetje normaal. Misschien is het beter als hij 's nachts beneden blijft. Jammer, ik heb hem graag vlak voor de slaapkamerdeur, ik hou van de geluiden die hij maakt in zijn slaap.

Dus hebben we gisteravond zijn mand beneden in de gang laten staan. Wat blijkt? Dan gaat hij weer helemaal boven op mijn kamer liggen. Het gevolg was dat hij vanmorgen twéé trappen af moest.

(1/2/'00) Wij gaan straks naar Gerolstein in de Eifel, Rekel moet ik nog naar de Perenlaan in De Meern brengen. Ik had me heilig voorgenomen, ik had hem plechtig beloofd: hij gaat nooit meer naar een dierenpension, je mag voortaan altijd mee. Maar dan zijn er toch weer omstandigheden...

Als ik hem vannacht hoorde bewegen of piepen in zijn mand, brak mijn hart zowat van spijt. Nou ja, laat ik niet overdrijven, laat ik me beperken tot een vlaag van treurigheid. Maar het is net als in het vliegtuig dat naar de startbaan taxiet – te laat voor berouw.

Wat een waardeloze winter trouwens. Niet meer dan een suggestie van sneeuw, het begin van nachtvorst. De voorspelling voor Duitsland de komen dagen: 6-10 °c.

(5/2/'00) Gewoonlijk denk ik als ik van huis ben, nauwelijks aan degenen die achterblijven. Je zou kunnen zeggen dat ik volledig word opgeslokt door mijn werk. Je zou kunnen zeggen dat ik erop vertrouw dat het ze goed gaat. Ik weet het niet. Een feit is dat ik nauwelijks aan hen denk.

Deze keer – op de winderige heuvels, in de bemoste bossen, 's avonds in een stemmig hotelletje in de Eifel – waren mijn gedachten voortdurend bij Rekel. Slaapt hij? Verveelt hij zich? Let hij nog op andere honden? Heeft hij nog hoop?

Ik droomde dat ik de achterklep van de auto opendeed. Hij sprong eruit. Maar hij bleef ook liggen (voor dood). Op dat moment was hij twee honden. Ik begreep heel goed dat dat onmogelijk was. Erg eng.

Vanmorgen heb ik hem opgehaald. Hij was blij me te zien, maar hij blafte niet. Al die honden blaffen, maar híj niet.

Op de terugweg langs het Vijverbosch om de asielgeur te laten wegwaaien. Voor het eerst in tijden liep hij steeds een flink eind voor me uit. Telkens omkijken waar ik bleef. Zelfs terugrennen en tegen me op springen. Misschien om te laten zien dat hij echt nog wel wat waard is.

Thuis: onrustig, na een halfuurtje slaap al helemaal stram; hij betaalt zijn tol.

(16/2/'00) J. M. Coetzee: *In ongenade* – mensen in conflict met een samenleving waaraan ze niettemin met huid en haar zijn overgeleverd. Een man volgt zijn instincten, zijn dochter volgt haar instincten; hun gedragingen zijn in feite niet voor discussie of een waardeoordeel vatbaar. Bovendien worden in deze roman aan de lopende band honden gedood, eerst bij een roofoverval, later in een soort dierenartsenpraktijk, heel aangrijpend. Laatste tafereel: op een zondagmiddag worden meer dan twintig honden afgemaakt met een injectie in het hart.

'Wat een hond niet zal kunnen begrijpen, wat zijn neus hem niet zal vertellen, is hoe je een ogenschijnlijk gewone kamer binnen kunt gaan en er nooit meer uit komt... Hij zal het niet kunnen bevatten, deze kamer die geen kamer is maar een gat waar je uit het leven weglekt.'

Naar mijn smaak wordt in dit hoofdstuk één keer te vaak het woord 'ziel' gebruikt. Voor mij maakt de werkelijkheid van het doodsbedrijf (en gelukkig maar; het is nauwelijks draaglijk wat hier beschreven wordt) dan even plaats voor de werkelijkheid van een schrijver die zich over zijn tekst buigt en één zinnetje verzuimt te schrappen.

Nu ik dit noteer heb ik almaar het gevoel dat ik onlangs nog iets anders over honden gelezen heb wat ik had moeten noteren. Met enige moeite slaag ik erin vier, vijf boeken terug te denken. Dat is pakweg twee weken lezen.

Dan schiet me opeens te binnen dat het de column van Marcel van Dam was, vorige week in *de Volkskrant*. Zijn herder – kanker, een spuitje. In een paar alinea's werden leven en dood van het dier treffend beschreven. Dat bewijst nog maar eens dat je geen groot schrijver hoeft te zijn om goed te kunnen observeren en formuleren.

Laatste zin van Van Dam (uit mijn hoofd): 'Volgende week gaat het hier weer over belangrijke zaken, die waarvan je *niet* wakker ligt.'

Juist omdat de dood van het huisdier voor columnisten vast pandoer is, omdat het al zo vaak gedaan is, omdat het al zo vaak *goed* gedaan is, heb ik gezworen nooit over de dood van Rekel te schrijven, althans nooit in een column.

Rekel – hij wordt steeds liever. Ik van mijn kant word trouwens ook steeds liever voor hem. Vroeger kon ik, als ik een bui had, knap giftig op hem worden. Dat gebeurt eigenlijk nooit meer. Alle problemen worden gesmoord in de weemoed van ons langdurige afscheid.

Zoals hij in zijn mand ligt.

Zoals hij nog altijd mee naar boven komt als ik ga werken.

Beetje eenzelvige hond toch, maar mij volledig toegewijd.

Buiten: hij tilt lang niet altijd meer zijn poot op bij het plassen.

(17/2/'00) Dat ik met Iris in het bos loop. Rekel loopt netjes mee, maar het kleine katje, dat ook bij ons hoort, zijn we op een gegeven moment kwijt. Ik zeg dat we terug moeten. Iris zegt dat ze moe is. Ik ben zelf ook erg moe. Ik zeg: als we niet gaan zoeken, blijft dat je je hele leven dwarszitten. En opeens denk ik: ach, het is maar een droom – dat zit je *even* dwars en dan is het over.

Zijn achterpoten steeds zwakker, steeds x-vormiger; ze kunnen, als hij ergens blijft staan, de vreemdste standen aannemen.

Ook zoiets treurigs: als hij ergens blijft staan, voor dat eindeloze gesnuffel van hem bijvoorbeeld, trek je hem steeds makkelijker mee.

(21/2/'00) Met Rekel naar de stad om sigaren te halen. Ik sta met Van Vliet senior te praten over Braziliaanse sigaren, die je bijna niet meer ziet, als bepaalde geluiden tot me doordringen. Ik zie nog net kans hem de winkel uit te sleuren en dan gaat-ie in de Voorstraat smerig groen staan kotsen. Afgelopen zaterdag in het Brediuspark ook al. En elke week spelen zijn darmen wel een keer zo op, dat hij tussen het gras bepaalde kruiden zoekt om op te vreten.

Hoe dan ook, zijn lijf wordt langzaam maar zeker (als het al niet snel en doeltreffend is) gesloopt.

Vanmiddag op mijn eentje de polder in. Lastige operatie. Als hij ziet dat ik mijn verrekijker pak, wil hij mee. En als ik dat met de verrekijker weet te verheimelijken, is er altijd nog het aantrekken van de jas, de schoenen. Dan presenteert hij zich als een hond die best nog een uur of wat kan lopen. Rechtop, kwispelend enz.

Nog geen grutto's gehoord, maar de kieviten beginnen al te baltsen. Op de Veenkade, bij die boerderij, dat dikke teefje, min of meer zwart, min of meer labrador. Ze kwam mij vriendelijk tegemoet. Ze stond een beetje vreemd te kijken dat ik de hond niet bij me had.

'Hij is thuis,' zei ik. 'Hij doet zijn middagslaapje.'

(25/2/'00) Als je nu een foto van hem zou moeten maken: in zijn mand! Zo lekker opgerold, zo behaaglijk en voldaan, zo diep in slaap

– je zou er jaloers van worden. Zelfs als er gebeld wordt, als de dreigende contouren van een man zichtbaar zijn in het matglas van de voordeur, zelfs dan blaft hij niet meer. Hij legt alleen maar zijn kin op de rand van de mand, hij ziet wel hoe het afloopt – zoals hij tegenwoordig trouwens ook alleen nog maar *toekijkt* als hij merkt dat je de keuken in loopt. Pas als je de ijskast opendoet, komt hij overeind en stapt hij wankel uit zijn mand.

Vanmiddag ben ik alleen naar de stad gelopen voor een paar boodschappen. Moeilijk om je ritme te vinden als je zonder hond bent.

(26/2/'00) Ik was van plan alleen naar het bos te gaan, maar hij drong zo aan, hij zag er opeens zo vitaal uit, dat ik hem toch maar heb meegenomen. Amerongse Berg. Ik dacht: ik bepaal de richting, dan bepaalt hij het tempo maar. Het schoot niet op, maar het werkte wel.

Het eerste uur ging het goed. Toen zijn we in de bosrand gaan zitten om een sigaartje te roken. Heerlijk weer. Zon. Het mauwen van buizerds in de lucht. Het wroetende getik van een specht in een boom. Het ritselen van de wind – even verderop bleek een jong beukje met verdorde blaadjes te staan.

Het tweede uur had-ie het er toch moeilijk mee.

Nu ligt hij op de stoel tegenover me, diep in slaap. Die stoel vindt hij misschien nog wel bevredigender dan zijn mand – maar alleen zolang ik achter mijn bureau zit en aan het werk ben (of een spelletje patience doe, dat maakt hem niet uit).

(15/3/'00) Naar de dierenarts voor zijn jaarlijkse inentingen. Ook tegen rabiës? Moet-ie nog mee naar het buitenland dan? Hij moet in ieder geval mee naar het buitenland kúnnen.

Wat er aan de ene kant nogal grappig, aan de andere kant ronduit bedreigend uitziet: zijn boekje is vol. Hoe moet dat volgend jaar? Mevrouw Bergh: 'We vinden wel een plekje, en anders maken we gewoon een nieuw boekje voor 'm.'

Ze heeft nog eens aandachtig naar zijn hart, zijn longen en zijn buik geluisterd, maar ik heb verzuimd te vragen hoe dat klonk, met name dat hart van hem. Afijn, als ze wat bijzonders had gehoord, zou ze het wel gezegd hebben.

Zeldzaam lusteloos de laatste dagen. Hij gaat vrolijk mee naar buiten, maar we zijn de straat nog niet uit of hij laat de kop al hangen. Gisteravond heeft hij gekotst. Dat gaat heel moeilijk. Dat komt diep uit zijn lijf – een gelig soort schuim. Daarna ging hij onmiddellijk eten. En vanmorgen was hij weer verbazend vief.

Mevrouw Bergh: 'Dat braken kan van alles zijn.' Ze noemde een heel rijtje organen op waaraan iets kon mankeren. 'Dat kunnen we natuurlijk allemaal gaan uitzoeken... maar stel dat het kanker is, wil je dat dan weten?'

Nee. Ik zou er in ieder geval niets meer aan laten doen.

(27/3/'00) Dit moet ik nu maar eens opschrijven, anders *blijft* het me te binnen schieten.

Laatst, in de wachtkamer bij de dierenarts, zat er een bordercollie tegenover ons. Op zeker moment keek die me stomverwonderd aan. Toen realiseerde ik me dat ik zojuist de laatste schilfer van een zuurtje had doorgebeten, dus dat die hond dat gehóórd had.

Gisteravond, na het eten (zomertijd), voor het eerst zonder hond een van onze standaardwandelingen. Langs de Oude Rijn, door de stad, langs de joodse begraafplaats, de Nieuwendijk af, achter om het zwembad, door het Bredius en weer langs de Oude Rijn.

Mét hond: ruim vijf kwartier.

Zónder: nog geen uur.

(1/4/'00) Rekeldag. Om te beginnen heb ik hem nog maar eens met een stukje in de krant bedacht. *Oude dag –*

Als je jong bent is het een stuk makkelijker om leuk te zijn dan wanneer je oud bent. Niet dat je als je oud bent, helemaal geen kans hebt om leuk te zijn, maar het vraagt wel een steeds grotere inspanning. Dit is een van de fundamentele onrechtvaardigheden van het leven.

Vorig jaar gingen bij ons in de buurt aan de lopende band oude honden dood. Nu wemelt het hier van de jonge.

Laatst kwamen we er een tegen op het jaagpad langs de Oude Rijn, een beginnende labrador. Onvoorstelbaar komisch. En daar hoefde hij niets voor te doen, het was genoeg dat hij op zijn achterwerk ging zitten om naar de eendjes te kijken.

Wat Rekel betreft: hij wordt vandaag zestien. Hij vertoont geen tekenen van ziekte, maar het beste is er wel vanaf. Hij is oud. Hij is moe. Hij slaapt alsof hij in coma ligt. Hij is doof. Soms komt hij je na als je de kamer uit gaat en dan staat hij zich op de gang met doffe verbazing af te vragen waar je opeens gebleven bent, terwijl je duidelijk hoorbaar de trap op loopt. Dat is *niet* grappig.

Hij is kortademig. Hij zakt door zijn achterpoten. Ooit waren die poten sterk genoeg om een haas te achtervolgen, of om uit stand op een tafeltje te springen (bij de Marokkaan in Groningen). Nu valt hij bijna om als hij nog eens echt mannelijk probeert te piesen.

Als je met hém op het jaagpad bent en achteromkijkt, zie je een moedeloos voortsjokkende hond. Hij laat de kop hangen. Hij kucht. Hij heeft die tragische blik in de ogen van een wolf die verdreven wordt uit de roedel. En dan ben je nog maar vijf minuten van huis.

Toch: als hij ziet dat je je schoenen aantrekt, presenteert hij zich als een volwaardige hond, een hond die nog uren vooruit kan. Kwispelend. Rechtop. Gretig. Als hij vervolgens ziet dat je zijn riem pakt, moet hij eerst nog even naar de keuken om zijn etensbak te controleren. Daarna komt hij op een drafje naar de voordeur, wat gezien de gladheid van het linoleum een nogal hachelijke manier van doen is.

Dán moet ik om hem lachen, omdat hij doet alsof hij jong is.

Nu ik dit nalees komt het me toch weer te somber voor. Het is lang niet altijd zo dat je op het jaagpad achterom moet kijken. Vanmorgen tippelde hij (het geluid van zijn nagels op het asfalt) kordaat voor me uit.

Man met een airdaleterriër: 'Is die hond al zestien?'

'Ja,' zeg ik verrast, 'vandaag!'

'Gods, hoe is het mogelijk,' zegt die man, en dan loopt hij verder. Er wordt kennelijk over ons gepraat in de buurt.

Verder hebben we hem getrakteerd op een stuk leverworst en een uitstapje naar de Lek (doodmoe nu). Diffuus voorjaarslicht, mooie rivier, mooie gele strandjes, mooie dijk aan de overkant. Geluid van grutto, tureluur en veldleeuwerik.

Hij eet goed.

Nu hij zestien is kun je met recht tegen hem zeggen: 'In jouw tijd had ik twéé honden kunnen hebben.'

(8/4/'00) Arnhem, de reusachtige zandbak waarin ze het oude Vitesseveld hebben veranderd. Er staan inmiddels een paar betonnen wandjes overeind. 'Kijk maar eens goed,' zeg ik tegen Rekel. 'Als je dood bent en je vraagt je af waar we zijn, dan zijn we *hier*.'

Twee uur gelopen. Lekker lenteweer. Geitenkamp, Hoogte 80, Bos bij de Stenen Tafel. Hij was aan het eind van zijn krachten.

Terug bij de auto. Tegenwoordig til ik hem vaak op om hem in de achterbak te zetten. Dat wil hij niet. Dus probeert hij er, achter mij langs, zodra ik de klep opendoe, zelf in te springen. Soms lukt hem dat, soms komt hij met een doffe klap op de bumper terecht. Dus probeer ik het zo te regelen dat ik hem een zetje onder zijn achterwerk kan geven, net dat zetje dat hij nodig heeft. Ik voel me dan net een turncoach, maar het wérkt wel.

(13/4/'00) Sinds een week of twee *strompelt* hij, de ene keer wat minder, de andere keer wat meer – misschien overdrijft hij ook wel een beetje.

Zijn achterpoten worden sowieso slapper en slapper. Nu schijnt er bovendien een obstakel in zijn schouders te zitten. Op een of andere manier jaagt dit mankement me meer angst aan dan alle andere. Hij had nooit wat aan zijn poten (behalve kapotte zooltjes in de bergen), in tegenstelling tot Bello, die altijd wat aan zijn poten had (behalve kapotte zooltjes in de bergen). Ik heb al eens in zijn oksels gevoeld (uitzaaiingen?), maar daar was niets te vinden.

Hij gaat tegenwoordig ook zo voorzichtig liggen – eerst door zijn voorpoten, dan heel langzaam het achterlijf.

Er zit een lelijke wrat op zijn rechterflank, maar die rare uitwas midden op zijn kop is bijna helemaal verdwenen.

Misschien zou je nu echt een eind moeten maken aan het traplopen, maar ach, het is altijd zo *gezellig* als hij boven bij me komt liggen.

(20/4/'00) We waren een paar dagen bij Frits en Vera in de Brenne. Zij hebben die fantastische koeien, *salers*.

's Morgens laat Vera de kalveren een tijdje op de cour, met één koe als hoedster. Die koe gaat roerloos naar Rekel staan staren, die helemaal aan de andere kant van de cour in zijn mand ligt. Ik bedoel: als er één hond is waarvan haar kalfjes niets te duchten hebben... Hij is niet eens op deze wereld. Hij slaapt.

Als hij wakker is, is hij steeds in paniek. Hij verliest ons voortdurend uit het oog, meestal doordat hij zelf begint rond te zwerven. Hij begrijpt niet waar we heen zijn, hij begrijpt niet waar we blijven, waar we uithangen. Je ziet dat de ruimte tussen woonhuis en bedrijfsgebouwen, hoe beperkt en overzichtelijk ook, hem volkomen vreemd is. Je ziet hem zoeken. Roepen of fluiten zinloos. Doof.

We zijn rond het Lac de Blizon gelopen. Witwangsterns, purperreigers, overal zingende nachtegalen. Langs de westkant heen, langs de oostkant terug – op de kaart lag daar een mooie afsnijding, die ons ruim binnen de twee-uurslimiet zou hebben gehouden. Maar ja, de kaart, dat is het landschap niet. We raakten verstrikt in een wirwar van slootjes, prikkeldraad en doornig struikgewas. Even verderop jankte een cirkelzaag. Kennelijk een boerenerf. Het trok me helemaal niet aan om de Fransman die daar aan het werk was in de armen te lopen. Er zat al met al niets anders op dan terug te gaan. Omweg over kaarsrechte asfaltwegen. Rekel: zo dapper. Hij hijgt, hij strompelt, maar hij geeft geen krimp. Pas op het eind, toen het ook nog eens met striemende windvlagen begon te gieten van de regen – toen pas raakte hij een beetje achterop. Ik draaide me om en hij keek me aan, een gekwelde blik in zijn ogen: weet je zeker dat dit de bedoeling is, baas?

Zo zijn we zeker drie uur onderweg geweest. Ongelooflijk hardnekkig, die hond. Ik zeg tegen Iris: 'Wat dat betreft heeft-ie toch meer van jouw kant dan van de mijne.'

(21/4/'00) Ongelooflijk ook, de hardnekkigheid van Iris' moeder. In het slot van het verhaal dat ik over haar voor de krant geschreven heb, kondigt het onvermijdelijke einde zich aan: het verlies van de taal, de val van het laatste bolwerk. En dat was volstrekt conform de werkelijkheid – van dat moment. Nu: ze lóópt weer, met een rollator weliswaar, maar toch. En ze is helderder dan ze in tijden geweest is, ze *kankert* weer. Ze zit bij ons thuis op de bank, ze kijkt om zich heen, ze zegt: 'Hier zie ik nou niks wat ik zou willen erven.' En tegen Iris: 'Maak jij nou nog steeds je ogen zo op?'

(25/4/'00) Een nieuwe mijlpaal op de weg naar het einde: vannacht is hij beneden gebleven. Dat was voor het eerst sinds... toen we hem pas hadden bleef hij ook beneden; hij had nooit geleerd wat traplopen was.

Gisteren, tweede paasdag, Grebbeberg. Het ging nogal matig, maar op de rand van de heuvel, neerkijkend op de Rijn, waar zelfs een leek de rivier kan ruiken, snoof hij de lucht op en rechtte hij zijn rug.

Door naar Arnhem, het oude Vitesseveld. Ik zette de auto aan de kant op de Monnikensteeg en Rekel liep, dwaas als hij is, zo de weg op. Een automobilist was zo vriendelijk zijn wagen tot stilstand te brengen. Ik weet niet of ik mij ervoor geworpen had.

's Avonds bleef hij achter in de keuken om zijn bak leeg te eten. Toen ik een tijdje later ging kijken, stond hij afwezig voor zich uit starend onder aan de trap. Toen heb ik zijn mand maar naar beneden gebracht.

Om halfvier werd ik wakker. Om vier uur ging ik naar beneden. Hij was diep in slaap. Werd wakker toen ik de wc doortrok. Bleef toch liggen.

Weer in bed kreeg ik visioenen van een mislukte vakantie in de bergen. Hij kan werkelijk niets meer. Het is wreed om te verwachten dat hij misschien nog wel een béétje kan – omdat-ie ongetwijfeld zijn uiterste best zal doen.

Droom. Rekel aan de overkant van de Oude Rijn. Hij staat in een bootje. Hij duwt met zijn poten tegen de voorsteven. Als hij bijna aan mijn kant is, begint hij toch weer weg te drijven. Dan raakt hij te water. Ik zwem erheen en haal hem eruit. Iemand zegt dat hij een attaque heeft gehad.

Om zeven uur hoor ik hem naar boven klauteren. Hij gaat regelrecht door naar mijn kamer. Zijn nagels op het zeil, het stommelen van zijn stoel als hij gaat liggen.

(26/4/'00) Ik ben, wat voorbarig misschien, begonnen geschikte foto's bij elkaar te zoeken en dat blijken er bedroevend weinig te zijn. Ik ben, buiten mijn boeken, niet goed in het bewaren van dingen, ik heb daar geen *systeem* voor.

Ik maak sowieso niet veel foto's, ik schrijf. En Rekel? Als je een camera op hem richt, kijkt hij gauw de andere kant op. Hij houdt er niet van om op zo'n manier aangekeken te worden, en hij houdt al helemaal niet van flitslicht (wat voor hem natuurlijk met bliksem te maken heeft).

En dan is er nóg een moeilijkheid: het prachtige bruin van zijn ogen. Op foto's valt dat doorgaans weg in de donkerte van zijn gezicht, op foto's vind je zelden iets terug van wat bij het directe contact met deze hond direct opvalt, iets van de pientere felheid van weleer of de vermoeide berusting van tegenwoordig.

Van een behulpzame natuurfotograaf heb ik geleerd dat een dier scherp op de foto staat als er maar een oog scherp op de foto staat. Dat is nu precies wat er bij Rekel meestal aan ontbreekt.

(5/5/'00) Gisteren, eind van de middag, naar Den Haag. De Utrechtsebaan volledig versperd door werkzaamheden. Het kostte wel een halfuur extra om door de stad heen te komen.

Om zes uur: het oude, halfronde parkeerplaatsje in de Vogelwijk. Door de duinen naar Kijkduin. Rekel hijgend en kreupel. Maar soms gaat-ie toch vooroplopen, geregeld wijkt hij uit om een geurspoor te volgen. Zo is het toch ook zíjn wandeling. En in de Oude Seinpost ligt hij aandachtig om zich heen te kijken. Toen de pannenkoek met appel, suiker en grand marnier werd geserveerd, stond hij op om zijn kop op mijn schoot te leggen. Van pannenkoeken krijgt hij altijd zijn deel.

Over het strand terug.

Thuis: onmiddellijk naar zijn etensbak. Honger!

We zetten nu een opgevouwen klapstoel op de trap om hem beneden te houden.

Vanochtend, mooi zonnig, veel schaduw in de tuin, heb ik hem naar buiten gedaan. Zielig. Voor wie? Ik zeg wel: hij vindt het zo fijn om op mijn kamer te liggen; ik zit nog geen twee minuten boven of hij komt al achter me aan – maar dat is iets wat ik zelf ook heel fijn vind.

(8/5/'00) Mevr. Bergh: 'Eigenlijk is hij vrij lenig voor een hond van zijn leeftijd.' Niet echt iets aan de hand. Lichte vorm van artrose. Niet traplopen, niet springen. Wel in beweging houden, maar geen lange wandelingen. Maar wat zijn lange wandelingen? Drie kwartier, een halfuur? Ze schudt haar hoofd.

'Nee,' zegt ze, 'dan is het beter om zes keer vijf minuten met 'm naar buiten te gaan.'

'Dus Zwitserland is geen goed idee?'

'Nou ja,' zegt ze zuinig, 'het is natuurlijk een goedgetrainde hond.'

'Het probleem is,' zeg ik, 'nu hij te oud is om hem mee te nemen, is hij eigenlijk ook te oud om hem naar het dierenpension te brengen.'

Dat was ze gelukkig meteen met me eens. Al die onrust, al dat koude beton, beter van niet. 'Het beste is,' zegt ze, 'om hem mee te nemen en daar niks te laten doen.'

Hart en longen niet noemenswaardig slechter dan vorig jaar. Ze ziet hem, dat merk je aan alles, nog lang niet als een hond die op z'n eind loopt.

(17/5/'00) Gisteren, eind van de middag, begin van de avond: langdurig onweer, fikse buien. Rekel reageerde in het geheel niet. Dat is nieuw. Iets van die donderslagen, en zeker iets van die bliksemflitsen, moet hij toch hebben meegekregen. Maar hij bleef doodrustig liggen.

'Hij wordt steeds makkelijker,' zei Iris.

'Moet je eens opletten als hij dood is,' zei ik. 'Hoe makkelijk hij dan is.'

Het einde van een periode van tien dagen warm tot zeer warm weer. Rekel is maar weinig op de been geweest. 's Morgens tien minuten, 's avonds tien minuten, tussendoor nu en dan even langs het slootje.

Het lopen gaat op zichzelf niet slecht, maar verder maakt hij een aangeslagen indruk – waarschijnlijk mede als gevolg van de ontstekingsremmers die hij kreeg om zijn spieren wat op orde te brengen. Als je op de bijsluiter de lijst van mogelijke bijwerkingen ziet, rijzen de haren je te berge.

Maandag ben ik met dat spul gestopt. Net als Iris' moeder krijgt hij nu dagelijks een kalktabletje voor zijn botten en zo nodig een sinasprilletje als pijnstiller. Kijken of we hem opgelapt krijgen – voor Zwitserland uiteraard.

Wat tijdens zo'n hittegolf wel makkelijk is: Rekel in de tuin, wij ongemerkt door de voordeur het huis uit. Als we weer thuiskomen gaan we achterom. Rekel kijkt op. Zijn jullie weg geweest?

O ja, gistermorgen in die hitte op m'n eentje op de Hollandse Kade. Daar komt me die man tegemoet hollen, die er altijd gaat hardlopen met zijn Duitse staander.

'Hondje dood?' roept hij me toe.

'Nee hoor...' begin ik, maar hij is al voorbij.

Vanmorgen naar het Vijverbosch. Stuk kouder. Rekel mee. Voor hem is het wel goed dat ik hem nu consequent in en uit de auto til. Maar voor mij? Lamme arm, zere schouder.

(20/5/'00) Hij loopt zoals hij in geen tijden gelopen heeft, zwierig drafje, vrolijk staartje. Ik ben alleen bang dat hij te vroeg op zijn top is – over veertien dagen pas naar Zwitserland.

En ik zie ook dat hij zijn verbeterde conditie gebruikt om zich een ongeluk te krabben. Vlooien waarschijnlijk, maar ik kan er niet één vinden. Hier en daar bijt hij zijn vel finaal kapot.

Vanmorgen is hij zelfs mee naar de stad gelopen, kijkers kijken.

(26/5/'00) Hollandse Kade, Teckop-noord. Nieuwe kijker. Van een Leitzmens ben ik in een Swarovskimens veranderd. Fantastisch beeld, dat is zeker.

Aan het eind een aantal nog ongemaaide percelen. Daar scharrelde kennelijk een hermelijntje in het gras. Grutto's gaan er dan vlak boven hangen en schreeuwen zich schor. Op zeker moment: meer dan twintig krijsende grutto's bij elkaar – echt een wólk, echt zoals vroeger.

Rekel was mee. Rekel verdappert. Je hoort die uitdrukking nu bijna dagelijks op de Belgische tv, commentaar bij de Giro d'Italia. Iemand levert al een grote prestatie en dan doet hij er nog eens een schepje bovenop, hij *verdappert*.

Ruim dertig minuten. Dan is-ie wel moe, maar hij strompelt niet (bijna niet, een stuk minder). Je hebt in ieder geval niet het gevoel dat je hem iets *aandoet* door hem mee te nemen.

Jan opperde woensdag het idee om in de bergen te zorgen dat we een nylontas bij ons hebben, zodat we hem in geval van nood zouden kunnen drágen. Dus hebben we om te beginnen maar eens geprobeerd of hij erin paste. Rekel in die tas en hij begint meteen te hyperventileren. Dat zal nog niet meevallen.

(2/6/'00) Nu hebben we bijna zevenentwintig jaar een hond (verdeeld over maar twee honden) en al die jaren staat er een mand in huis, en vanmorgen pas, toen ik van de trap kwam lopen en er van bovenaf op neerkeek, zag ik dat zo'n mand verbluffend veel van een ei weg heeft.

Misschien was het ook de manier waarop Rekel was gaan liggen – helemaal opgerold, net een vogelembryo, de beschikbare ruimte maximaal benuttend.

Hij maakt op het ogenblik een *gezonde* indruk. Hij glanst, hij is opgewekt, hij is van zijn vlooien af, hij heeft al een dag of tien niet meer hoeven kotsen, hij strompelt met mate, hij kan een halfuur lopen.

Dus dat is de nieuwe uitgangssituatie. Morgenochtend naar Grindelwald.

(5/6/'00) Het is warm hier, 25°. Hij wil geen stap naar boven. En dan kun je wel eerst naar beneden gaan, maar dat is uitstel van het probleem. Thuis doet-ie trouwens ook niks bij dergelijke temperaturen.

(6/6/'00) Koele ochtend (later regen). Over het bospad naar Aehlfluh. Hijgend bij elk metertje omhoog, maar verder prima; hij strompelt tenminste niet. Twee uur en een kwartier!

In '95 heeft hij in dit bos een jong vosje doodgebeten. Het jaar daarna (en het jaar daarna, en het jaar daarna) liep hij weer feilloos naar de ingang van dat hol. Maar dát schijnt hij nu toch vergeten te zijn.

Planten: bosvogeltje, vogelnestje, witte klaverzuring en welriekende nachtorchis.

Alpensalamanders: minimaal zes, maximaal acht (het punt is dat je niet weet in hoeverre die van de terugweg dezelfde zijn als die van de heenweg).

Volgens het journaal is het gisteravond in de rest van het land noodweer geweest, hagelstenen als pingpongballen. Ook hier is het weer omgeslagen, zij het niet op zo'n dramatische manier. Momenteel (avond) is het nog maar 8°.

(8/6/'00) Iedere ochtend zon, een stralend blauwe lucht. Dat ziet er heel stabiel uit. We kunnen de hond met een gerust hart (en een parasol en een bak water) op het balkon leggen en er zelf een uur of drie, vier tussenuit. Je merkt niet dat hij dat vervelend vindt, wél dat hij, als je terug bent, een tijdlang dicht bij je komt liggen.

(9/6/'00) Laat ik nou altijd gedacht hebben dat hij loopt te kwispelen omdat het lopen hem plezier doet. Nu: dat het zwaaien van zijn staart gewoon bij een bepaald tempo hoort. En dan kan het nog best zo zijn dat dat tempo hem plezier doet, maar aan de beweging van zijn staart is dat niet af te zien, die heeft een puur mechanische oorzaak.

(11/6/'00) Uitstorting van de Heilige Geest. Jan en Rian zijn inmiddels ook gearriveerd.

Gisterochtend met de gondelbaan naar Männlichen. Daarboven ontbeten. Uitzicht op Mönch en Jungfrau. Te voet naar Brandegg, van halftien tot twee uur. Lange afdaling. Mooi stuk door het bos, een paadje dat, tot mijn stomme verbazing, ook voor mij nieuw bleek te zijn.

De eerste twee uur liep Rekel met genoegen mee, voorop zelfs. Het laatste uur kreeg hij het moeilijk. Het werd steeds warmer, en toch af en toe een beetje klimmen natuurlijk.

Bij het stationnetje van Brandegg liep een groepje geiten. Daar waren erbij die Rekel een kopstoot wilden verkopen. Daar had hij geen verweer op. Angstvallig probeerde hij mij tussen zichzelf en die geiten te houden.

Na thuiskomst bleef hij langdurig lopen hijgen. Hij kon zijn draai maar niet vinden. Toch te moe? Toch zijn hart?

De zwakte van zijn achterpoten begint intussen komische vormen aan te nemen. Ze staan scheef en zakken steeds schever. Het lijkt ook wel alsof hij er geen gevoel meer in heeft. Hij laat ze in ieder geval staan zoals het toevallig uitkomt. Gisteravond met één poot in de asbak die Jan naast zijn stoel had gezet.

Het meest verbazingwekkende: vanmorgen liep hij op zijn allervrolijkst het weggetje achter het chalet op om zichzelf even uit te laten.

(12/6/'00) Dat je je schoenen aantrekt, dat je je rugzak pakt en vooral dat je je kijker omhangt – dat windt hem enorm op. Op een of andere manier moeten deze rituelen hem herinneren aan de sfeer waarin een wolvenroedel zich opmaakt voor de jacht.

We liepen de kant van Ischboden op. Vol goede moed begonnen, maar hij hield het nog geen kwartier vol. Jan is met hem teruggegaan en heeft hem op het balkon gelegd. Het was erg heet vandaag.

(13/6/'00) Iris thuis met de hond, ik met Jan en Rian naar de Faulhorn. Voortdurend zon. Grote sneeuwvelden. Daar liggen enorme rotsblokken in en aan de rand daarvan is de sneeuw vaak diep inge-smolten. Dus ik zeg tegen Rian: 'Je moet met een grote stap op de sneeuw stappen.' En zij: 'Dat wist Rekel toch ook?' Dat is waar: dat wist Rekel ook, altijd met een sierlijk sprongetje van een rotsblok het sneeuwveld weer op. Dat moet ik haar zelf verteld hebben (of mis-schien heb ik het ooit geschreven, misschien heeft ze het *gelezen*), maar het ontroerde me om het zo terug te krijgen. En de gedachte dat hij er niets meer aan heeft, aan al die dingen die hij in zijn leven geleerd heeft.

Panisch is hij, net als in voorgaande jaren, als Iris een krant opvouwt en her en der in het huis vliegen begint te meppen.

(14/6/'00) Warm. Iedereen (behalve Iris) wil schaduw. Het paadje bij Milchbach op, niet zo lang, maar erg steil. Rekel voorop. Blijft tel-kens staan wachten tot we hem hebben ingehaald, en dan wéér voor-op. Pakweg drie kwartier.

Daarna zijn we beneden in het bos gaan zitten. Jan en Rian be-gonnen stenen rechtop te zetten in en langs de beek, en daar weer stenen bovenop, zodat er stroomopwaarts een heel spoor van primi-tieve merktekens kwam te staan. En Rekel, in plaats van rustig bij ons te komen liggen, trok met hen mee. Ploeterend en glibberend, nu en dan het werk van hun handen vernielend. Net als vroeger. Godverdomme, Rekel!

Orchideeën: koraalwortel, kleine keverorchis en (eindelijk, Iris schreeuwde het uit:) vrouwenschoentje!

Nu regent het. Nu ligt hij op het overkapte balkon te slapen. Hij heeft zijn kop op zijn voorpoten gelegd en daar glijdt die steeds van-af. Steeds denk je: nu zal hij wel zo blijven liggen. Maar dan legt hij, zonder dat je ziet dat hij wakker wordt, zijn kop weer terug op zijn poten. En dan glijdt hij er weer vanaf. En zo maar door.

(15/6/'00) Gisteravond hebben we Jan en Rian naar de trein ge-bracht. Beetje droevige stemming. Toen ik bij Rekel op het balkon zat en zijn kop telkens van zijn voorpoten zag glijden, dacht ik: als hij doodgaat moet ik Jan er maar bij halen; dat kan ik in mijn eentje vast niet aan. Bovendien: Jan was er ook bij toen we hem gingen halen. Dat asiel in Gouda. Als Jan het toen geen leuk hondje had gevonden, had ik hem misschien niet eens genomen.

Vanmorgen (frisse witte wolken, winderig) hebben we de bus van halftien naar Grosse Scheidegg genomen. Van daar lopend naar het Hornseeli, dat is eerst een eindje afdalen, daarna 200 meter omhoog. Ongeveer vijf kwartier.

Iris vond een kolfklokje. Ik zag een rare uitwas op een rotspunt. Ik vroeg me af wat dat kon zijn, en het bleek een rustende steenarend te zijn.

Daar, bij dat stille meertje, zijn we een uurtje blijven zitten. De koeien zijn nog niet naar de alp gebracht, de hutten die we beneden op een kluitje zagen staan, waren nog verlaten. Er liepen uitsluitend gemzen omheen, bij elkaar wel een stuk of tachtig. Eentje kwam er zelfs naar ons toe klimmen en probeerde ons een tijdlang weg te kijken.

Terug. Dat is eerst 200 meter afdalen en dan een eindje omhoog. Ongeveer vijf kwartier. Rekel was uitgeput, maar ik geloof wel dat hij het gewaardeerd heeft. Nooit, nooit heeft deze hond geweigerd, nooit is hij (zoals Bello wel deed, en gelijk had hij) gaan liggen om te verhinderen dat we verdergingen.

Zijn laatste keer in de bergen. Nog één keer een sneeuwveldje over, nog één keer de geur van alpenmarmotten in zijn neus. Natuurlijk, vorig jaar in Oostenrijk was het ook zijn laatste keer in de bergen. Maar hier telt het zwaarder, hier komt het harder aan, hier hebben we zo verschrikkelijk veel meegemaakt, samen.

(16/6/'00) Mijn laatste wens, wat Grindelwald betreft, is in vervulling gegaan, en dat was hard werken. Voor achten al was ik op pad.

Ik heb de auto bij de Marmorbruch gezet (1080 m) om vervolgens naar de Schreckhornhütte te lopen (2530 m), eerst langs de Unterer Grindelwaldgletscher, dan in oostelijke richting langs het Unteres Ischmeer tot boven het Oberes Ischmeer. Hier hing een bijna verpletterende stilte over het landschap.

Je moest een paar ernstig gezwollen waterlopen oversteken. Je moest ook een paar dreigend afhangende sneeuwvelden oversteken. En tot twee keer toe moest je een diepe kloof in en aan de overkant een steile wand op. Alleen voor geoefende klimmers, stond daar op een bordje. Maar overal in die wanden waren haken, kabels en laddertjes aangebracht.

Bang werd ik pas toen ik bedacht dat ik daar ook weer naar beneden zou moeten. En toen ik omkeek en de hele route kon overzien – er was helemaal *niemand* anders die hem ook deed, vandaag in ieder geval niet.

Het voorlaatste sneeuwveld zag er zo riskant uit, dat ik nooit verder had gedurfd als ik niet een spoor had gevonden dat er dwars overheen ging, een mensenspoor dacht ik.

Op deze hoogte (of om nauwkeurig te zijn: nog iets hoger) had zich een complete kudde steenbokken verzameld. Een van die dieren maakte zich daaruit los, daalde een eindje af en ging met professionele belangstelling staan toekijken. Hoe *ik* het eraf bracht. Toen, halverwege, drong het tot me door dat dit geen mensen-, maar een steenbokkenspoor was.

In '94 hadden we met Joan en Lisette geprobeerd dezelfde tocht te doen. Toen was Iris boven de tweede kloof getroffen door een soort alpenverlamming. Ze durfde niet meer vooruit en niet meer achteruit. Dus moesten we terug. Dus moest ik haar telkens weer bemoedigend toespreken en de helpende hand bieden. Dus kon ik me niet om Rekel bekommeren – en die moet dat allang best gevonden hebben; als hij ergens de pest aan heeft is het wel aan gedragen worden. Die heeft die rotswanden met hun haken, kabels en laddertjes toen geheel op eigen gelegenheid gedaan, en ik heb ze nog eens bekeken en ik begrijp niet hoe hij toen naar beneden gekomen is – hoe hij toen naar beneden gekomen is zonder in de afgrond te storten.

Maar hij heeft het gedaan.

Hij leeft nog.

En ik ook.

Vijf uur thuis, maar een uurtje later dan ik beloofd had. Iris in de zenuwen. Die had het telefoonboek al openliggen, haar Duits al gerepeteerd.

(17/6/'00) Zon. Om Rekel een plezier te doen hebben we met veel vertoon onze bergschoenen nog eens aangetrokken. Maar we zijn niet verder gegaan dan het oude schuurtje schuin boven het chalet. Veel grote keverorchissen.

We zijn van plan tot in de namiddag in Grindelwald te blijven hangen, om in de schaduw van de avond en de koelte van de nacht terug naar Nederland te rijden. De Alfa heeft weliswaar airconditioning, maar ik weet niet of Rekel daar veel aan heeft als de zon op de achterruit staat.

'Zo Reki, dat waren de Alpen.'

(26/6/'00) Volgens de een heeft de firma Matser de bouw van de appartementen op Nieuw-Monnikenhuizen vertraagd omdat ze ze nog niet allemaal kwijt zijn. Volgens de ander heeft de firma Engelsing ons destijds voorgelogen over het opleveringsschema. In ieder geval is de prognose opeens mei in plaats van januari.

Ik stel vast dat ik me intussen enorm was gaan verheugen op dat huis, en wel in het bijzonder op de gelijkvloersheid ervan. Rekel weer op mijn kamer als ik zit te werken – en dan een ommetje in Angerenstein, het Bos bij de Stenen Tafel. Veel uitstel kan dit niet meer verdragen.

Sterk. We leven al wekenlang met een stoel dwars onder aan de trap. Het is geen gezicht, en niet ongevaarlijk ook – er zal maar eens iemand struikelen. Die vliegt dan meteen met zijn gezicht door het matglas van de voordeur.

Ik had al tegen Iris gezegd: misschien moeten we eens proberen wat hij doet als je die stoel weghaalt. Want je ziet Rekel nooit ook maar *kijken* of-ie er niet langs kan.

Goed, ik ben met de hond naar de apotheek geweest in verband met de middelen die de dokter heeft voorgeschreven voor het herstel van mijn arm. Ik loop naar boven (waar Iris aan het stofzuigen is), mijn kamer in, de deur dicht. Even later hoor ik haar tegen Rekel praten.

Wat blijkt? Zij heeft die stoel aan de kant gezet met het oog op haar werkzaamheden. Ik had daar totaal geen erg in. Maar Rekel wel.

Twee minuten, toen was hij naar boven geklauterd.

Natuurlijk ligt hij nu tegenover me.

Natuurlijk moet die stoel weer terug, dat wordt een permanente provisorische voorziening.

(4/7/'00) Jawel, je went aan alles, maar soms valt je toch weer op hoe tragisch alles eigenlijk is.

Het is altijd een bezorgd en nogal afhankelijk hondje geweest – maar alert en ondernemend, en als het moest: moedig. Nu meer en meer bevangen door onzekerheid. Hij kan je al kwijtraken als jij op de parkeerplaats aan de ene kant langs de auto loopt en hij aan de andere kant – dan staat hij al zoekend en bangelijk te kijken waar je in godsnaam gebleven bent.

Ook tragisch: nu heeft hij één keer het konijn van de nieuwe buren gezien en nu patrouilleert hij als een gestoorde langs de heg, tot zijn poten het bijna begeven van vermoeidheid, tot hij bijna moet kotsen van ademgebrek. Dus kun je hem niet meer naar buiten laten. Hij staat verslagen bij de achterdeur en kijkt treurig naar je om. Hij begrijpt absoluut niet waaraan hij dit verdiend heeft, waarom we zo'n oude hond opeens de toegang tot de tuin ontzeggen. (Een tijdje terug lag hij 's morgens urenlang heerlijk te slapen in zijn mand tegen de muur.)

Ook tragisch: zijn kennelijke krampen, de ingetrokken buik waarmee hij rondloopt, hoe voorzichtig hij met zijn lichaam moet zijn als hij gaat liggen. In Zwitserland en de tijd daarna heeft hij veel gal opgegeven.

Ook tragisch: ik kan maar geen goed begin vinden voor mijn nieuwe roman. Ik heb de vroegere kamer van Daan in gebruik genomen en het is me daar allemaal veel te schoon en opgeruimd, ik kan mezelf daar met geen mogelijkheid serieus nemen. Het zou beslist helpen als Rekel erbij kon komen liggen.

(5/7/'00) Niet zozeer tragisch als wel sinister is het dat hij steeds vaker op de deurmat gaat liggen slapen – net of hij klaarligt voor zijn laatste gang naar buiten.

Gisteren lag hij languit tegen de keukendeur. Ik heb een hele tijd staan kijken voordat ik zeker wist dat hij er nog was. Gek is dat, als een hond dood is zie je meteen dat hij dood is, als een hond níet dood is kan het verdomd lang duren voordat je ziet dat hij nog leeft.

(11/7/'00) Rekel komt Lady tegen. Hij richt zich op als een boom na de storm. Zijn poten stram, zijn borst vooruit, zo gaat hij tegenover haar staan: de kleine gardeofficier. Zijn staart gaat energiek heen en weer. Als zij het op een drafje zet, draaft hij erachteraan, een tikkeltje vertraagd, maar niet zonder macht en zeker niet zonder bravoure. Even later loopt hij weer te sjokken. 'Ach Kobus, alles doet me zeer.' (Met de stem van opoe uit Velp.)

(12/7/'00) Nu doe ik het zo: ik trek mijn schoenen aan, ik hang mijn kijker om en dan neem ik Rekel even mee langs het slootje. Wanneer ik hem vervolgens thuis aflever en meteen wegga, heeft hij niet in de gaten dat ik ga wandelen.

Vandaag langs de Grecht. Aan het eind was een bootje afgemeerd. Daar was een zitje op het pad gezet, daar zaten mensen te eten (een man, zijn moeder en twee van zijn kinderen zo te zien). Zodra ik zag dat ze mij de doorgang dreigden te versperren, begon ik ze te haten. Die oude mevrouw werd er helemaal zenuwachtig van. 'Zit ik in de weg,' vroeg ze aan haar stoel rukkend. 'Kunt u er wel langs?' Haar haatte ik nog een beetje extra.

(15/7/'00) Eind van de middag. Ik loop met Rekel op de Cattenbroekerlaan. Langzaam, langzaam. Dan zien we Joan en Lisette van het jaagpad komen – dat was min of meer zo afgesproken, ze zouden komen eten. We lopen met ons drieën verder, Rekel meteen een stuk energieker, voorop zelfs. Misschien sjokt-ie alleen maar zo omdat het zo saai is om alleen met mij buiten te lopen.

(26/7/'00) Een rondje van 22 km bij Weert, van de ene geelgors naar de andere, steeds dat kwijnende liedje (met af en toe het gekrijs van een varken erdoorheen).

Je loopt toch steeds te denken: hier zou hij mooi los kunnen, hier had hij even aan de lijn gemoeten, hier had hij wat kunnen drinken.

Momenteel geeft hij eens in de vier, vijf dagen gal op. Je ziet het al aan zijn manier van lopen – zijn hele lijf hard en gespannen. We hebben iets aan zijn eetgewoonten proberen te doen, maar dat heeft niet geholpen. Het ziet ernaar uit dat hij, na allerlei routes beproefd te hebben, de weg naar het einde nu wel gevonden heeft.

(30/7/'00) Vorige week vrijdag – ik begrijp niet waarom ik dit niet eerder genoteerd heb, het hoort bij de hond – ben ik gestruikeld toen ik hem wilde optillen na een rondje door het Vijverbosch. Ik buig me over hem heen, hij wijkt terug, hij wil niet opgetild worden, en ik verlies mijn evenwicht. Mijn arm, dacht ik nog, maar mijn arm dacht helemaal niets, mijn arm deed zijn natuurlijke plicht, mijn arm strekte zich om de klap op te vangen. Alsof er een stroomstoot door mijn spieren ging! Ik dacht dat ik flauwviel. Zwetend en kreunend – ik geloof dat ik wel vijf minuten op de bumper heb zitten uitblazen (de klep was uiteraard al omhoog). En Rekel maar wachten.

Al maanden is dit gaande. De dokter zegt: een steriele ontsteking; de fysiotherapeut: het zit dieper, helemaal ónder het kapsel, het is een *frozen shoulder*, we weten niet hoe het komt, we weten niet hoe het weer verdwijnt, dat kan wel een jaar of twee gaan duren.

(6/8/'00) We hadden zo'n rustig leventje en dat staat nu totaal op z'n kop. Ik bedoel: dat domme konijn van de buren. Ik bedoel: je kunt Rekel wel binnenhouden als je zelf ook binnenblijft, maar je kunt hem niet binnenhouden als je zelf in de tuin gaat zitten. En dan loopt hij, of dat konijn er nu is of niet, onophoudelijk heen en weer langs de heg, hevig snuivend en struikelend. Dat is niet goed voor hem, vooral niet als het warm is, en dat is ook niet goed voor mij – ik word er bloednerveus van. En je hoeft hem niet uit te foeteren, dat hoort hij toch niet. En je kunt hem ook geen schop geven, hij is zestien.

Gisteravond naar de Lek geweest, uurtje in en om het water, en vandaag... hij strompelt niet! Wie heeft er ooit gehoord van een artrose die overgaat?

(7/8/'00) Het heeft twaalf dagen geduurd, maar nu heeft-ie dan toch weer eens gekotst. Altijd als zijn maag leeg is. Een plasje geel of bruinachtig vocht met wat schuim erop en een paar haren erin.

(11/8/'00) Cuyk-Groesbeek-Nijmegen, bij de N S genoteerd als een tweedaagse wandeling, maar het kan natuurlijk ook in één dag. Als je denkt dat het landschap in Nederland volledig verwoest is, en dat denk ik, dan zou je hier misschien een uitzondering moeten maken. De route voert voortdurend langs plekjes waar je wel een halve dag zou willen blijven zitten, straks, met een nieuwe hond. Dat is nou eenmaal mijn manier van leven – hier zou ik het enorm naar mijn zin hebben, *als*.

Toen ik thuiskwam stond Rekel te eten. Hij kwam wel even kijken, maar had kennelijk geen idee hoelang ik was weg geweest.

Doof. Ik heb de indruk dat het opeens een stuk erger is geworden, zowel in de Nederlandse als de Duitse betekenis van het woord.

(16/8/'00) Als hij zo debiel in de tuin loopt te sjouwen, als je ziet hoe slecht hem dat bekomt, als je voor de zoveelste keer bedenkt dat je hem dat met geen mogelijkheid aan zijn verstand kunt brengen – de redeloze woede die zich dan van je meester maakt.

'Als hij,' zeg ik tegen Iris, 'de energie die hij aan dat konijn verspilt, voor een boswandeling zou bewaren, zouden we nog een heel eind kunnen komen.'

Gisteren bleef hij staan op het hoekje bij de B P. 't Was erg warm. Hij hobbelde zo'n beetje achter me aan, zwaar hijgend, en opeens stond hij stil. Hij keek me aan. Ik dacht: dat is voor het eerst. Ik dacht: straks gaat hij liggen. We hadden overigens alle tijd. Er kwam een man op een bromfiets voorbij. Rekel keek hem na, en daarna keek hij om zich heen alsof de wereld nieuw voor hem was. Dan denk ik aan Paustovskij's advies voor schrijvers: kijk naar de dingen alsof het voor het eerst is dat je ze ziet. Maar misschien bereik je hetzelfde resultaat door naar de dingen te kijken alsof het voor het *laatst* is dat je ze ziet.

Toen konden we verder.

(17/8/'00) Zutphen-Deventer-Olst. Na 10 km waren mijn voeten kapot (nieuwe schoenen), en toen moest ik er nog 20. Je zou eens moeten nagaan hoeveel dwangmatigs, hoeveel onplezier, er in dit lopen zit.

(20/8/'00) In dat boek van Frida Vogels sterven huisdieren heel aangrijpend. Mensen gaan ook wel dood, maar die hadden het kunnen *weten*.

Maar goed. Als je je hond niet wil overleven, zal hij jou moeten overleven – dat is helemaal een treurig idee.

(22/8/'00) Nu ziet hij er weer zo goed uit – ik ben begonnen maar weer eens wat meer van hem te eisen. Gisteren mee naar de stad (uurtje), vandaag mee naar de Hollandse Kade bij Teckop (halfuurtje; twee tapuitjes, twee ooievaars).

Ik weet niet of-ie het leuk vindt. Ik vertrouw er maar op dat-ie alles leuker vindt dan alleen thuiszitten. Het belangrijkste probleem is nu zijn kortademigheid.

De wrat op zijn wang is na maanden van rust weer begonnen te werken, bloederig.

(1/9/'00) Tegenwoordig deinst hij terug als hij ziet dat het regent als je de deur opendoet. Maar ja.

En bij terugkeer moet hij worden afgedroogd. Er hangt altijd een handdoek over de verwarming bij de keukendeur. Hij heeft er een hekel aan om te worden afgedroogd, vooral aan het gedoe met zijn poten (wat hij nog lastiger maakt door zijn weerspannigheid). Vroeger gromde hij daar altijd bij – daar heeft hij nu de energie niet meer voor. Snap je? Het is *zielig* dat hij niet meer gromt.

(2/9/'00) Halfzeven, *de Volkskrant* in de bus, de dagkrant plus een regen van bijlagen. Rekel ligt tegenwoordig vaak languit op de deurmat. Zoals ook nu. Bedolven onder die kranten, en hij is gewoon blijven liggen.

Verder gaat het wel goed.

Hij heeft deze week drie keer gekotst. Maar dat hebben we al eerder meegemaakt. In feite hebben we alles al eerder meegemaakt. Alleen dat-ie doodgaat, dat nog nooit.

(4/9/'00) Als Daan komt, gewoonlijk op maandag, komt Rekel altijd nog overeind om hem te begroeten.

Ik vertelde dat hij tegenwoordig op de vreemdste momenten voor de deur gaat staan, laatst zag ik dat zelfs een keer om halfvijf 's nachts. Hij ziet niks, hij hoort niks, hij verwacht niks – hij staat daar maar, alsof-ie al is opgezet. En nóg zo'n verschijnsel: hij loopt tegenwoordig van alles ondersteboven. Het is niet alleen dat hij de dingen achter zich niet meer hoort omvallen, het is ook dat het hem niet meer kan schelen waar hij zijn poten zet.

'Rekel is een leuke oude hond,' zei Daan. 'Leuker dan Bello, die werd op het eind zo vals.'

'Meen je dat nou?' vroeg ik verrast. 'Een beetje chagrijnig misschien, maar vals?'

'Terwijl Rekel,' zei Daan, 'alleen maar suffer wordt.'

Als je hem met Iris' moeder vergelijkt – *zij* verkeert door alzheimer steeds in de omgeving van haar vroegste jeugd. En hij? Verbaast hij zich over ons huis? Verbaast hij zich over ons? Van zijn vroege jeugd weten we tenslotte niets, de eerste zestien maanden van zijn leven heeft hij elders doorgebracht.

(6/9/'00) Voor de krant: *De jacht* –

Een paar keer per dag neem ik een schilderij met koeien van de muur. Ik hang er een katrolletje met een wit koord voor in de plaats – ik trek een stoel bij, steek mijn handen in de lussen aan de uiteinden van het koord en begin de oefeningen die de beweeglijkheid van mijn schouder moeten herstellen. Als mijn hond dat ziet, komt hij erbij liggen.

Ik doe mijn oefeningen, ik voel me belachelijk, ik kijk neer op mijn hond, die terstond in slaap is gevallen, en vraag me af waarom hij dat doet, waarom hij daar is gaan liggen. En opeens weet ik het: die denkt dat ik aan het *werk* ben.

Tot voor kort, zolang hij de trap op kon, kwam hij er ook altijd bij liggen als ik ging zitten schrijven. Ik geloof al z'n leven dat hij zich verdienstelijk wilde maken, dat hij zo een bijdrage dacht te leveren. In zijn slaap straalde hij dan een intense tevredenheid uit. Mijn hond is volkomen overtuigd van zijn nut op deze wereld. Voor hem is het heel gewoon dat onze gezamenlijke inspanningen elke avond weer in een volle etensbak resulteren.

Je mag aannemen dat de denkbeelden die honden er over werk op na houden, aan de roedel en de jacht zijn ontleend. Samen het veld in, dat komt ongetwijfeld het dichtst bij hun natuur. Ik herinner me de teleurstelling van mijn hond op momenten dat ik wat voor hém had kunnen doen, een keer toen ik naliet de haas te grijpen die hij had opgejaagd, een keer toen ik weigerde de achtervolging in te zetten op de gemzen die hij had ontdekt – ja, toen overviel hem wel iets van twijfel.

Nog raadselachtiger dan de drijfveren van je eigen hond zijn die van een hond die zich zomaar een tijdje bij je aansluit. In de Alpujarras werden we eens een dag lang vergezeld door een leeuwkleurig zwervertje en het was volstrekt duidelijk dat hij dat niet alleen deed voor zijn plezier (en een eerlijk deel van ons middagbrood), maar ook om zich nuttig te maken.

Ergens in Nederland, hoorde ik onlangs van een kennis, woont een hond aan een wandelroute. Als je daar passeert, staat hij op om met je mee te lopen. Na een minuut of twintig, net als je in een persoonlijke band begint te geloven, kom je bij een bord met het verzoek: wilt u de hond nu terugsturen?

(7/9/'oo) Rekel draaft weer eens heen en weer langs de heg. Ik sta machteloos. Ik raak buiten mezelf van woede. Doordat-ie zich net omdraait komt de schop die ik hem geef, harder aan dan de bedoeling was.

Natuurlijk, ik wás al chagrijnig – een onrustige nacht achter de rug, een moeilijke afspraak met Peter N. voor de boeg. Maar dat is nog geen reden...

Een hond is zoiets, lijkt me, gauw vergeten. Die denkt heus niet de hele dag: nou loop ik te strompelen omdat die klootzak me tussen mijn ribben heeft geschopt. Maar mij laat het niet los. Dat moet je nooit meer doen, je moet hem *nooit* meer schoppen. Nu hij zo oud, zo weerloos is. Later krijg je daar vreselijk spijt van.

Als ik zijn dood zie als het begin van een lange reis zonder mij, zie ik de rest van mijn leven natuurlijk ook als een reis zonder hem.

(16/9/'oo) Rekel is anderhalve dag naar de Perenlaan geweest, van donderdagochtend tot vrijdagavond. Iris en ik zijn in de tussentijd van Zutphen naar Ruurlo gelopen. Toen we hem kwamen halen lag hij te slapen in het buitenhok. Die man van de Perenlaan begon hem te roepen – geen reactie. Die man trok het ijzeren luik op en liet het met een daverende klap weer vallen – geen reactie. Hij moest zelf dat buitenhok in kruipen om hem wakker te porren. Toen kwam Rekel wankel en verward overeind. Ik weet precies hoe dat gaat: hij blijft naar naburige honden staan kijken en kwispelen tot hij erbij neervalt.

(19/9/'oo) Misschien is hij daar toch wel uitgerust. Misschien wil hij bewijzen wat hij nog waard is. Hij is in ieder geval behoorlijk fit. Gisteren mee naar Van Vliet om sigaren te halen (een uurtje), vandaag een stukje Hollandse Kade bij Teckop. Er zitten alweer smienten op het land.

(5/10/'00) Rekel is in de Oude Rijn gevallen!

Er zat een kat in het gras naast het jaagpad; ik geloof dat hij een meerkoet probeerde te besluipen. Dus Rekel kwispelen, die kat een hoge rug. Ik denk: straks flikkert dat beest in het water. Ik pak Rekel bij zijn halsband en hij loopt welgemoed door. Maar die kat lijkt sprekend op Thijs, ik móet hem even aanhalen. Rekel kijkt om, hij ziet mij op mijn hurken zitten en hij komt net zo welgemoed teruglopen. Die kat schrikt, die slaat zijn klauwen uit. En daar gaat Rekel.

Ik stond te kijken.

Ik dacht: straks zie je hem verzuipen, dan zul je toch wat moeten doen.

Maar hij steekt keurig zijn kop op. Hij beschrijft een rondje en komt naar de kant, zodat ik hem aan zijn halsband op het droge kan trekken.

'Zo,' zeg ik, 'dus je kunt wél zwemmen!'

Hij was er helemaal opgewonden van. Hij begon energiek heen en weer te rennen. Thuis ook: almaar draven en springen (voorzover hij daartoe nog in staat is). Steeds met een benauwd hoestje.

Nu, eind van de middag, kun je nog steeds aan hem merken dat er iets bijzonders is gebeurd. Iris en ik zijn naar een timmerbedrijf in Utrecht geweest (we willen straks één kamer helemaal met boekenkasten laten betimmeren). We komen thuis en hij begint wéér te draven, te springen en te hoesten. En hij *stinkt*.

(8/10/'00) Herfst. Met Iris naar Scheveningen. Door de duinen naar Kijkduin, over het strand terug. Ik loop voortdurend naar andermans honden te kijken. Als ze bij me in de buurt komen, steek ik hunkerend mijn hand uit. De pedofiel op het schoolplein!

(9/10/'00) Vanmorgen heeft Rekel de brokstukken van een eindje gekookte worst uitgekotst, het loodje zat er nog aan. Zoiets geef ik hem natuurlijk niet te eten, sterker nog: zoiets zou hij nooit aannemen als je het hem te eten gaf. Dus dat heeft hij uit het afvalemmertje geratst. Die onderneemt nog eens wat. Die heeft zijn streken nog.

(14/10/'00) Rekel begon een beetje vreemd te doen en een meisje, kennelijk op weg naar de gymzaal, bleef geïnteresseerd staan kijken. 'Hij is misselijk,' zei ik, 'hij heeft gisteravond gedronken.' Maar ze gaf geen sjoege. Pas toen hij een hoeveelheid gal had uitgebraakt, begon ze te vertellen dat ze een tante had die ook een oude hond had.

Verder een tamelijk stabiele situatie, het gevoel dat het nog wel even zo door kan gaan. Een paar dagen terug, in het Vijverbosch – ik keek om, ik zag hem sjokken en ik werd helemaal overspoeld door een gevoel van blijdschap, net of we samen bezig waren de wereld een geweldige poets te bakken.

(20/10/'00) Gisteren, toen ik voorbereidingen trof om naar Dieren te gaan, toen ik mijn verrekijker uit de gangkast nam – Rekel kwam er gretig bij staan, hij sprong op zijn manier zelfs tegen me op. Vervelend. Net of je hem tekortdoet. Net of het *jouw* schuld is dat-ie de rest van de dag zo dementerig in zijn mand ligt.

Dinsdag, samen op Teckop. Toen liep hij prima. Zijn beste prestatie sinds Zwitserland. De kou doet hem goed.

Bij de bank, waar het pad zich splitst, de enige plek waar je verkeerd kunt afslaan. Ik liep aan mijn roman te denken. Keek om. Rekel weg! Ik terug. Inderdaad: verkeerd afgeslagen! Dan zie je hem op zo'n schichtig drafje ver voor je uit lopen. Hollen! Stilstaan! Ik fluit op mijn vingers en zowaar, dan blijft ook hij stilstaan. Maar hij kijkt niet om, hij zet het weer op een drafje. Hollen! Tot je hem op zijn rug kunt tikken. (Zo werd deze wandeling nog wat langer.)

(29/10/'00) Zondagochtend – ik kom beneden, ik zie dat Rekel in de gang heeft gepiest, ik ruim de rommel op, ik laat hem even uit, ik maak ontbijt en ga weer naar boven. Ik wil in bed stappen en Iris zegt: 'Rekel heeft vannacht in de keuken gepiest.' Twee keer dus. Waarom in godsnaam? Er is gisteren niets bijzonders gebeurd.

(10/11/'00) Ik kom nogal onstuimig van de trap zetten (het gaat goed met mijn roman!). Rekel, die in zijn mand ligt, kijkt op het laatste moment op. Ik laat me op mijn knieën zakken en begin hem te knuffelen. Ach, wat een lieverd ben je toch. Ik zal weer eens wat over je schrijven, dat heb je wel verdiend.

Dit dan maar: vanmorgen lag er een hard, zwart drolletje in zijn mand. Dat moet hem in zijn slaap ontsnapt zijn. Nu vallen harde, zwarte drolletjes nog wel mee, maar een paar dagen terug verloor hij zijn *hele* ontlasting in de huiskamer. En dan kun je achteraf wel zeggen dat hij inderdaad een beetje nerveus heen en weer begon te lopen, maar in feite gebeurde dat zonder enige aankondiging.

Ja, als hij de controle over zijn sluitspier verliest...

Veel gal, maar hij hijgt weinig en hij loopt behoorlijk. Erg suf, maar met een beetje geduld kun je hem nog steeds aan het stoeien krijgen.

(16/11/'00) Gisteren een plas op de tegeltjes in de keuken, vanmorgen twee drolletjes op het linoleum in de gang. Je vraagt je af hoe dat moet als we in het nieuwe huis zitten (april?). We willen Tredford in de gang. Dat wil je natuurlijk niet meteen door je hond laten verpesten. Maar je kunt ook moeilijk je hond laten afmaken om de vloerbedekking te sparen. Hij raakt nog steeds opgewonden als je zijn riem pakt.

(17/11/'00) Vanmorgen weer poep in de keuken, makkelijke drollen nog, maar hij kan ook weleens diarree krijgen.

Er is nog een vage hoop dat het overgaat, net als dat piesen op mijn kamer destijds. Maar dat was een gedragsprobleem, dit lijkt me meer fysiek.

Wat ook al een tijdje gaande is: dat-ie bij het uitlaten zomaar ergens op de stoep zijn behoefte doet. Dat deed hij vroeger nooit, hij zocht altijd gras of struiken op. Nu kan hij aan de geringste aandrang kennelijk al geen weerstand meer bieden.

Andere uitlaattijden? Andere voedertijden? Ik weet het niet. Ik weet wél dat het een heel vervelend gevoel is om een vieze ouwe man in huis te hebben.

Gisteren liep hij nog mee naar het Bredius – drie kwartier, zonder problemen.

(18/11/'00) Gisteravond had hij gepoept toen ik hem uitliet, dus dat zag er vrij goed uit – dus nou lag er geen poep, maar weer urine in de keuken.

Iris herleidt alles tot zijn staat van dementie, maar ik heb soms de indruk dat hij echt pijn heeft. Als je hem als jachthond had, nam je hem nu mee naar het bos om hem dood te schieten. Ik vind dat helemaal zo'n slechte oplossing niet. Zo'n laatste gebaar ligt toch besloten in de verantwoordelijkheid die je op je neemt als je een dier neemt. Het lijkt me in ieder geval beter dan de gang naar de dierenarts, het moeizame overleg, het wikken en wegen...

Ik ga bij zijn mand op mijn hurken zitten, ik aai hem over zijn kop, ik kijk hem diep in zijn ogen en ik zeg wat. Wát je zegt weet je meestal pas als je jezelf hoort praten. Vaak grapjes over de dood. Zal ik je maar *wurgen* dan? Je kunt toch niet *altijd* bij ons blijven?

Maar vandaag hoor ik mezelf zeggen: 'Ik weet niet meer wat je *denkt*, Rekel.'

Dat zou haast betekenen dat ik voorheen wel wist wat hij dacht. En als ik daarover nadenk: ja, dat is ook zo, ik wist wat hij dacht. En als iemand dood is, dan weet je dus helemaal niet meer wat hij denkt. Misschien is dat het wat de dood zo moeilijk te verteren maakt.

Jammer.

Vooral dat we nog maar zo weinig lol hebben samen.

(23/11/'00) Die merkwaardige ongedurigheid altijd tussen 7 en 10 uur 's avonds.

Hij duwt de deur open. Hij duwt de deur open. Hij duwt de deur open en komt eindelijk de kamer in. Hij loopt om de glazen tafel heen en gaat de kamer weer uit. Hij gaat bij de achterdeur staan. Hij gaat bij de voordeur staan.

Overdag doet hij dat nooit. Niet op deze manier. Niet zo hard-nekkig.

Gisteren, bij het avondeten, kwam hij voor het eerst in lange tijd weer met zijn voorpoten tegen me op staan om te kijken (en te rui-ken) wat er op tafel stond. Ook buitenshuis is hij op het ogenblik nogal vief. Hij wíl best. Hij begint, op zijn manier dan, te dollen als je zijn riem pakt. Soms komt hij daarbij in de keuken of op de gang pijnlijk plat op de vloer terecht. Zijn we eenmaal buiten, dan loopt-ie eerst een eindje te huppelen, en dan vloeit alle energie alweer uit hem weg. Je ziet dat allemaal aan, je maakt dat allemaal mee, en bij het een is de warmte van je gevoelens nog overstelpender dan bij het ander. Wat een fantastische hond ben je toch!

Zelf ben ik vandaag van Ede naar Wageningen gelopen, en van Wageningen naar Rhenen. Prachtig zoals de Cuneratoren daar in het landschap staat. Het regende.

Vorig jaar om deze tijd zaten we nog op Terschelling.

(3/12/'00) Rekel is weer zindelijk. Vorige week zaterdag heeft hij nog een keer in de keuken gepiest, daarna niet meer. Ik begrijp niets van die hond. Ik kan geen enkele reden bedenken waarom hij met zoiets begint (behalve de algehele aftakeling dan) en ik kan ook geen enkele reden bedenken waarom hij er weer mee ophoudt (alsof zijn aftake-ling niet onomkeerbaar zou zijn).

Nu eens is hij zwak, dan weer is hij flink – dat verschilt van dag tot dag, van uur tot uur bijna.

Soms neem ik hem nog mee naar het Vijverbosch voor een rondje om de vijver, of naar Teckop voor een eindje op de Hollandse Kade. Dan sjokt hij achter me aan. Als je omkijkt zie je dat hij zijn ogen steeds op jou gericht houdt, steeds die vertwijfelde blik. Maar soms kijk je om en dan zie je dat hij een beetje loopt te snuffelen, links of rechts van het pad. De opluchting die je dan voelt.

Er zijn ook nog wel momenten van spel en plezier hoor.

(13/12/'00) Gisteravond heeft hij weer in huis gepoept. Hij was om halfvijf uitgelaten, hij was om halfacht uitgelaten. Toch, om halfelf: een spoor van donkere droge drolletjes van de achterdeur naar zijn mand. Hij is er dus niet echt voor gaan zitten; hij weet nog dat dit niet de bedoeling is. Vanmorgen, toen ik hem uit zijn mand haalde, ik had de voordeur al open – weer een hoopje poep. Ik stond daar zo onhandig, ik dacht: straks komt er nog meer uit, ik dacht: laat ik nou eerst maar eens met 'm naar buiten gaan, en ik roep Iris of ze de boel wil opruimen. En Iris dacht dat het een misselijke grap was. Ze dacht dat ik de drie boomblaadjes die bij het openen van de deur naar binnen waren gewaaid, voor poep van Rekel wilde laten doorgaan.

In ieder geval: hij is wél weer in de Oude Rijn gevallen. Het stormde hevig. Ik dacht nog: ik moet hem, als we straks langs het water lopen, maar aan de lijn houden. Maar toen we het jaagpad op liepen was ik dat blijkbaar alweer vergeten.

(28/12/'00) Voor de krant: *Loopwerk* –

Rekel is mee geweest naar Weddesteyn. Eerst hebben we in de nieuwe recreatiezaal gezeten en daar kon hij zijn draai niet vinden; hij heeft een hekel aan parket. Daarna hebben we bij de trap staan wachten tot Iris haar moeder weer naar de afdeling had gebracht; hij heeft ook een hekel aan wachten.

Toen kwamen we buiten en toen moest hij voor zijn gevoel eventjes wild heen en weer. Hij rende een stoepje op. Hij dacht aan het eind daarvan een sierlijk sprongetje te maken en klapte als een voddenbaal tegen de grond. Zijn poten kunnen dat gewoon niet meer aan. Gelukkig niets gebroken, niets verstuikt.

Van deze hond is het loopwerk altijd het sterke punt geweest. Ik herinner me hem op een tocht van elf uur in de Alpen bij Grindelwald (toen was-ie moe, maar toen was ik zelf ook moe). Ik herinner me dat hij op een weggetje langs het spoor meesprintte met passerende treinen, vooral de intercity's. Dat hij in zijn leven tweemaal een haas heeft gegrepen, goed, dat was eerder onhandigheid van de haas dan snelheid van de hond. Maar wat weer wél een prestatie was: dat hij een keer in een restaurant in Groningen, na een verkeerd begrepen commando, vanuit stand op ons tafeltje sprong.

Dat soort dingen heeft ook hij nog in zijn hoofd – maar niet meer in zijn lijf.

Laatst liepen we bij storm over het jaagpad langs de Oude Rijn. Bij een bruggetje bleef ik staan; zelfs op vertrouwde routes kan hij tegenwoordig verdwalen. Dus ik zág het gebeuren. Hij stond wat te snuffelen, hij wilde zich omdraaien, hij werd gegrepen door de wind en zeilde zo het water in. Daar lag hij hevig hyperventilerend te spartelen. Bijna zeventien en hij heeft nooit, nóóit willen zwemmen. Nou ja, als het in een tekenfilm gebeurde, zou je erom lachen.

Wat ik werkelijk tragisch vind: dat hij, hoe stil ik ook te werk ga, nog altijd uit zijn mand komt als ik mijn schoenen aantrek, mijn jas pak en de verrekijker uit de kast haal, en dat hij dan geeuwt en kwispelt, dat hij zich uitrekt en me aankijkt, net zo wakker en gretig als vroeger.

(Dat stille gedoe met schoenen, jas en kijker, dat *blijft* me bezighouden, en dat *blijft* ook maar doorgaan: telkens wil hij mee, telkens moet ik hem thuislaten. Ik denk weleens dat hij uiteindelijk zal doodgaan door de teleurstellingen die ik hem bezorg.)

(30/12/'00) Het is een beetje winter geweest, eerst een paar dagen droog vriezend weer, daarna sneeuw. Woensdag heb ik de trein naar Bunnik genomen om vervolgens langs de Oude Rijn terug naar Utrecht te lopen. Er lag een laagje ijzel onder de sneeuw, verraderlijk.

's Avonds, zo'n prachtige, geheimzinnige sneeuwavond, nog eens naar het Bredius. Ik sta klaar, Iris staat klaar, en reken maar dat Rekel dan ook klaarstaat. Met z'n drieën naar buiten, dat is voor hem het allermooiste, nog mooier dan met z'n tweeën naar buiten.

Sneeuw – niet dat hij dan weer als een jonge hond begint rond te rennen, maar sneeuw doet hem in ieder geval geen kwaad. Veertig minuten, en ik had niet de indruk dat het hem ergens te veel werd.

In totaal, verdeeld over de dag, zijn we altijd nog wel een uurtje buiten. Langzaamaan, maar toch: een uur. Hij heeft zijn gedrag min of meer aangepast aan mijn onbegrijpelijke verdwijningen. Hij blijft dichter bij me. Hij houdt me steeds in het oog als hij achter me loopt. Hij kijkt steeds om als hij voor me loopt. Als hij over de verkeerde schouder kijkt, staat hij ogenblikkelijk stil en daarna draait hij een slag in de rondte tot hij me ziet.

Alleen als we allebei tegelijk worden afgeleid, hij door wat hij denkt te ruiken in het gras, ik door wat ik loop te denken op het pad, dan gaat het mis.

Ik geloof overigens niet dat hij blind wordt, wél dat het niet altijd tot hem doordringt wat hij ziet.

Ik hou hem wat vaker aan de lijn, en dat zou ik misschien nog wat vaker moeten doen.

Met de kerst waren de jongens er en ach, als we dan aan tafel gaan, dan komt-ie er zo lief bij liggen. Zoals hij nu is, dacht ik, zo kan-ie wel achttien worden.

(1/1/01)
Ga je nog mee
naar 2002,
of ga je heen
in 2001?

Ik ga er zonder meer van uit dat Rekel van poëzie houdt. Vandaar ook dat hij zo vaak met rijmwoorden wordt aangesproken. Reki-peki, rekeltje-pekeltje, hondje-kontje. Je moet het natuurlijk wel eenvoudig houden.

Waarom heb ik toch zo'n hekel
aan Rekel?

(9/1/'01) Anton Gevaert, de makelaar, was vanmiddag hier met mensen die belangstelling hadden voor ons huis. Ik moest om vier uur weg, naar Den Haag voor de nieuwjaarsborrel van de krant. Gevaert was nog niet klaar, hij zou afsluiten. Toen Iris om halfzes thuiskwam, lag de hele keuken onder de kots en de stront. Dat zien we de laatste tijd wel vaker: aan het kotsen gaan zulke heftige krampen vooraf, dat zijn hele darmstelsel in het ongerede raakt.

De vraag is dus of dat vóór of ná het vertrek van die mensen gebeurd is.

(15/1/'01) Nu heb ik, geloof ik, voor de derde keer in tien dagen gedroomd dat hij stervende was.

We zaten in een huisje in een vreemd vlak landschap. In het zuidwesten was een verschrikkelijke onweersbui losgebarsten. Die kwam onze kant op. Op een gegeven moment miste ik Rekel, ik dacht dat het Iris' schuld was. Hij lag buiten, languit in de stromende regen. Dood nog niet, maar helemaal levend ook niet meer.

De eerste versie van mijn boek is af. Een weekje vrij. We gaan donderdag en vrijdag wandelen, Iris en ik.

(16/1/'01) Ik maak hem 's morgens wakker. Ik zeg: 'Zo Rekel, ben je er nog?' Ja, laten we het vooral luchtig houden. De momenten van angst en beklemming komen vanzelf wel, de dood kan heel goed voor zichzelf zorgen.

(20/1/'01) Woensdagochtend heb ik hem meegenomen naar Teckop. Het was betrekkelijk koud, de weilanden waren wit uitgeslagen. Kramsvogels en een argwanend groepje hagelwitte kleine zwanen (met negen jongen – 2x3, 1x2 en 1x1, dat maakt vier ouderparen die succes hebben gehad). Veertig minuten. Hij sjouwt braaf achter me aan. Ik geloof niet dat hij het leuk vindt. Ik geloof ook niet dat hij hier achteraf voldoening aan kan ontlenen. Maar toch. In het kader van de actie 'volwaardige hond'.

Donderdagochtend heb ik hem naar de Perenlaan gebracht. Daar stond een nieuwe persoon achter de balie. 'Hij is oud, hij is doof en hij geeft af en toe gal op,' zei ik. 'En als hij zenuwachtig is, gaat hij staan hijgen – en daar krijgt hij erge dorst van.'

'Ze hebben altijd water,' verzekerde die persoon. Maar dat is niet waar. Ik heb weleens gezien, toen ik hem kwam halen... nou ja, Iris en ik gaan wandelen. Met de trein naar Cuyk, lopend naar Groesbeek. Eerst een stukje langs de Maas, dan de stuwwal op, de Mokerhei over, de St. Jansberg op. Alleen dat stukje langs de Maas zou voor Rekel nieuw zijn geweest. Er hing een intense stilte. Er lag pakweg een halve centimeter sneeuw, net genoeg om je aan de winter te herinneren.

Gisteren van Groesbeek naar Nijmegen, nog stiller dan donderdag. De restaurants op de route waren gesloten en het was ook geen weer om zomaar ergens op een bankje te gaan zitten. Dus waren we al vroeg op de terugreis. In Arnhem zijn we uitgestapt. We hebben lijn 9 naar het oude Vitesseveld genomen en gezien dat de woningen intussen rondom glasdicht zijn gemaakt. Opeens zien ze eruit als iets waarin inderdaad ooit mensen kunnen wonen.

Nou, dat zal-ie nog wel halen. Er is wel wat met 'm aan de hand, maar terminaal is-ie niet.

Om zes uur kon ik hem ophalen. Zoals altijd wanneer hij daar geweest is, maakte hij een montere indruk. Maar zijn poten waren uitgesproken slecht – kennelijk heeft hij niet veel gelegen in die tijd.

Het werd een echte winteravond, koud en mistig. In die sfeer zijn we nog maar eens een eindje over de Oude Rijn gaan lopen. Dat was voor het eerst sinds een jaar of vier. Maar hij weet heel goed wat ijs is, hij heeft altijd veel plezier gehad op ijs. Nu gleed zijn achterlijf weg toen hij op de kant probeerde te springen.

Ook vanmorgen kon je nog op het ijs. Nu besloot hij maar op het jaagpad te blijven en zo met me mee te lopen.

(21/1/'01) Toen ik om kwart over elf met Rekel naar buiten ging voor een klein rondje, bleek het de hele avond gesneeuwd te hebben, wel een centimeter of vijf. Er stond een ruige zuidenwind. In het schijnsel van de straatlantaarns zag je nevelslierten bewegen.

Toch maar naar de Oude Rijn. Ik kon het gewoon niet laten. Misschien zijn laatste sneeuw. Twintig minuten ongeveer. Vief in het begin, dapper op het eind. Doodstil was het, en met al dat wit maakte de wereld een vederlichte indruk.

(22/1/'01) Mevr. Bergh: dat braken komt door irritatie van de maag-
wand, het maagslijmvlies, bij een lege maag; het is een beetje een
maagzweerachtige aandoening.

Ik begrijp het niet goed. Ik had de symptomen al eerder voor haar
beschreven, en nu pas plakt ze er dit etiket op. Ik begrijp het niet
goed, maar het is wel een enorme geruststelling. Zoals zij dat zei, zo
klonk het als iets wat weinig te betekenen heeft. Dat zou sterk zijn!
Dan mankeert hij in feite vrijwel niets!

(23/1/'01) Vandaag – tot twee keer toe: hij gaat zitten om te kakken
en hij zakt achterover, hij zakt in zijn eigen poep, hij kan onmogelijk
zelf overeind komen. Misschien doordat hij gisteren een injectie
heeft gehad, maar die was bedoeld om zijn spieren te *versterken*.

(24/1/'01) In de wachtkamer van mevr. Bergh was nog een andere
hond van zeventien. Dat viel me op, dat bleef me bij. Een mormel.
Schuw, stram enz.

Nu vraag ik me af of andere mensen Rekel ook zo zien. Doorgaans, laten we eerlijk zijn, boezemt ouderdom toch alleen maar afkeer in.

(2/2/'01) Vanmorgen: drie drolletjes in zijn mand. Dat moet haast wel
in zijn slaap gebeuren, misschien bij een bepaalde droom. Misschien
wordt hij dan even verwonderd wakker. Wat overkomt me toch?

(3/2/'01) Buitenhof – discussie met Brinkhorst over zijn barbaarse
BSE-beleid, zulks (die discussie) onder leiding van Peter van Ingen.
Hij (Peter) was stomverbaasd te horen dat Rekel nog leeft. Het lijkt
intussen inderdaad wel een eeuwigheid geleden – die opnamen op de
Hollandse Kade bij Teckop. Begin maart was het, de grutto als lente-
bode. Ik ging op mijn knieën in het gras zitten en legde mijn wang
op de grond om te kijken hoe een broedende grutto de hemel, de
horizon, het landschap ziet. De cameraman maakte de beweging mee

en Rekel, hij dacht natuurlijk dat het om te spelen was, hij had nog nooit zoiets geks gezien, sprong er als een dolle tussenin.

(5/2/'01) Vanmorgen mee naar het Vijverbosch; hij liep helemaal niet slecht. Vanmiddag diep in slaap. Voor het avondeten moeizaam een blokje om. Na het eten: kotsen. Geweldige krampen trekken door zijn lijf. Hij sleept zich door de gang. Eindelijk breekt een vettig groen plasje uit hem los. Ik wil hem meteen in de tuin doen, maar het blijkt te gieten van de regen. Verslagen staat hij in de keuken. Dan, zonder zijn rug te krommen, begint hij te schijten.

(8/2/'01) Iris' moeder is in elkaar gezakt en met haar hoofd tegen de tafel gevallen. Hersenschudding. Ze ligt als een lijk in bed. Ze kan niks zeggen en krijgt haar ogen nauwelijks open.

(12/2/'01) Ma zit alweer op haar vaste plaats in de huiskamer! Rekel is vandaag juist erg slecht. Veel geborrel (voor het eerst sinds lange tijd) in zijn buik. Hij loopt verdwaasd door het huis. Hij komt buiten nauwelijks vooruit. Hangende kop, doffe blik in zijn ogen. Hij neemt niks aan, zelfs geen stukje leverworst (met een maagtabletje).

(16/2/'01) Die ongelukjes in huis – je vraagt je weleens af of dat geen vorm van verkindsen is. Hij komt gewoon niet meer op het idee om zijn behoefte op te houden.

Sinds hij twee keer per dag te eten krijgt ('s morgens de helft en 's avonds de helft), eet hij beter en lijkt hij minder (of in ieder geval minder moeizaam) te kotsen.

(24/2/'01) Zondagochtend. Sneeuw, hagelbuien, zon, dooi. Iris en ik zouden naar de stad wandelen. Op het laatste moment: zullen we hem maar meenemen? Vooruit dan maar. Door het Bredius. Achter het zwembad langs. Over de Westdam en door de Voorstraat. Vijf kwartier. Goed gelopen hondje!

(2/3/'01) Het nieuwe voederregime (2x daags) lijkt zijn vruchten af te werpen. Het is nu acht dagen geleden dat hij voor het laatst gekotst heeft, en het is ook al acht dagen geleden dat hij voor het laatst het huis heeft bevuild. Je mag wel zeggen: het gaat goed met Rekel. Tot voor kort vroeg ik me af of hij de zeventien zou halen, nu denk ik: die wordt makkelijk achttien. Alsof daar niet een heel jaar tussen ligt. (Deze regels zijn nauwelijks geschreven of we lopen op de Oude Rijn en hij moet kotsen.)

(10/3/'01) Ik droomde dat ik Rekel moest zoeken en dat hij toen, tot mijn verbazing toch wel, een zwart-witte kat bleek te zijn, die bovendien met zijn pootje klem zat achter de glazen plaat boven een wastafel. Toen ik hem op mijn arm nam, verzette hij zich, maar hij gebruikte zijn nagels niet. Algauw begon hij te snorren van genot.

Donderdagochtend heeft hij op straat (een beetje) gekotst, voor het eerst in zes dagen. Hij is erg traag en suf op het ogenblik, een beetje verdrietig. Gisteren is hij lang alleen geweest (kijkdag woningen in Arnhem), maar dat is goed gegaan. Vanmorgen heeft hij weer in de gang gepoept, voor het eerst in zestien dagen – dus dat valt nogal mee.

(26/3/'01) Na drie dagen Terschelling. Ik zag dat helemaal niet zitten, maar ja, het was een cadeautje van de jongens. Jan had een enig huisje ontdekt in Midsland aan Zee, en inderdaad, het was enig.

Ik zag dat natuurlijk helemaal niet zitten vanwege Rekel. Alleen de reis al, dat hele eind in de auto, dat hele eind op de boot. Bovendien had mevrouw Bergh net vastgesteld dat zijn hart nu toch echt minder wordt (zoals het nu toch ook echt de laatste inentingen waren die nog in z'n boekje konden worden gefrommeld).

Vroeger hield je rekening met de hond, nu is hij de spil waar alles om draait. Bij elke beslissing is het: maar Rekel dan? Hij kan niet meer mee, maar je kunt hem ook niet meer thuislaten, je kunt, nu hij zo ontzettend veel voor- en nazorg nodig heeft, ook geen beroep meer doen op de buren. En áls je hem thuislaat, dan loop je toch de hele tijd te tobben of het wel goed met 'm gaat.

Dus dat hele eind in de auto, dat hele eind op de boot. De trap op naar het bovendek – dan moet ik hem dragen.

Vrijdag, rustig aan. Regenachtig. Nevelig. Nat strand.

Zaterdag, het experiment met de bolderkar. Via Midsland naar de waddendijk, waar we werden opgewacht door duizenden neuriënde rotganzen. Een tocht van drieënhalf uur.

Die kar, zo op het oog was hij perfect, het was net zijn mand op wielen. We hadden een dekentje op de bodem gelegd om hem het liggen te vergemakkelijken. Maar nee hoor. De schande was hem te groot. Iris trok de kar, ik hield de hond vast. Maar hij blééf worstelen om eruit te springen. Op den duur kreeg hij in de gaten dat hij alleen maar zijn zwaartepunt over de opstaande rand hoefde te werken, dan ging de rest vanzelf, dan tuimelde hij vanzelf op het wegdek. Er hielp eigenlijk niets tegen. Op een gegeven moment bleken er opeens ook een paar drolletjes in die kar te liggen. Dan denk je: hij wilde eruit omdat hij moest poepen.

Zondag, een gewone wandeling dan maar. Koud. Barre noordoostenwind. Duinen, bos, strand. Twee uur. Acht kilometer. Er was een klein paadje door het helmgras, dat had waarachtig wel wat van een bergpad weg en verdomd, dát vond-ie leuk, daar zette hij het op een holletje.

'Zo Rekel, dit was je laatste grote wandeling.' Maar hoe vaak heeft-ie dat nou al niet gehoord? Ik geloof niet dat dat nog indruk maakt.

Met de bus van 4 uur naar West-Haven. De drolletjes die hij achterliet in het hoekje waar hij gelegen had. Gelukkig zijn we daar nu steeds op bedacht; we hebben altijd plastic zakjes en wc-papier bij de hand.

Dat hele eind terug met de boot, dat hele eind weer in de auto. Dat was gisteravond. Ik dacht dat hij wel een paar dagen in coma zou liggen. Maar nee hoor. Vanmorgen heel vief mee langs de Oude Rijn, vlotter dan anders zelfs. Dus dan vraag je je af of hij niet méér in plaats van minder beweging nodig heeft. Intussen heeft hij weer wél in de huiskamer gekotst en gepoept.

(28/3/'01) Voor de krant: *Jarig* –

Rekel wordt zeventien, tijd voor de jaarlijkse *check-up*. Een beetje stijver, een beetje dover, een beetje hijgeriger, een beetje suffer – het gaat wel.

Afgelopen zondag hebben we op Terschelling nog twee uur gewandeld, een kilometer of acht. Toen kon je hem nog van een duin zien hollen, maar het is niet gezegd dat hij dat voor zijn plezier deed, het kan ook zijn dat de helling hem gewoon geen keus liet, dat dit eerder het werk van de zwaartekracht dan van een krasse hond was.

Verder bestaat zijn leven uit slapen en vier, vijf keer daags een blokje om. We hebben ons aangepast aan zijn beperkingen. Ik beweeg mij voort alsof ik zelf tegen de tachtig loop, en hij blijft angstvallig bij me in de buurt.

Soms kijkt hij over zijn schouder om te zien of ik er nog ben. Altijd de verkeerde schouder. 'Hier,' zeg ik, maar dat heeft geen zin, hij is doof. Dus dan draait hij op zijn doorgezakte achterpoten in de rondte tot hij me gevonden heeft.

Soms wordt hij afgeleid door geuren in het gras. Zijn neus en hersenen treden in werking, en dat duurt eindeloos. Al snuffelend vergeet hij welke kant we op gingen. Opeens kijkt hij op. Hij kijkt naar links, hij kijkt naar rechts, hij raakt in paniek. 'Hier,' roep ik. Hij zet het op een drafje en ik moet achter hem aan, tot ik hem op zijn rug kan tikken.

Als hij je dan aankijkt zie je geen verrassing of vreugde in zijn ogen, maar een diepe verslagenheid. Die verdwijningen van mij – op hem moeten ze een opzettelijke indruk maken, voor hem moet het zijn alsof er een wreed spelletje wordt gespeeld, alsof mijn goddelijke vermogens, die hij natuurlijk nooit in twijfel heeft getrokken, duivelse trekjes beginnen te vertonen. Ook zijn ogen worden trouwens minder. Soms, vooral in het donker, kijkt hij me vanaf een paar meter recht in mijn gezicht en dan *ziet* hij me niet. Dan overvalt me een absurd gevoel van machteloosheid. Net of je je moet verstaan met iemand die jouw taal niet spreekt. Je hebt alle nodige woorden luid en duidelijk tot je beschikking, maar je kunt er niks mee.

Over goddelijke vermogens gesproken, Hij moet dit probleem kennen: hoe maak ik me in 's hemelsnaam zichtbaar?

Ja, over goddelijke vermogens gesproken – ik had dit stukje af, ik had het nog eens nagelezen, ik wilde het naar de krant faxen en precies op dat moment kwam het faxapparaat zelf tot leven: Rutger Kopland met een indrukwekkend gedicht bij de dood van zijn hond. In het aansluitende telefoongesprek vertelde hij dat hij de laatste nacht bij het dier op de grond was gaan liggen. Ik dacht: zou Iris dat niet overdreven vinden? En hij vertelde ook dat zijn boxer lang geen zeventien geworden was, maar nou waren er weer kennissen die een hond van twintig hadden gehad. Ik dacht: nee, twintig, dat toch maar niet, dáár doen we niet meer aan mee.

(5/4/'o1) Brief van een NRC-lezeres op dat stukje. Haar advies: hou de hond kort aangelijnd, dan merkt hij steeds dat u dicht bij hem bent. Nou, dat heb ik zelf ook weleens gedacht, en ik hou hem ook meer vast dan vroeger. Maar ik begrijp zo onderhand wel dat dit het laatste is wat ik zal opgeven: het rituele, bijna sacrale gebaar naar mijn hond om de riem los te klikken van zijn halsband. Dit, lijkt me, is de essentie: dat je in vrijheid, ieder op je eigen manier, dezelfde wandeling maakt – dat is nou precies wat je samenbindt. Bovendien heb ik gewoon het geduld niet om telkens stil te blijven staan als hij stil blijft staan. Of laat ik het zo zeggen: dan blijf ik liever een eindje verderop stilstaan.

(12/4/'o1) Er zitten, dat zie ik zelf ook wel, hier en daar flinke gaten tussen de data. Het is niet anders. Dit soort aantekeningen heeft de natuurlijke neiging om dagen over te slaan. Dat kunnen dagen zijn waarop ik wel wat anders aan mijn hoofd heb. Dat kunnen ook dagen zijn waarover niets te zeggen valt, behalve dat ze in alle rust en eenvoud voorbijgaan.

Soms vliegt het besef van zijn dood je aan, monsterlijk, onontkoombaar. Maar het gebeurt ook wel dat je gewoon een leuke oude hond ziet, nog dwaas of mans genoeg om een eindje over de stoep te rennen. Zoals hij zich ook *blijft* presenteren aan andere honden, vooral teefjes – als iemand met wie best nog wat te beleven valt. Of je ziet, als de zon een beetje meewerkt, hoe mooi zijn vacht nog glanst. Dat heb je al duizend keer eerder gezien, maar nu zie je het nóg eens – heel geruststellend.

Je kunt hem nog steeds los de Utrechtsestraatweg laten oversteken. Iedere keer weer denk ik dat dit te gevaarlijk begint te worden, en iedere keer weer blijkt het nog te gaan. Hij begrijpt minder en minder van zijn omgeving, maar dit begrijpt hij nog wel. Of misschien heeft het met begrijpen helemaal niks te maken, misschien is het gewoon de sleur die maar niet wil slijten. Hij komt braaf naast me staan. Hij wacht tot ik 'toe maar' zeg, tot ik een gebaar maak waarvan alleen hij de betekenis kent, een beweging die alleen door hem wordt waargenomen. En dan gaan we naar de overkant.

Of hij ligt in de kamer op de grond en je gaat bij hem liggen. Hij kijkt je grappig aan. Hij wacht tot je hem zachtjes tussen zijn ribben port, tot je hem in zijn snuit knijpt, tot je je hand op zijn nek legt – hij is nog steeds bereid dan een beetje te grommen, net te doen alsof hij gaat bijten.

En hij kan zo fantastisch slapen.

En nu, terwijl ik nog meer voorbeelden probeer te bedenken van hoe goed het wel met ons gaat, herinner ik mij opeens: vroeger, als we op zondagmorgen naar de stad waren gelopen en aan de andere kant van de spoorlijn teruggingen, de totale stilte op het plein bij het Minkemacollege. Je hoefde maar te wijzen of hij sprong op een van de betonnen zitelementen die daar staan, en dan op de volgende, de volgende. Net een dompteur voelde je je dan. En hij maar op en af, op en af, onvermoeibaar.

Ook over dagen die in alle rust en eenvoud voorbijgaan, hangt kortom een schaduw van zorg en twijfel, de doem van wikken en wegen, een beslissing die niet eeuwig kan worden uitgesteld. Je hoopt dat *hij* die beslissing zal nemen en je weet niet of dat lafheid is.

(14/4/'01) Gisteravond viel me in hoe genoeglijk hij tot voor kort in zijn mand kon liggen, vaak met een voorpootje over zijn gezicht, wat eruitzag alsof hij bij het bidden in slaap was gevallen. Tegenwoordig een beetje voddig. Hij ligt met een ongemakkelijke draai in zijn rug of met zijn achterlijf half over de rand. Tegenwoordig ben je er ook steeds op verdacht dat er poep bij kan liggen.

(17/4/'01) Ik wandelde met iemand (ik weet niet wie) over een land-weggetje ergens in het buitenland. Het was nacht en het volgende stuk lag in het aardeduister. Rekel liep los. Ik floot op mijn vingers, maar dat kon hij natuurlijk niet horen. Achter ons kwam een brom-fiets aanrijden.

(3/5/'01) Gistermiddag, toen ik thuiskwam van Texel, stond hij in de keuken over zijn etensbak gebogen. Hij keek op. Hij had, dat was duidelijk, geen idee wat hij daar stond te doen. Hij had, net zo duide-lijk, ook geen idee wat hij van mijn thuiskomst moest denken. En hij had net in de gang gepoept. Linoleum. Slecht als hij moet lopen, makkelijk als hij moet poepen. Dit is ook een voortdurend dilemma als het over de inrichting van het nieuwe huis gaat: waar moet hij kunnen lopen, waar moet hij een 'ongelukje' kunnen hebben? Ik denk dat Iris hoopt dat hij voor die tijd gaat hemelen. En ik? Wat hoop *ik* eigenlijk?

Texel ja. Dinsdag, opening Meimaand Natuurmaand in de Wor-steltent. Op een stil moment kwam er een man naast me zitten. Hoe gaat het met Rekel? Wordt hij echt blind? Ja, het is ook een beetje *onze* hond geworden (dit op een verontschuldigende toon). Die men-sen waren ook al eens wezen kamperen in Grindelwald, camping Eigernordwand.

Of je als schrijver ook invloed hebt.

Gelukkig zijn het altijd aardige mensen op wie ik invloed heb.

's Avonds wezen eten bij Theunis en Petra. Dit weerzien scheen ons allemaal goed te doen.

Volgende morgen, wandeling op heilige grond, ruim twee uur, bij de vuurtoren. Maar het was meer plichtsbesef dan wat anders. Ik heb het overal slecht naar mijn zin tegenwoordig, nergens rust.

Kiekendieven natuurlijk. Gele kwikstaart, roodborsttapuit, dwergsterns, paartje patrijzen, broedende kluten.

Terugweg. Ligt het aan mij of is Nederland werkelijk verwoest?

(6/5/'01) *De man op de Middenweg* – de rol van het geheugen in ons leven, de rol van de omgeving in ons geheugen. Dit inzicht, laten we het toch maar zo noemen, heb ik dus helemaal van Rekel aan de ene en Iris' moeder aan de andere kant. Je kunt ontzettend veel vergeten zonder dat het kwaad kan. Pas als iemand de *weg* begint te vergeten spreken we van een ziekte, alzheimer.

Merkwaardig, ik ben altijd pas tevreden als ik zie dat mensen hetzelfde hebben als dieren, of andersom. Altijd op zoek naar de biologie van die dingen. Dit verklaart natuurlijk niks, maar je hebt tenminste wat te doen.

(12/5/'01) Gisteravond, etentje bij Blauw (met Daan, Jan en Rian) op Iris' kosten, om haar nieuwe baan te vieren. Laat thuis. Rekel door het dolle heen. *Iets* moet hem dit keer toch zijn opgevallen.

Ik doe hem naar buiten en hij rent een eind vooruit, enige snelheid kan hij nog wel opbrengen. Als je dan om de hoek van de gymzaal komt, staat hij verdwaasd om zich heen te kijken. Wat *doe* ik hier? Waar *is* iedereen opeens?

Verder is er weinig lol meer aan. Ik kan het niet ontkennen, hij verveelt me, hij zit me in de weg, hij zit zichzelf in de weg, hij zit alles in de weg. Zelfs de herinnering aan betere tijden zit hij in de weg.

Hij valt bij het minste of geringste om – soms heeft hij dan nog het benul om te doen alsof dat de bedoeling was, alsof hij hoognodig zijn buik moest likken.

Steeds onhandiger. Hij banjert overal doorheen en tegenaan. In de keuken komt hij met een achterpoot in zijn etensbak te staan en die sleurt hij vervolgens een paar meter mee. In de kamer komt hij op een of andere manier onder de koffietafel terecht en dan stoot hij bij het opstaan met zijn kop tegen de glazen plaat. En dat poepen overal, ook dat: vooral onhandigheid.

Hij verveelt me en soms schaam ik me daarvoor, soms heb ik opeens medelijden met hem, en als hij één ding nooit nodig heeft gehad is het wel medelijden.

Nu is het 25°, en je kunt hem niet in de tuin laten, hij blijft maar heen en weer lopen langs de heg. Ik weet niet eens of de buren dat konijn nog hebben.

Bij het uitlaten: de kortst mogelijke rondjes. Hij wankelt. Hij hijgt. Ik denk weleens dat hij er ieder moment tussenuit kan knijpen. Ja, dat zou typisch Rekel zijn. Altijd een makkelijk hondje geweest, altijd een makkelijk hondje gebleven.

(20/5/'01) Na een fase van intense verveeldheid leven we weer in een sfeer van permanente ontroering. Op straat blijf ik zomaar stilstaan om hem even aan te halen en iets aardigs te zeggen. 'Je bent onze eigen prins Bernhard.'

Vannacht ben ik zelfs speciaal naar beneden gegaan om hem wakker te aaien. Hij keek verwilderd op.

Met de weinige krachten die hem resten probeert hij toch nog wat van zijn leven te maken, een béétje waardigheid te bewaren. Nog steeds daagt hij me uit tot langere wandelingen.

Eveline vertelde gisteravond nog eens hoe dat met Duukje was gegaan, een jaar of zeven geleden. Hij was ook oud (zij het lang niet zo oud als Rekel), maar niet ziek of zo. Ze had hem uitgelaten. Ze kwamen terug bij huis. Hij weigerde over de drempel te stappen. Hij ging liggen. Eveline ging bij hem zitten. Hij keek haar nog één keer aan, zwaar hijgend, en toen voelde ze het leven uit hem wegvloeien. 'Best mooi zo,' zei ze.

(22/5/'01) Het konijn is er nog.

(23/5/'01) Met Rekel in de tuin. Ik geef hem tien minuten om zich moe te lopen. Daarna til ik hem op – mijn ene arm onder zijn borst, de andere onder zijn achterwerk – en leg hem in zijn mand. Dan gaat-ie me liggen aankijken. Dan komt hij weer overeind. Vroeger kon je nog zeggen dat hij moest blijven liggen, maar dat werkt niet meer. Vroeger zou hij gegromd en desnoods gebeten hebben als je aanstalten maakte om hem wéér op te tillen. Nu draag ik hem tot vijf keer toe terug naar zijn mand zonder dat er ook maar een woord wordt gewisseld. Dan slaakt hij een zucht. Hij valt in slaap.

(2/6/'01) Rekel op de cour bij Frits en Vera in de Brenne: hij slaat in de brandende zon aan het zwerven, hijgend, af en toe verkoeling zoekend in de drinkvijver van de koeien, die groen ziet van de drek. Hij loopt ergens heen, hij vergeet intussen wat hij daar van plan was, staat een tijdje dom voor zich uit te kijken en loopt dan ergens anders heen. Soms stuit hij op Jan en Rian, die hun tentje hebben opgeslagen in de boomgaard, maar dat snapt hij dan ook weer niet.

Vroeger kon hij het zich op zulke dagen zo heerlijk naar zijn zin maken in de schaduw.

Ik heb hem herhaaldelijk als een zak aardappelen, of *iets* voorzichtiger, in zijn mand gekieperd – soms blijft hij dan uitgeput liggen. Ik heb hem ook herhaaldelijk opgesloten in de *laiterie* en dan merk je niets meer van hem; ik hou het er maar op dat hij dan als een blok in slaap valt.

Zaterdagnacht, net na aankomst – ik dacht werkelijk dat hij bezig was dood te gaan. Hij liep in het donker een tijdlang hoestend en kuchend rond. Toen hij eindelijk ging liggen, trokken er rillingen over zijn lijf. Toen die ophielden, legde ik mijn hand op zijn ribben. Ik kon zijn hartslag niet vinden. Ik maakte Iris wakker. 'Ik geloof dat hij doodgaat.' Maar tegelijkertijd geloofde ik ook *niet* dat hij doodging. Daarna nog lang liggen luisteren naar zijn ademhaling.

Van zaterdag tot woensdag werd het telkens met een sprongetje warmer. Strakblauwe luchten. Twee keer 's morgens al voor zevenen op voor een wandeling van een kilometer of twaalf, dertien. Met ons vieren dus. Dán lag de hond in ieder geval in de laiterie te slapen. In alle rust, zou je zeggen. Dáár heeft hij in ieder geval niet gepiest of gepoept.

Woensdagavond dreigde er onweer. In de loop van de nacht koelde het een beetje af. Donderdag een autotochtje naar het zuiden, over de Creuze en de Anglin. Daar is het zo stil, dat je je afvraagt waarom ze al die wegen geasfalteerd hebben.

Aan een zijstroompje van de Anglin: Rekel plassend en proestend in het water. Later ook nog een keer op een strandje aan de Creuze, bij Ciron. Hier werd hij heel vrolijk van. Al met al moet dit toch een behoorlijke inspanning zijn geweest. Zwakke poten. Hij struikelt over de kleinste oneffenheid, valt plat op zijn zij, krabbelt overeind en loopt verder.

Terug op het erf bij Frits en Vera ging hij zelfs met een sprintje achter de kippen aan (voor de aardigheid hoor). Ik weet niet wat hem zo heeft opgefleurd, dat pootjebaden of dat hij met ons mee mocht – hij hoort er nog zo graag bij.

Vrijdag, ik dacht: ik moet hem belonen, ik dacht: ik neem hem mee voor een echte wandeling. Vroeg in de ochtend. Naar het veld met aangebrande orchissen. Langzaam, langzaam. Drie kwartier over een stukje van een kilometer of twee. Op zeker moment drong het tot me door dat hij pijn in zijn buik had.

Terug op de boerderij zette ik zijn mand buiten. Zelf bleef ik binnen om thee te zetten. Even later hoorde ik hem kotsen. En natuurlijk verloor hij daarbij de controle over zijn darmen, natuurlijk is hij in zijn eigen poep gezakt, natuurlijk vindt hij het vreselijk dat ik hem begin schoon te maken – maar ook hierbij geen enkele poging tot verzet.

Goed. Naar huis. Naar Nederland. Kennelijk weet hij nog steeds het verschil tussen heen- en terugweg. Op de heenweg is hij altijd ongedurig en probeert hij uit zijn mand op de bagage te klauteren. Nu (we vertrokken om halfzes, passeerden Parijs tussen 9 en 10, waren om 3 uur thuis) lag hij achterin prinsheerlijk te slapen, nauwelijks tot uitstappen te bewegen als we ergens stopten.

Vandaag – je zou zeggen dat hij na zo'n week volledig afgedraaid moet zijn. Maar integendeel: heel kwiek. Je moet natuurlijk geen wonderen verwachten – hoewel, misschien *is* het wel een wonder, zo alert en monter als hij meeloopt over het jaagpad. Onvoorstelbaar wat een krachten er in dit dier schuilgaan. Hij probeert zijn poot op te tillen bij het plassen!

(6/6/'01) Het groene schrift is vol. Ik blader dus eens terug om te zien wanneer dit allemaal begonnen is. 13 juli 1999. Het is net of je je omdraait en in een afgrond kijkt. Ik weet het niet, soms jaagt het verstrijken van de tijd me domweg angst aan. Verstrijken, dat klinkt ook veel te geleidelijk, veel te beheerst.

We gaan verder in een blauw schrift.

(11/6/'01) Nou had-ie in de keuken *gescheten*. Normaal laat hij nu en dan ergens een laconiek droog keuteltje achter, maar dit was de complete dagproductie. En nog uitgesmeerd ook. Eerst dacht ik dat hij erdoorheen gelopen was. Bij het schoonmaken echter realiseerde ik me dat hij, terwijl hij bezig was, door zijn achterpoten was gezakt – dat híj ook schoongemaakt zou moeten worden.

Stephen Budiansky, *De waarheid over honden*: 'Oude honden zijn niet meer in staat om nieuwe kunstjes te leren en bovendien vertonen ze vaak symptomen die opvallend veel lijken op die van menselijke alzheimerpatiënten. Veelvoorkomende problemen bij oudere honden zijn onder meer dat ze gaan zwerven en de weg naar huis niet meer terugvinden, bekende mensen niet meer herkennen, een gestoord slaapritme hebben en 's nachts onrustig zijn, moeite hebben met traplopen en incontinent zijn.'

Vertel mij wat, Budiansky! Alzheimer bij honden, dat zeggen wij al tijden!

Incontinent klinkt trouwens heel anders dan 'niet helemaal zindelijk meer'. Incontinent klinkt terminaal.

(15/6/'01) Gisteren, mooi weer, hele dag in de tuin. Hij gedraagt zich daar plotseling weer normaal, dat wil zeggen ongeveer zoals een jaar geleden. Hij gaat in ieder geval weer liggen. Of hij is erg moe, of hij is het konijn van de buren gewoon vergeten.

's Avonds zijn we naar de Lek gereden, een van de weinige dingen waarvan je zeker weet dat ze hem een plezier doen.

Rekel staat in de rivier. Passerende boten veroorzaken een gecompliceerde golfslag, veel zuiging en duwing. Rekel vertrouwt het even niet. Hij wil zich omdraaien, zakt door zijn poten en wordt bijna meegesleurd. Zíjn spieren zouden wel een portie nandrolon kunnen gebruiken!

Een uur lang geploeter in het water, geslenter over strandjes, gesnuffel aan koeien – je zou denken: die is uitgeput. En inderdaad, thuis voor pampus in zijn mand. Maar na anderhalf uur kwam hij even zo vrolijk weer overeind om zijn avondplas te gaan doen.

De waarheid over honden – beetje een duffe titel, wel een aardig boek. Dat zwerfhonden zich vermoedelijk al honderdduizend jaar geleden van de wolf hebben losgemaakt, dat het fysiek en gedragsmatig heel andere beesten zijn. Toch dat misverstand: wij denken dat een hond deel uitmaakt van ons gezin, een hond denkt dat wij deel uitmaken van zijn roedel. De meeste problemen ontstaan inderdaad uit rangordeconflicten. Daaruit volgt dat dat wat goed gaat met de ene hond, helemaal niet goed hoeft te gaan met de andere. Ik voor mij, ik ben niet zo'n hondentrainer, veel te ongeduldig en ongedurig. Dat Rekel, heel anders dan Bello, altijd zo gezeglijk is geweest, was dan ook niet mijn verdienste, maar de zijne. Altijd dik tevreden met zijn plaats onder aan de ladder. Nooit een probleem om wie dan ook te gehoorzamen. Dat getuigt toch ook van karakter!

Nee, zo makkelijk krijg je het nooit meer.

Grappig: de betekenis van groot en klein in de natuur. Ook in de geluiden die worden gemaakt. Een lage toon betekent groot, een hoge klein. Je bestraft een hond in de lagere registers en prijst hem in de hogere. Ook van onze kant is dat de natuur. Zo doe je het met je kinderen ook.

(19/6/'01) Ik moet toegeven dat ik tegenwoordig, op straat en zo, nogal met zijn leeftijd te koop loop. Zeventien jaar en twee maanden. Ja, die twee maanden ook. Zinloos natuurlijk, ook al gezien de onzekerheid van zijn geboortedatum, maar je kunt het niet laten. Het is een obsessie. Het is een bezwering. Zeventien en op weg naar de achttien betekent dat. Zo probeer je de wal van de komende tien maanden alvast te slopen.

Voor vaderdag stuurde Jan een collage van vakantiefoto's uit Frankrijk. Rekel ziet er dood- en doodmoe uit, veel erger dan je toen in de gaten had. Zelfs op momenten dat hij het, naar jouw idee, naar zijn zin had, kijkt hij volkomen troosteloos in de camera – in dat zij-stroompje van de Anglin.

(20/6/'01) Kinderen kunnen de passage van een hond zo aandachtig (en bezorgd) gadeslaan. In dit geval een meisje van een jaar of negen. Ze drukte zich in het gangetje tegen de muur van een schuurtje en blééf kijken. Rekel op zijn traagst. 'Ik geloof niet,' zei dat meisje op-eens, 'dat hij het leuk vindt.'

(21/6/'01) Het huis is vanmorgen opgeleverd en Iris is meteen aan de slag gegaan. Zij houdt van aanpakken. Het liefst zou ze vandaag nog behangen en morgen verhuizen.

Eind van de middag, ik loop met Rekel even het bouwterrein op. Het vroegere Vitesseveld is bedolven onder hopen zand. Opeens staan we aan de rand van een soort afgraving.

Ik bedenk dat zijn beoordelingsvermogen niet meer je dat is. Ik bedenk dat hij tegenwoordig door zijn poten zakt als hij zich pro-beert om te draaien. Maar ik bedenk niet dat hij tegenwoordig terug-deinst als een hand van opzij binnen zijn gezichtsveld komt.

Dus ik wil hem bij zijn halsband pakken, hij schrikt en hij glijdt ruggelings naar beneden, eerst een steil stuk waarbij hij nog probeert op te krabbelen, dan een loodrecht wandje van (zoals ik naderhand vaststel) een meter of tweeënhalf.

Ik denk: dit is een ernstig ongeluk.

Ik denk: het zal wel meevallen. Want het valt *altijd* mee. En als ik om die plek heen loop, blijkt hij inderdaad alweer overeind te staan, verdwaasd om zich heen kijkend, zich afvragend wat hij in godsnaam moet doen. Dan kun je roepen, dan kun je zwaaien – hij kijkt jouw kant op, maar hij ziet je niet. Toch blind zo onderhand? Of ligt het niet (helemaal) aan zijn ogen, ligt het (meer) aan zijn hersenen?

Dit incident voert me zonder omwegen naar onze langste wande-ling ooit, in Grindelwald. Burglauenen-Schynige Platte, 1990 onge-veer. Het was warm. We hadden al een uur of zes achter de rug en nog een uur of vijf voor de boeg. Daarboven: een loodrechte wand

van honderden, honderden meters (uitzicht op de Brienzer See).
Toen we zaten te eten kroop Rekel in de schaduw van een boompje.
We dachten: die weet wel wat hij doet. Maar ook toen had hij zo'n
val kunnen maken. Zo gaat het althans als mijn herinneringen door
een slecht geweten worden geretoucheerd.

Zijn vacht, die nog zo mooi en gezond glansde, zit in één dag onder het gruis; hij ziet er totaal verstoft uit.

(22/6/'01) Gisteren geen moment rust, vandaag slapend op het balkon. Het kan zijn dat hij een beetje begint te wennen, het kan ook
uitputting zijn.

Ook zoiets: we hebben een kleedje voor hem meegenomen en hij
komt pas op het idee om daarvan gebruik te maken als ik hem er zelf
een paar keer op heb neergelegd.

Eerste loopjes in het bos daarboven. Omlaag, omhoog. Hij kan
toch nog aardig meekomen. Hij doet in ieder geval zijn best. Misschien denkt hij dat we in de bergen zijn.

Arnhem – allemaal nieuwe mensen tegen wie je moet zeggen dat
hij al zeventien is. En twee maanden. Ruim twee maanden.

(23/6/'01) Nu heeft hij op klaarlichte dag in de keuken gepoept
(voorheen uitsluitend in het donker). Niet helemaal zindelijk meer?
Ja, zo kun je het zeggen als je hem niet wilt kwetsen.

Het nieuwe huis is niet op dit soort dingen berekend. Alleen in
mijn kamer komt linoleum te liggen. En op het balkon... op het balkon kan hij ook geen kwaad.

Maar ja.

Hij is altijd zo dapper geweest – moet *ik* dan zeggen: hou daar
maar mee op?

Toen hij uit het asiel kwam was hij een allemansvriend, dol op
mensen in het algemeen; hij rende kwispelend op iedereen af. Maar
binnen een week had hij door dat dit onnodige moeite was. Opeens
begreep hij dat hij bij óns hoorde en vanaf dat ogenblik lieten andere
mensen hem koud. Hij wist nu waar het op aan kwam: óns moest hij
nooit meer uit het oog laten. Naar dat inzicht heeft hij al die jaren

geleefd – zou *ik* hem dan moeten wegsturen?

'We kunnen hem niet laten afmaken omdat hij niet bij de nieuwe spullen past,' zeg ik tegen Iris. Zeker, omdat ik van zijn bestaan een publieke zaak heb gemaakt, zal ik ook zijn dood moeten verantwoorden.

Een beetje somber aan tafel voor het avondeten dus. Zowaar, nu komt hij weer eens vertrouwelijk naast mijn stoel liggen. Hij slaakt een zucht, zijn ogen vallen dicht.

Na het eten een blokje om. Ik klak met mijn tong, wat hij niet kan horen, en sla met mijn vlakke hand op mijn bovenbeen, wat hij ook niet kan horen maar wel begrijpt – hij voelt zich aangemoedigd, hij zet het op een drafje.

(24/6/'01) Hij gaat voortdurend buiten zijn mand liggen; je kunt hem op de vreemdste plaatsen in huis aantreffen.

(30/6/'01) Zware dagen voor de hond. 's Morgens om zeven uur in de auto. In Arnhem de hele tijd op het balkon, zodat hij niemand in de weg loopt. Uren gaan voorbij zonder dat hij zijn draai kan vinden. Tot je ziet dat hij in slaap is gevallen. Tot je ziet dat hij in alle rust zijn poten ligt te likken. Elke strohalm grijp je vast. Niks aan de hand, denk je dan.

Donderdag waren we thuis in Woerden. Hij kreeg op de normale tijden te eten, hij werd op de normale tijden uitgelaten. De hele dag niet gepoept. Ik geloof werkelijk dat het lopen hem nu zoveel moeite kost dat hij aan poepen gewoon niet toe komt. Het kan natuurlijk ook zijn dat hij het zo lang mogelijk probeert op te houden, omdat hij inmiddels *weet* dat hij nauwelijks meer kan poepen zonder zijn evenwicht te verliezen.

Gisteren heeft hij in Arnhem tot driemaal toe het balkon bevuild.

Ik loop een eindje met hem langs de bosrand de Monnikensteeg op en daar staat een mooie zwarte jongen met een fiets met krantentassen – ongetwijfeld een van de asielzoekers die in de vroegere Saksen-Weimarkazerne zitten. Zijn blik gaat heen en weer tussen mij en mijn hond. 'Is hij moe?' vraagt hij in het Engels.

'Hij is oud,' zeg ik.

'Hoe oud is hij dan?'

'Zeventien.'

'Zeventien?' herhaalt die jongen met een zweem van ongeloof. En dan, met een plotselinge glimlach, concludeert hij: 'Dus hij is al heel lang uw vriend.'

Dat zinnetje bleef me door het hoofd spelen. Ook dit is globalisering: dat een jongen speciaal uit Afrika komt om je op te wachten op de Monnikensteeg in Arnhem en dan zoiets liefs te zeggen.

Soms komt er een rare draai in zijn staart, net of iets hem naar de grond trekt, net of hij wil gaan poepen. In feite kun je hem geen moment meer uit het oog laten. Zodra hij zijn rug kromt, moet je hem bij zijn halsband grijpen. En dan nóg is het een hele hijs om te voorkomen dat hij in elkaar zakt. Opeens wordt hij zo zwaar als een invalide, opeens lijkt de aantrekkingskracht die de aarde op hem uitoefent, wel twee keer zo groot. Je moet hem bijna wurgen om hem schoon te houden.

Ik heb er nog eens over nagedacht, maar ik schijn werkelijk te verwachten dat *hij* beslist wanneer hij doodgaat, dat-ie dat niet aan mij overlaat. Maar ja, als je terugkijkt – hij heeft alle grote beslissingen in zijn leven aan mij overgelaten. Dat is nu precies de reden waarom ik kan zeggen dat het altijd zo'n makkelijk hondje is geweest.

(1/7/'01) Zeventien jaar en drie maanden.

(4/7/'01) Rekel liep los in een natuurgebied en daar was een man die met een lange haak op hem begon in te slaan. Een andere man maande hem tot kalmte. Het volgende moment liep Rekel weer met me mee. Hij was een stuk kleiner geworden, een stuk *korter* vooral, maar het zag er niet naar uit dat hij hulp of verzorging nodig had. Dit overleeft-ie ook nog, dacht ik met een verbazing die tot lang na deze droom standhield.

(5/7/'01) Toen ik de hond had uitgelaten (uitlaten is een groot woord voor een rondje van hooguit tien minuten), liep ik even door om de vuilnisbak op te halen. Het was loeiheet. Rekel sukkelde braaf achter me aan. Toen hij een poortje zag openstaan, sjokte hij daar de tuin in. Maar dat was op nummer 1. Er waren twee mannen bezig met graafwerkzaamheden. 'Die denkt zeker dat wij het op zijn botten hebben voorzien,' zei een van die mannen.

'Volgens mij denkt hij helemaal niets,' zei ik. Verslagen stond hij voor zich uit te staren, in die tuin die hij niet begreep, tegenover die mannen die hij niet begreep.

(9/7/'01) Het gaat de goeie kant op met Rekel. Hij wordt weer zindelijk! Het is tien dagen geleden dat hij de boel voor het laatst bevuild heeft (dat was op vrijdag 29 juni, op het balkon in Arnhem).

Zaterdag & zondag heeft hij zich de hele dag stilgehouden, dan merk je eigenlijk niets van hem. Gisteravond opeens heel levendig. Hij geeuwt. Hij begint zich uit te rekken. Hij schurkt zich aan het vloerkleed. Hij likt zijn voorpoot schoon en haalt die vervolgens over zijn gezicht. Wat zeg ik? Niks aan de hand! De hond functioneert!

Vandaag: buikpijn. Hij laat zijn eten staan.

(11/7/'01) In Arnhem. De laatste tijd blijven er, als we buiten lopen, steeds dode takjes en dorre blaadjes in zijn snorharen zitten. Ik snap dat niet. Dat hij de weg niet meer weet, dat hij altijd moe is, dat hij nooit meer blaft, dat hij zijn poot niet meer kan optillen, oké, dat valt allemaal te verklaren, dat is zijn leeftijd. Maar dat er takjes en blaadjes in zijn snorharen blijven zitten, dát kan toch geen ouderdomsverschijnsel zijn?

(12/7/'01) Wat een hond zo kwetsbaar maakt –

Als wij mensen niet meer kunnen lopen, kunnen we altijd nog een gesprek voeren, een boek lezen of tv-kijken (en als we iemand hebben om ons karretje te duwen, kunnen we zelfs nog naar Texel). Maar als een hond niet meer kan lopen, is er niets van hem over. Het

loopwerk is de ziel van de hond. Al die jaren zijn we samen opgetrokken, al die tijd is hij mijn vriend geweest – en nu pas, nu zijn poten het begeven, dringt dit tot me door.

(13/7/'01) Gezelschapsdieren – dat is eigenlijk geen woord voor mij;
ik denk niet dat ik het ooit gebruikt heb. Maar nu dringt het zich
toch aan me op. Rekel was een gezelschapsdier in hart en nieren.

Het probleem is: als je een dier houdt met een duidelijk doel, is er
ook een duidelijk moment voor zijn dood. Heeft het voldoende vlees
op zijn botten, geeft het geen melk meer, kan het de kar niet meer
trekken, dan laat je het slachten en als dat fatsoenlijk gebeurt, nou,
dan moet het maar. De jager die zijn geweer neemt om een overbo-
dig geworden hond persoonlijk dood te schieten... enz.

Maar een gezelschapsdier zal nooit ophouden gezelschap te zijn,
ook niet als hij afgeleefd is, ook niet als je bij thuiskomst ontdekt dat
hij je hele kamer heeft bevuild – of misschien is hij dan juist wel meer
gezelschap dan ooit. Ik geloof dat ik wel drie uur op een dag met
hem bezig ben, en als ik niet met hem bezig ben hou ik hem voortdurend in de gaten, en als ik niet thuis ben is hij toch voortdurend
in mijn gedachten.

(14/7/'01) Mijn halve leven zit intussen in dozen, klaar voor verzen-
ding. Het pijnlijkst is nog wel de voortdurende confrontatie met foto's. Je weet natuurlijk dat ze bestaan, maar je had ze niet voor niets
weggestopt. Wat heeft het voor zin om gedurende een fractie van
een seconde jong te zijn?

Lang bleef ik talmen bij een opname van Klaas Koppe uit 1988.
Ik loop bij het huisje van Tante en Atje op de dijk op Herwijnen,
Rekel aan de lijn. Ik zeg weleens dat zijn vacht nog zo mooi glanst,
maar dan had je hem *toen* eens moeten zien. Het zonlicht spát er
gewoon vanaf. Het zwart zo intens, het wit zo scherp, zijn tred zo
gretig. Plotseling is het geen foto meer, maar mijn eigen herinnering.

Nu: als hij ergens ligt te slapen, blijf ik staan om te zien of hij nog
ademt – het kalme rijzen van zijn ribbenkast, toch altijd weer een

opluchting. Hij is mager geworden.

's Avonds af en toe nog een eindje over het jaadpad. Rustige zomeravonden tegenwoordig, roze vegen in de lucht. Je voelt, je *ruikt* de nabijheid van de polder. Nu is het al prettig als hij even blijft staan snuffelen – dan is het tenminste ook zíjn wandeling.

Nu is het ook al prettig als hij 's morgens moet kotsen, omdat hij dan, zoals ik geloof ik al eerder genoteerd heb, tegelijkertijd zijn behoefte moet doen. Omdat hij voor het kotsen naar voren buigt, kan hij niet achterover in zijn eigen poep zakken. Dus dat is dan ook weer voor een paar uur geregeld.

Vannacht zat ik een tijdje beneden. Even de televisiekanalen langs. Even teletekst. Even naar de keuken. Ik doe de ijskast open en zie op hetzelfde moment dat Rekel me heeft opgemerkt en geïnteresseerd over de rand van zijn mand ligt te kijken.

Als hij de moeite neemt om overeind te komen en bij me komt staan – een stukje kaas.

(22/7/'01) We sjouwen een tafeltje van de trap en Rekel wacht ons beneden op. Hij loopt opgewonden heen en weer, hij probeert zelfs tegen me op te springen. Die denkt zeker dat we een reusachtige vakantie voorbereiden.

(26/7/'01) Morgen gaan we verhuizen en nu komt Iris terug uit Weddesteyn met de mededeling dat haar moeder stervende is. Ze ligt met koorts op bed, nauwelijks bij bewustzijn. Dat hebben we al eerder meegemaakt, maar volgens de verpleging is het anders dan anders. 'Ze haalt de maandag niet.'

Ze kan natuurlijk niet sterven zonder Iris, maar wij kunnen ook niet verhuizen zonder Iris. Je kunt wel zeggen dat dit slecht gelegen komt.

(27/7/'01) 's Morgens: voor het laatst over het jaagpad, voor het laatst langs de Oude Rijn. Maar mijn hoofd staat niet zo naar 'voor het laatst'. Ik ben het een beetje moe, die bocht in de rivier, de gele plomp en waterlelies langs de beschoeiing, de eenden op het water en de exotische runderen aan de overkant, altijd dezelfde mensen met dezelfde honden op dezelfde tijd – je *hoeft* daar geen mening over te hebben, je kunt dat gerust aan het geheugen overlaten, dat zal het allemaal wel steeds mooier maken, dat zal alles wat je nu moe bent vanzelf met het bladgoud van de melancholie bekleden, en dan heb je al bijna het begin van een roman te pakken.

De laatste boodschappen bij Super de Boer: frisdrank voor de verhuisploeg. Ik loop het gangetje in, ik doe de tuinpoort open en er vliegt een boomvalk over ons lege huis.

's Avonds: Rekel woont in Arnhem. Ik denk niet dat hij hier ooit de weg zal weten. Maar de weg wist hij in Woerden ook niet meer.

(29/7/'01) Voor het eerst knip ik hier een stukje uit de krant. Voor het eerst draai ik hier een cd, Barbara Hendricks zingt concertaria's van W. A. Mozart.

Rekel slaapt weer op mijn kamer, de enige waar hij geen kwaad kan (linoleum). Vanmorgen zijn we naar Angerenstein gelopen, dat is heen naar beneden, terug naar boven. Je kunt hierachter ook een stukje het bos in, en dat is dan heen naar boven, terug naar beneden. Maar een *vlakke* wandeling, wat voor hem het beste zou zijn, is hier uitgesloten.

Angerenstein, zei ik. IJsvogeltje! En: hoe vreemd het is om ergens te lopen waar je ook als kind gelopen hebt.

(30/7/'01) Het eerste nostalgische defect. In Woerden was op zulke zomeravonden de lucht altijd bezaaid met kwetterende huiszwaluwen. Hier is het doodstil in de lucht. Geen vleermuizen ook. (Dat er voorlopig geen mussen zouden zijn, had ik natuurlijk ingecalculeerd.)

(1/8/'01) Zeventien jaar en vier maanden.

(2/8/'01) In onze ogen is het een nogal eenvoudige plattegrond: een rechthoek die verdeeld is in een aantal kleinere rechthoeken en waarin je linksom kunt of rechtsom. Voor *hem* is het een doolhof, voor hem is dit huis net zo gecompliceerd als het erf van Frits en Vera, een paar weken terug. Hij begrijpt beslist niet hoe wij telkens zo snel kunnen verdwijnen. Hij slaat aan het zoeken en als hij ons gevonden heeft... nou ja, hij blíjft zoeken.

Het ziet er overigens wel naar uit dat hij nog iets kan leren. Gisteren liep hij, toen we buiten waren geweest (het is nog steeds erg warm buiten), rechtstreeks naar mijn kamer om te drinken.

Gisteren ook kwam hij er gezellig bij liggen toen ik wat zat te tikken en te telefoneren. Mijn eerste werkdag hier! Dat hij erbij lag was voor het eerst sinds we hem in Woerden het traplopen moesten verbieden.

Intussen staat alles in het teken van zijn ontlasting. Ik geloof dat ik gisteren in totaal wel vijf kwartier met hem heb rondgelopen. Lopen kun je het trouwens amper meer noemen. Drentelen eerder, schuifelen. Steeds in de hoop dat-ie eindelijk wat gaat doen.

Hierachter ligt een vrij steil grashellinkje. Daar naar beneden, dat schijnt-ie nog leuk te vinden. Dan zet hij het op een drafje (hij moet wel, de zwaartekracht!), dan zwaait hij even met zijn staart.

Nee, ik weet niet zeker dat hij dat leuk vindt. *Ik* vind het leuk. En wat ik ook leuk vind: dat hij, als we buiten zijn geweest, zijn witte pootjes gaat liggen likken. Een dier dat aandacht aan zichzelf besteedt, dat is sowieso nogal aandoenlijk. En daar komt in dit geval nog iets bij, namelijk dat het eruitziet als iets wat hem geen moeite kost. Net als slapen. De laatste dingen waarmee je hem niet hoeft te helpen.

O ja, een hele tijd terug heb ik melding gemaakt van een knobbel op zijn kop, een soort buitenboordmotor. En dat die was verdwenen. Nu is die weer bezig terug te komen. Heel langzaam. Daar zit toch iets wat eruit wil!

Vanmorgen lag er dan toch een keutel op mijn kamer. Dat kwam bijna als een opluchting (ook voor mij, bedoel ik). Toen hij daar eenmaal lag – ach, het viel ook wel weer mee. Toen ik de rommel had opgeruimd en weer in bed lag, dacht ik: als hij maar niet weer in huis gaat piesen. Als hij gaat piesen, laat ik hem een spuitje geven.

(3/8/'01) De eerste echte wandeling. Rozendaal, Beekhuizen, Posbank, Heiderust, Velp – met lijn 1 terug. Hij was er dus niet bij, maar ik heb aan hem gedacht; ik heb me gerealiseerd wat een curieuze indruk we moeten maken op de wandelingetjes die we nog wél samen doen. Eventuele toeschouwers zien een hond die duidelijk iets kwijt is en zijn baas die een paar meter verderop staat te roepen en te zwaaien, bij voorkeur met de riem in zijn hand om dat zwaaien nog opvallender te maken.

Rekel in zijn mand en slapen maar, slapen maar. Mager. De aftekening van zijn ribben en zijn ruggenwervels in de huid. Het gemak waarmee hij zich aan mijn werkkamer heeft aangepast – daarin moet toch iets van vroegere ervaringen schuilen.

(4/8/'01) Iris is naar de Groene-Wegslager op de Steenstraat geweest. Ook daar hebben ze natuurlijk slachtafval, en daar maken ze worst voor de hond van! Alles 100% diervriendelijk. Het zal voor Rekel een hele geruststelling zijn, op zijn oude dag, dat hij niet langer medeplichtig is aan de bio-industrie.

(5/8/'01) In het donker kun je een bosuil horen roepen, ke-wiet, kewiet. Dus hebben we gisteravond een ommetje over het bouwterrein gemaakt. Rekel mee. Zo doe je er bijna een halfuur over. Vannacht droomde ik dat Iris hem onmiddellijk daarna had meegenomen voor de volgende wandeling, en dat we ons erover verbaasden dat hij nog zo lang kon lopen.

Opmerkelijk – telkens als hij een stapje terug moet doen, zie je dat eerst als een aanslag op zijn manier van leven, maar dan stabiliseert de toestand zich weer, dan wordt ook deze nieuwe beperking van zijn mogelijkheden een onderdeel van de sleur, dan wordt het weer gewoon zijn manier van leven.

(6/8/'01) Vannacht heeft hij op mijn kamer gepiest. Om zes uur lag ik al op mijn knieën om het zeil te dweilen (het kleed rollen we 's nachts altijd op) – een goede oefening voor mijn rug.

Gisteren was hij in zijn eigen poep gezakt. Ik legde hem op zijn zij op het platje voor de voordeur om hem schoon te maken. Er kwamen net twee mensen uit het gebouw (Ria en Leo). Ze vroegen of hij een ongeluk had gehad en dat beaamde ik. Later pas besefte ik dat het eruitzag alsof hij werkelijk een ongeluk had gehad, alsof hij onder een auto was gelopen. Zo'n languit liggende hond.

'Is dat Rekel?'
    'Is dat die hele oude hond?'
    Er wordt al over hem gepraat in ons straatje!

Mijn vader, toen we het over Rekels ouderdomsverschijnselen hadden: 'Gebruikt hij medicijnen?'
    Nee, hij gebruikt geen medicijnen. Dat is toch wel bijzonder, dat iemand van zijn leeftijd geen medicijnen gebruikt. Weer eens zo'n moment dat je trots op hem bent.

Als we naar buiten gaan – voor mij is dat uitsluitend om hem zijn behoefte te laten doen. Maar voor hem? Heeft het voor hem nog iets van onze avontuurlijke ondernemingen, onze *wolven*-uren, van vroeger? Als je hem ziet sjokken zou je het niet zeggen – maar je weet het niet.
    Saamhorigheid? In ieder geval nog op mijn kamer, als ik achter mijn bureau zit en hij in zijn mand ligt.

(8/8/'01) Vannacht wist ik opeens precies wat er aan de hand is. Hij kan nog wel lopen, maar hij kan niet meer staan! Op een of andere manier werd zijn dood bij deze gedachte opeens akelig concreet.
    Als hij stilstaat, begint hij inderdaad te wankelen. Hij valt op zijn etensbak, hij gooit zijn drinkwater over de vloer. We hebben die bakjes al wat hoger gezet, zodat hij niet meer zo hoeft te bukken. We hebben bij de Hema een extra grote badhanddoek gehaald om eron-

der te leggen, maar die glijdt gewoon weg. Iris zou nu proberen ergens een restantje vloerbedekking op de kop te tikken – dat geeft misschien meer stroefheid.

Het probleem met piesen is inmiddels overigens alweer opgelost. De Groene-Wegworst was vermoedelijk te zout voor hem. Hij begon water te slobberen, terwijl ik me normaal juist zorgen maak omdat hij zo *weinig* drinkt. Het verantwoorde eten dus ijlings afgeschaft.

(10/8/'01) 'Ik vraag me af,' zei ik tegen Iris, 'of die hond nog één moment plezier heeft op een dag.'

Zoiets mag je niet zeggen, zoiets mag je niet eens denken.

Hierachter ligt een paadje waar hij een hekel aan heeft, vanwege de brandnetels. Als ik dat paadje neem, *ik* vind het een leuk paadje, loopt hij gewoon door. Opzettelijk. Normaal raakt hij in paniek zodra hij me uit het oog verliest, nu niet. Hij wéét dat ik op dat paadje ben, hij wéét dat hij daar een hekel aan heeft, hij weet dat *negeren* zijn laatste weermiddel is. Zijn gevoel voor humor!

(14/8/'01) Naar Ruurlo voor de eerste klus voor *De levende have*.

Halftien van huis, halfdrie terug. Doe de schuifdeur open en zie dat mijn kamer schoon is. Dat maakt, van mijn kant, de begroeting een stuk spontaner. Van zijn kant de gebruikelijke twijfel – ben je echt weg geweest, moet ik echt kwispelen?

Eind vorige week zag het ernaar uit dat hij alleen nog maar binnenshuis wilde poepen. Nu toch alweer drie dagen schoon. Toeval? Ik weet het niet. Ik heb wel weer een kleinigheid veranderd aan het uitlaatregime. Dat geeft in ieder geval het *gevoel* dat je een beetje greep op de zaak hebt.

Al met al is de hond uitgegroeid tot een dagtaak. Het voortdurende toezicht in huis. Het moeizame gesjouw in de bosrand. Het vastgrijpen van zijn halsband zodra hij zich in positie dreigt te zetten. Je moet hem telkens helpen met eten, met drinken zelfs (hij gooit steeds zijn bak om; we doen die nu wat minder vol, maar dan moet je dat ook weer beter bijhouden).

218

Soms, door al die sores heen, zie je opeens het drama voor hem-zelf – geen schim meer van de hond die hij was.

Nog altijd vreemd in dit huis. In Woerden ging hij als hij iets wou, of ook wel als hij niets wou, bij de keukendeur staan. Hier nog altijd geen flauwe notie waar de buitendeur is.

Maar nog steeds steekt hij zijn borst vooruit als we een andere hond tegenkomen. Laatst, een groepje van drie, vier vrouwen met een stuk of vier, vijf honden. 'Is die hond al *zeventien*?' Jawel, die is al zeventien.

Nog steeds kan hij je razend intelligent aankijken.

(15/8/'01) Warm, heel warm. Naar een dierenarts op de Velperweg.

Eigenlijk meer ter kennismaking. Ik wil niet met hem naar een wildvreemd adres als zich een crisis mocht voordoen. Jongeman in een korte broek. Zijn gezicht kan ik me op het ogenblik natuurlijk niet voor de geest halen.

Toen ik Rekel op de behandeltafel tilde, realiseerde ik me pas goed dat er werkelijk niets te melden was. Ja, het kotsen. Ja, die slap-pe achterpoten. Verder gewoon een gezonde oude hond. Zo keek die jongeman tegen hem aan, en zo keek ik van de weeromstuit zelf ook tegen hem aan. Zodoende kwam ik daar vrij optimistisch vandaan. Ik heb zelfs naar een prettig dierenpension geïnformeerd – misschien kunnen Iris en ik er nog een paar dagen tussenuit.

'Zijn hart is wel in orde,' zei die jongeman. 'Als hij geen sterk hart had, zou hij hier niet staan.'

Hij gaf Rekel een spuitje met nandrolon of iets van dien aard, om zijn spieren te versterken. Dus in het Nederlands elftal kunnen we hem voorlopig niet opstellen.

(16/8/'01) Toen we terugkwamen uit Woerden (Iris' moeder leeft nog; ze ligt er heel sereen bij, klaar om dood te gaan, maar ik geloof er eerlijk gezegd niet meer in) hoorden we Rekel blaffen. Mijn hart maakte een sprongetje van vreugde. Het was... nou ja, *tijden* geleden dat hij ons zo enthousiast verwelkomde.

Hij bleek in mijn kamer onder de stalen stoel te liggen. Hij loopt zich voortdurend klem onder of tussen of achter het meubilair, en dan rommelt hij maar door – tot het betreffende meubelstuk omvalt of compleet verplaatst is. Nu was hij uitgegleden (linoleum) en heeft hij geen kans gezien zich weer overeind te werken. Hij kan wel één of twee uur zo gelegen hebben, aldoor blaffend om hulp.

Natuurlijk, om ons te begroeten zou hij de deur moeten hebben gehoord, om de deur te horen zou hij niet doof moeten zijn geweest.

De rest van de dag was hij nauwelijks tot lopen in staat, helemaal van slag.

Voortaan moeten we, als we weggaan, de stalen stoel tegen de verwarming schuiven, zodat-ie er niet achter kan komen, en de kussens tegen de zijkant zetten, zodat-ie er ook niet onder kan komen.

(17/8/'01) Als een hond ergens goed voor is, is het wel voor gewoontevorming.

's Morgens, als het zonlicht magistraal door het bos scheert (God ja, ik had echt zin om eens iets magistraal te noemen...) 's morgens steken we de Monnikensteeg over. We lopen naar beneden, naar de Klarenbeek, langs de vijver, langs de buitenschool, en vervolgens het bos weer in, naar boven, terug naar de Monnikensteeg. Langzaam, langzaam. Ik kijk voortdurend om om te zien of hij het redt. En hij redt het. Dat hij het redt bewijst dat hij het kan, dat hij het kan bewijst dat ik niet te veel van hem vraag. Ik weet het niet. Ik zou verdomme weleens willen weten of hij pijn heeft. Geen piepje, geen kreuntje, nooit. Je zou dus zeggen van niet. Je zou zeggen dat hij alleen maar moe is. Alleen maar moe. Ik zou verdomme weleens willen weten of het niet *wreed* is om te zeggen dat hij alleen maar moe is.

(18/8/'01) Ik zit met Jan (*broer* Jan) te praten op het balkon en als Rekel erbij komt staan, pak ik werktuiglijk zijn etensbak, het prakje dat daar al uren klaarstaat. Ik pak ook een vork, ik begin hem te voeren. Hij wil niet. Hij snuffelt aan het hapje dat ik hem aanbied. Hij wendt zich af. Hij snuffelt nog een keer. Hij wil echt niet. Maar hij wil me ook niet teleurstellen. Hij doet zijn mond open. Ik schuif het hapje naar binnen. Hij proeft even en laat het weer terugvallen in de bak die ik onder zijn kin hou. 'Ach Rekeltje, *kom* nou toch.'

Het gesprek met mijn broer is intussen verstomd. Hij kijkt geboeid toe. Dat eerste hapje, daar draait het om. Het tweede gaat al makkelijker en als Rekel de smaak eenmaal te pakken heeft, eet hij meestal wel door.

'Dat ziet er toch wel lief uit,' zegt Jan. En dat vind ik dan zelf ook, dat het er toch wel lief uitziet. Mijn zorg voor de hond, bedoelt Jan. En dat bedoel ik zelf ook.

De vraag is niet of je van hem houdt, de vraag is of je de juiste beslissingen neemt.

(19/8/'01) 'Bestond er maar een pilletje tegen dementie,' zei Jan (*onze* Jan) gisteravond.

'En wat zou dat moeten doen?' vroeg ik.

'Hem weer een beetje normaal maken,' zei Jan.

'Wat hindert je dan het meest?' vroeg ik.

'Dat je geen contact meer met hem krijgt,' zei Jan. En dat is zo. Hij reageert nog wel, maar altijd lauw. Van hém gaat in ieder geval geen initiatief meer uit. Je zou zeggen dat dit vooral een psychisch mankement is, maar als je erover nadenkt: misschien is het wel vooral fysiek. Wat heeft het voor zin om leuke dingen te bedenken als je met een lichaam zit dat toch niet meer kan meedoen?

'Weet je nog dat we hem bij de Andersenschool over het muurtje lieten springen?' vroeg Jan. Iemand aan de ene kant van dat muurtje en iemand aan de andere kant, en Rekel maar heen en weer, tot *wij* het moe werden.

Het doet me altijd goed als de jongens hun mening over de hond geven of herinneringen aan hem ophalen – en terwijl ik dit opschrijf, komt me dat moment voor de geest toen we Daan naar zijn nieuwe huis hadden gebracht, toen Rekel omkeek om te zien waar ze bleven, de jongens. Heel even bleef hij staan, toen liep hij weer mee. Net of dát het keerpunt was.

Jan en Rian zijn blijven slapen. Vanmorgen hebben we een rondje door Angerenstein gelopen, zij met Iris op de eerste rij, Rekel en ik op de tweede. Onder andere omstandigheden zou het grappig zijn geweest om te zien hoe zijn oude herdersinstinct opspeelde. Telkens als we achterop dreigden te raken, begon hij zich te haasten om die drie weer in te halen. Nu eerder tragisch.

(20/8/'01) Met geen pen te beschrijven: de opluchting als je 's morgens vroeg de deur openschuift en ziet dat je kamer schoon is. Dan is het een genoegen om hem wakker te porren en een paar onzinzinnetjes toe te voegen. 'Nog steeds niet dood? Komt er nog wat van? Of zullen we eerst de hond maar eens uitlaten? Heb *jij* ooit gehoord van een hond van zeventien die nog moest worden uitgelaten?'

En nu dit weer – nu heeft-ie zich wat zijn ontlasting aangaat zo gebeterd, en nu begint hij urine te verliezen. Ik verbaasde me al over druppels hier en daar, kleine plasjes zelfs. Vanmorgen opeens zo'n plasje bij zijn etensbak op het balkon. Opzet uitgesloten. Het loopt er gewoon uit terwijl hij staat te eten of naar buiten staat te kijken – straks misschien ook overal waar hij gaat liggen slapen.

(23/8/'01) Je wordt zo onderhand een expert in het beoordelen van staartstanden. Aan zijn staart kun je precies zien hoe hij zich voelt, en ook of hij aanstalten maakt om te plassen of (eindelijk, eindelijk) te poepen.

(25/8/'01) Gisteravond, toen ik mijn tanden stond te poetsen, was het opeens heel helder. *Je moet hem laten afmaken.*

Het is niet dat hij steeds zo amechtig achter je aan sjokt, niet dat je hem steeds overeind moet helpen, niet dat je zijn ontlasting en urine moet opruimen, niet dat hij je op je zenuwen werkt met zijn eindeloze hijgende geijsbeer na het avondeten – het punt is dat hij van elke waardigheid wordt beroofd. Dit is Rekel niet meer, bijna in geen enkel opzicht. Zo mag je hem niet aan de wereld tonen. Het is gewoon je plicht hem de rest te besparen.

Maar dan denk je weer: het ligt aan de warmte.

Of: hij heeft een slechte nacht gehad.

Om halfzes vanmorgen lag hij jankend te blaffen. Was hij toch weer klem geraakt onder de stalen stoel op mijn kamer. Het is ook zo verschrikkelijk *dom* allemaal. Onbegrijpelijk dat zijn hart dit soort situaties nog aankan. Hij hijgt vreselijk, maar hij redt het nog, nog wel.

(25/8/'01) Uitmarkt Amsterdam. Bloedheet. In de Spiegeltent op het Museumplein voor een klein publiek voorgelezen over betere tijden, toen Rekel nog een echte hond was. Onze taal. Fijne neus. In Groningen. Signalement. Moby en Dick. Arend. Rotatie. Allemaal uit *Ruim duizend dagen werk.* Een vorm van eerbetoon. Als hij dood is zal hij zo (een tijdje) voortleven.

(26/8/'01) Weddesteyn, Iris' moeder. Ze ligt nog steeds op bed, maar nu wel op haar eigen bed – ze hadden het sterfkamertje nodig voor een ander (die dan ook prompt gestorven is). Het blíjft bloedheet. Ik ging drie bekertjes roomijs halen, en toen hadden we meteen iets om over te praten: ijs in Den Haag. Florencia natuurlijk.

'En we haalden ook weleens ijs in de Spuistraat,' zei Iris. Haar moeder knikte en er brak een gelukzalige glimlach door op haar gezicht. Het geluk van een herinnering die even oplicht in het geheugen. Het geluk dat er nog iemand is die ongeveer weet wat jij weet.

Zelf kan Ma feitelijk geen woord meer uitbrengen. Dat wil zeggen, ze begint wel min of meer verstaanbaar aan een zin, maar raakt halverwege de draad of de moed kwijt en eindigt met gemompel. Ik dacht: binnenkort zegt ze niets meer, dan ligt ze hier alleen nog maar.

Volgens het personeel, zei Iris, maakt ze echter nog altijd grapjes met de dokter.

Zo reageert ze ook als er iemand de kamer binnenkomt – zoals Rekel opveert als hij een hond ziet, zo veert Ma op als ze een mens ziet, alsof ze nog heel wat mans is.

Dezelfde vormen van aftakeling.

Hetzelfde onvermogen om op te geven.

(27/8/'01) Na anderhalve dag dienstweigering begon hij gisteravond opeens te poepen (terwijl ik hem aan de andere kant zijn eten zat te voeren). Dat gebeurde weliswaar op het balkon, maar het gaf niettemin een hele consternatie.

Vannacht hadden we weer zo'n breedvoerig Arnhems onweer, stortbuien begeleid door hevige donderslagen. Hij hoort er niets meer van. Toen ik toch maar even ging kijken, bleek hij languit voor zijn mand op het linoleum te liggen. Nu trof me de verschrikkelijke eenzaamheid die hem te pakken heeft gekregen. Hij merkte niet eens dat ik hem aaide. Pas toen ik hem begon te knuffelen deed hij zijn ogen open. Hij keek me aan. Hij richtte zich een weinig op en likte mijn neus.

Vanochtend is het een stuk koeler, en zie je wel: hij loopt *beter*.

(28/8/'01) Hij zwalkt als een dronkeman door het huis. Hij kan niet meer van mijn kamer naar het balkon komen zonder links en rechts ergens tegenop te lopen. Dat gesjouw door het bos, dat zal hem uiteindelijk de das omdoen. Maar ander gesjouw is hier überhaupt niet mogelijk. En ik hou van dat bos.

Vanmiddag heeft hij gekotst. Dat was de tweede keer in drie dagen – dat hij dat 's middags deed. Dat mag je wel een nieuwe complicatie noemen. Tot nu toe deed hij dat altijd 's morgens. Als hij om 9 uur nog niet gekotst had, had je wat dat betreft de rest van de dag geen omkijken naar hem. Nog wel: vrijwel altijd buiten. Als hij dat binnen deed, zou het nog zorgelijker zijn. Braaksel is waarschijnlijk agressiever voor je spullen dan urine of ontlasting.

(30/8/'01) Ik ga een flinke wandeling maken en loop om te beginnen het veld naar Hoogte 80 op. Dat hindert me ook zo, dat ik daar nog niet eens met Rekel ben geweest.

Toen ik bij het stenen plateautje kwam: een tapuitje!

(1/9/'01) Zeventien jaar en vijf maanden.

Soms schrik ik wakker. Ik denk: nu gaat het toch echt gebeuren en dan slaat de angst me om het hart. Of andersom, eerst die angst, daarna pas de gedachte.

Gisteren was ik in Ee (Fr.) bij de dierenarts die daar in april het mond- en klauwzeer heeft ontdekt. Zijn vrouw doet gezelschapsdieren. 'Als een hond,' zei ze, 'geen dierwaardig bestaan meer heeft, houdt het op.' Daar ben ik het volledig mee eens!

Als hij niet kan lopen – afgelopen.

Als hij lekker in het zonnetje ligt – doorgaan.

En al die momenten daartussen.

Vannacht: ik zal hem vreselijk missen – ook het zorgenkindje dat hij intussen geworden is. Nog méér misschien. Nooit intensiever met hem bezig geweest dan juist nu.

Ik wil niet dat hij zijn laatste ogenblikken rillend van de zenuwen op de behandeltafel ligt. Dus ik bel de dierenarts (welke?) om te vragen of hij aan huis wil komen. Die kijkt in zijn agenda. Morgen dan maar? Ik heb nog een gaatje om halftwaalf. En dan zeul je hem die ochtend voor het laatst mee naar het bos. Alsof je iemand voorbereidt op zijn executie. Nee, dat zie ik mezelf niet doen. Maar hoe dan?

In ieder geval niet voor woensdag. Woensdag is de presentatie van *De man op de Middenweg* in Musis Sacrum.

Om kwart voor vijf een jankend blafje. Hij lag op het linoleum en kon niet overeind komen. Voortaan het oosterse tapijt toch maar uitgerold laten. Het is van Iris' moeder geweest, ik zou het graag intact houden.

Even een eindje langs de Monnikensteeg. Mooi zoals het lantaarnlicht in de bosrand valt. Stil ook. Toen liep hij prima.

Om zes uur hoorde ik hem kotsen. Dacht ik. Toen ik ging kijken: diep in slaap in zijn mand.

Om halfnegen het bos in. Tien minuten maar. Dramatisch slecht. Het zijn niet alleen de hoogteverschillen, het zijn ook de oneffenheden in het pad zelf. Er hoeft maar een dennenappel te liggen.

Zijn staart wijkt dan iets naar links en begint hem naar de grond te trekken. Zijn linkerachterpoot bezwijkt onder de druk; hij maakt een halve slag in de rondte en daar ligt hij.

Dit verschijnsel doet zich eerlijk gezegd al een paar dagen voor. Ik had het wel eerder mogen noteren. Maar het is ontzettend moeilijk dingen te noteren zonder er betekenis aan te verlenen.

Ik hou hem kort aan de lijn, ik ga links van hem lopen, ik geef hem, als hij begint te tollen, een duw met mijn knie – maar dat helpt maar half.

Voor het eerst een snauw als ik hem overeind help, kennelijk pijn.

Voor het eerst heb ik hem echt een eind gedragen, als een baby in mijn armen.

Nogmaals: niet voor woensdag. Ik heb net ook weer voor tien dagen eten voor hem gehaald.

(2/9/'01) 'Of je moet een wagentje voor hem laten maken,' zei Iris.

'Ja, dat is net wat voor Rekel,' zei ik. 'Als hij in een wagentje blijft zitten, weet je zeker dat hij dood is.'

Dat was gisteravond, toen we over de Pleijbrug naar Zuid fietsten, even bij mijn vader en moeder langs.

Toen we om halftien thuiskwamen, blafte de hond. Ik had het kleed speciaal uitgerold gelaten. Toch is hij op een glad stuk vloer terechtgekomen en onderuitgegaan. Op het linoleum onder mijn bureau zat een slijmspoor – het speeksel dat hij in zijn worsteling, had afgegeven. Het kleedje dat daar ligt was helemaal weggeschoven.

Hevig hijgend, totaal overstuur.

Frits van B. had een jonge stier, die klem kwam te staan toen bij een of ander noodweer een boom omviel. Hartverlamming, dood. Een stier nota bene. Maar Rekel krijg je niet kapot.

Hij moet van nature al sterk zijn geweest. Zijn lijf werd eindeloos getraind in de polder en de bergen. Daarbij is hij zijn leven lang toch ook betrekkelijk zuinig met zijn krachten omgesprongen. Je hebt honden die op een wandeling twee of drie keer zo ver lopen als jij. Rekel niet. Hij liep voor me uit, hij liep achter me aan, hij maakte nauwelijks meer meters dan ik.

Ik heb hem naar buiten gedragen. Ik hield hem tegen mijn borst en hij had zowaar nog het benul om half in ernst naar mijn gezicht te happen. Maar hij kon niet staan, niet lopen.

Weer naar binnen, waar ik hem in de bibliotheek heb gelegd. Ik ging water halen en liet hem drinken. Hij slobberde achterelkaar zijn halve bak leeg. Uitgedroogd van al dat hijgen natuurlijk.

Uurtje later, nog eens naar buiten. Nu lukte het hem een paar stappen te doen.

Vreemd – als je zijn staart omhoog houdt, blijft hij in evenwicht, dan loopt-ie een stuk beter. Je hoeft hem niet omhoog te trekken of zo. Gewoon het puntje vastpakken en die staart boven zijn rug houden, ongeveer zoals-ie dat vroeger zelf deed.

Het zal wel een raar gezicht zijn als iemand je zo met je hond ziet lopen. Maar het zou nog raarder zijn om hem te laten afmaken omdat je je geneert om zijn staart omhoog te houden. Wat nu makkelijk zou zijn: als er een staartriem bestond. Vannacht om kwart over een nog even bij hem wezen kijken. Lag lekker te slapen. Merkte dat er wat gaande was, deed zijn ogen open en keek me aan. Heldere blik.

Vanmorgen om halfzeven met hem naar buiten. Ik beperk me nu angstvallig tot de stoep langs de Monnikensteeg. Zo ging het goed.

Vraag me voortdurend af wat ik gisteren verkeerd heb gedaan, om het vandaag beter te doen. Maar (afgezien van het feit dat hij echt niet meer op een bospad moet komen) dat was het toch niet. Hij is gewoon in een crisis geraakt. Ik dacht: deze week, volgende week, en dan is het afgelopen.

O ja, hij had bij alle ellende de boel dus *niet* bevuild gisteravond. Dat is dan ook weer zo typisch.

Wat ik ga proberen: een stok tegen zijn linkerheup houden. Het kleinste steuntje is waarschijnlijk genoeg om hem overeind te houden. Het líjkt dan wel alsof het probleem in zijn staart zit, maar het moet iets in zijn rug zijn. Het lijkt trouwens ook weleens alsof hij een attaque heeft gehad en bíjna halfzijdig verlamd is geraakt.

(3/9/'01) Over de analogie. Bij Bello een belangrijke verandering op het eind van zijn leven (de komst van Rekel), en die was binnen twee maanden dood. Bij Rekel een belangrijke verandering op het eind van zijn leven (de verhuizing naar Arnhem), en dat is nu vijf weken geleden.

Vannacht om kwart voor drie begon hij te kreunen. Tot mijn

schrik lag hij gewoon op het kleed. Als hij op het kleed ook al niet meer overeind kan komen... 'Zo verknoei je het voor iedereen,' zei ik.

Ik ben even met hem naar buiten gegaan. Dat kost misschien een kwartiertje, dat is op zichzelf zo erg niet. Het valt alleen niet mee om daarna weer in slaap te komen.

Dus ik stel me voor: de dierenarts komt aan huis, hij (de hond) krijgt een spuitje, hij valt met een zucht in slaap, we wachten tot hij zijn laatste adem uitblaast en iemand zegt bewonderend: 'Zo'n sterk hart nog' – dat zou ik héél erg vinden.

(4/9/'01) Ik heb Peter aan de telefoon, ik zeg: 'Ik heb een titel: *Het complete Rekelboek.*' Ik leg de hoorn op de haak, ik zie dat Rekel me aankijkt en ik zeg: 'We gaan een boek van je maken.' Dierenarts aan de Honigkamp. Deze bevalt mij beter. Wonderlijk hoe optimistisch dierenartsen je kunnen stemmen. Ik was dus al afscheid van hem aan het nemen. Die vrouw, opgewekt: laten we eens kijken wat eraan mankeert. Gedegen onderzoek. Ik herken de aandacht en de handgrepen van mevr. Bergh. Artrose. Spieratrofie. Ze adviseert een pijnstiller annex ontstekingsremmer, en een injectie om de momentele malaise te bestrijden. Ik zeg: die heeft-ie pas gehad, dat heeft niets geholpen. Nee, zegt zij, als ik het goed begrepen heb, heeft hij de vorige keer een shot mannelijke hormonen gehad, ik geef hem een echte spierversterker. Weinig aan de hand. Ouwe hond, niet eens echt ziek. Wel zal hij nu de rest voor zijn leven op pillen en injecties zijn aangewezen.

Hij liep trouwens sowieso al een stuk beter dan het afgelopen weekend.

Je moet, als hij begint te tollen, met hem meedraaien en op het beslissende moment een rukje aan de riem geven – dan komt hij in dezelfde beweging weer overeind en dan staat hij ook meteen weer in de goeie richting. Ik neem aan dat het eruitziet alsof je een walsje met hem doet.

Je moet de tekenen herkennen –

We kwamen op de Monnikensteeg een oudere vrouw tegen. Ze

bleef naar de hond staan kijken en vroeg: 'Hoe oud was hij ook weer?' Ik wist zeker dat ik die vrouw nog nooit eerder was tegengekomen. Ze had haar vergeetachtigheid verraden door een handigheidje dat ze had aangeleerd om haar vergeetachtigheid te verbergen. 'Zeventien,' zei ik. En ze knikte. Natuurlijk, zeventien.

(6/9/'01) Na lang aarzelen braakte hij 's morgens op het balkon zijn eten uit. Dat was in geen jaren gebeurd. Wel dat schuimende groengele goedje, maar zijn eten niet. Mij bekropen onmiddellijk de vreselijkste vermoedens omtrent de werkzaamheid van de spierversterker annex pijnstiller die ons dinsdag was voorgeschreven. Cortaphen Forte.

Ik had met Tom van Deel afgesproken voor het station. Dat was vroeg in de middag. We namen lijn 1 tot de Bronbeeklaan en hebben een wandeling gemaakt over Paasberg (zijn buurt) en Geitenkamp (de mijne). Het laatste adres van zijn grootouders blijkt hier aan de overkant te zijn geweest.

Toen we thuiskwamen was Jan er al om Iris te helpen. Daan kon pas na zijn werk uit Hilversum komen. In de tussentijd waren ook Thomas Verbogt, Roland Fagel en maar liefst vier mensen van De Arbeiderspers gearriveerd. Iris had een formidabel koud buffet aangericht.

Toen ik Lex, onze nieuwe directeur, mijn kamer liet zien, werkte Rekel zich uit zijn mand. Hij zette een vriendelijk gezicht op en kwam min of meer kwispelend naar hem toe.

'Dat doet-ie nóóit meer,' zei ik verrast.

'Dieren hebben iets met mij,' zei Lex.

Ik vraag me af of Rekel hem niet voor iemand anders heeft aangezien. Maar voor wie dan wel? Ik kan niemand bedenken. Geen Lexachtigen in onze kennissenkring.

Verder had ik natuurlijk van alles aan mijn hoofd. Hij was er beroerd aan toe, dat zag ik wel, maar het bleef een beetje aan de buitenkant van mijn besef, het bleef eigenlijk bij het gevoel: wat treurig dat hij deze mensen zo onder ogen moet komen. Op Peter na had niemand hem ooit eerder gezien.

Het was Jan die hem op een gegeven moment overeind hielp en mee naar buiten nam. 'Laten we in godsnaam naar Zwitserland rijden en hem op een berg begraven,' zei hij daarna op een onbewaakt ogenblik.

's Avonds met z'n allen naar Musis. Man op de Middenweg. Wat heb ik toch een prachtig boek geschreven.

Na de euforie van gisteravond, de deceptie van vanochtend: de kreeftengang van Rekel.

Later op de dag ging het beter. Hij liep buiten geïnteresseerd te snuffelen. Hij liep binnen in een kaarsrechte lijn naar het balkon om in de zon te gaan liggen. Kwam 's avonds naast ons bij de bank liggen. Beter dan hij in weken geweest is. Dus ik bel Jan om dat te zeggen. 'Rekel is veel beter dan gisteren.' Hij bleef zelfs overeind bij zijn drinkbak.

(7/9/'01) Vrijdag, 9.40 uur.

Vannacht hoorde ik hem kreunen. Het was drie uur. Nu had hij weer zijn eten overgegeven. Totaal onmachtig. Ik heb hem naar buiten gedragen en op de weg gezet. Misschien heeft hij toen iets gedaan, dat kon ik in het donker niet zien. Daarna geen stap meer.

Iris intussen bezig de vloer te soppen; hij had ook al wat urine verloren op het kleed. Uiteindelijk hebben we op haar voorstel besloten het kampeerbed op mijn kamer te zetten, zodat ik bij hem kon blijven.

Hij had geen rust in zijn mand (ja, hooguit tien minuten), hij had geen rust op de vloer. Steeds maar klauwen en schuiven. Telkens probeerde hij overeind te komen, vermoedelijk om te plassen. Wij denken: die hond, die doet maar. Maar nu zie je zijn geworstel om het goed te doen. Telkens trek ik hem terug naar mijn bed, leg ik mijn hand op zijn flank.

Op zeker moment bleek hij in een grote plas urine te liggen. Ik weer met hem naar buiten, hij dróóp van de urine, Iris weer aan het soppen.

Buiten – ja, je kunt er niks mee. Je zet hem neer en hij gaat liggen, hij zijgt gewoon in elkaar. Je medelijden is tegen dit gezeul niet opgewassen. Zelfs iets van ergernis.

Terug op mijn kamer, ik op het kampeerbed, hij op de vloer. Hevige buikkrampen.

Om 7 uur, wéér naar buiten. De hele hond, maar ook mijn trui, mijn huid – alles ruikt naar urine. Je loopt met die hond in je armen. Je moet de deur opendoen. Je legt hem op de grond. Je tilt hem over de drempel. Je moet de deur dichtdoen. Als een zak vuil, een zak vuil.

Even voor achten – hartaanval! Tenminste, dat dacht ik. Spastisch getrap met voor- en achterpoten, het hele lijf als een veer gespannen. Stijve nek. Kop met uitpuilende ogen op de rand van zijn mand. Toen ik mijn hand op zijn lijf legde: een woest bonkend hart. Echt, mijn hand ging op en neer.

Iris uit bed gehaald. 'Nu gaat hij dood hoor.' Potje zitten janken. Maar hij komt weer tot rust.

Het is nu tien voor tien. Nog steeds volkomen onmachtig. Ik moet de dierenarts bellen. Ik denk: het ligt vast aan die pillen. Ik denk: daar moet nog iets aan te doen zijn.

11.25 uur. Rekel is nu een halfuur dood.

's Avonds. Vanmiddag met Iris wezen wandelen. Via Alteveer en Hoogkamp naar Warnsborn, naar Oosterbeek. Beetje herfstige sfeer. Voor het eerst in achtentwintig jaar dat we geen hond hebben, voor het eerst vrij om weg te blijven, voor het eerst hoeven we ons niet af te vragen hoe Rekel eraantoe zal zijn als we thuiskomen.

Bij vlagen ruik ik zijn urine nog. Een praktijklesje biologie: zo hardnekkig is de geur waarmee een reu de ruimte waarin hij leeft markeert. Ik snuif de laatste moleculen Rekel op en ik denk: het hoeft niet meer jongen, nooit meer.

En net zo hardnekkig als de geur van zijn urine is de plaag van mijn dwangvoorstellingen. Ik zit ver in Duitsland op de snelweg en

ik ontdek dat we Rekel hebben achtergelaten op de laatste parkeerplaats – de radeloosheid van mijn hond. Ik moet zorgen dat dit beeld
me niet te pakken krijgt. Ik héb hem daar niet achtergelaten, ik heb
hem nergens achtergelaten, je zou hoogstens kunnen zeggen dat hij
mij heeft achtergelaten.

Het was maar een hond natuurlijk, maar het was ook De Dood.

(8/9/'01) De vernietigende bespreking van boek en schrijver in de
NRC van gisteren kwam een beetje als mosterd na de maaltijd. Daar
heb ik in ieder geval niet van wakker gelegen. Maar het is me wel
opgevallen dat ze mijn boek opnieuw aan dat roodharige monster
gegeven hebben. Zou zij ooit een tekst hebben begrepen die moeilij-
ker, geestiger of langer was dan een editorial in de *Libelle*?

'U hebt gelijk, hij heeft een zware hartaanval gehad.' Dat was bij de
dierenarts aan de Honigkamp, niet die vrouw dit keer, maar een
man, een slanke man met een kalig hoofd. Hij maakte een ernstige,
competente indruk. Het zal voor hem ook geen pretje zijn geweest.
Kende mij niet, kende mijn hond niet.

Momenten die als klinknagels in de huid van je geheugen worden
gehamerd.

Het moment dat ik hem naar de auto droeg – die blik van stille
verwondering in zijn ogen. Achteraf geloof ik dat hij die laatste uren
nauwelijks meer bij bewustzijn was. Achteraf geloof ik zelfs dat hij
die nacht al eerder een hartaanval had gehad (dat gekreun om drie
uur).

Die stille verwondering in plaats van de gebruikelijke felle nieuws-
gierigheid, altijd vermengd met iets van twijfel of bezorgdheid.

De auto stond aan de Monnikensteeg, ons straatje is weer eens
afgesloten wegens werkzaamheden. Zo moest ik met mijn doodzieke
hond in mijn armen langs de arbeiders die bezig waren het talud te
verstevigen. Achteraf geloof ik ook dat dát de doorslag heeft gegeven
bij mijn besluit om hem niet meer mee naar huis te nemen. Ik wou
niet nog een keer met mijn hond in mijn armen, maar nu dood, langs

die arbeiders. Maar ik wist eerlijk gezegd ook niet wat ik met hem, dood, in huis zou aan moeten.

Het moment dat die ernstige, competente man (Rekel languit op de behandeltafel, maar niet trillend van de zenuwen; je voelde alleen dat zijn buik zich af en toe samentrok)... dat die man, nadat hij aan zijn borst geluisterd had, begon te praten. Ik vrees dat ik niets meer voor hem kan doen. Hartslag zwak en onregelmatig. Bloed verzuurd. Organen beschadigd. Spieren verlamd. Daar herstel je niets meer aan. Hij trok een ooglid naar beneden. Kijk eens hoe blauw.

Het moment dat ik mijn gezicht in Rekels flank duwde en ja, *jammerend*, uitbracht: 'Ja, ja, maar *nu?*'

Achteraf vraag ik me af of ik hem niet te lang heb laten voortsukkelen. Wanneer heeft hij voor het laatst plezier gehad? Vorig jaar in die beek in Grindelwald met Jan en Rian? Waar hebben we die laatste vijftien maanden dan op zitten wachten? Ik vraag me natuurlijk ook af of ik hem, toen de diagnose eenmaal gesteld was, niet gewoon mee naar huis had moeten nemen om hem in zijn mand te leggen en rustig te laten sterven. Er was tenslotte geen enkele haast bij.

'Het is niet uitgesloten dat hij pijn heeft,' zei die man. En dan zijn het altijd twéé spuitjes – het eerste om hem onder narcose te brengen. Vervolgens werd hij in een zijkamertje op een groene deken gelegd. Ik ging bij hem zitten. Ik aaide hem. 'Zo Rekeltje, daar ga je dan.'

Na een minuut of tien kwam die man om hem een spuitje in de hartstreek te geven. Dat werkt, zei hij, binnen dertig seconden. Kramp, zei hij toen Rekel nog wat bewoog, helemaal verzuurd ja. Zijn hart, zei hij toen Rekel nog naar adem leek te snakken, staat allang stil.

Het moment dat ik voor het laatst iemand op een van zijn kwaliteiten kon wijzen. 'Hij glanst nog zo mooi.'

Het moment dat ik, nadat ik al betaald had, besloot om nog even terug te gaan naar dat kamertje, omdat je je anders blijft afvragen of hij wel echt dood was.

Hij was dood.

Het is nu halfacht. Iris is in de keuken bezig. Zojuist hoorde ik haar 'o' zeggen. Ik dacht: zou er wat met Rekel zijn?

We wonen hier nu zes weken. Vanmorgen vroeg heb ik het rondje nog gelopen waarvan ik dacht dat het ons vaste rondje zou worden. De Monnikensteeg over, het asfaltweggetje af naar de Klarenbeek, langs de vijver, langs de buitenschool. Ik begrijp nu wel dat dit voor een hartpatiënt erg pijnlijk moet zijn geweest.

De storm van vannacht was gaan liggen. De zon brak door. Raadselachtig hoe diep het zonlicht, ondanks al die bomen, in het bos weet door te dringen.

Achteraf zou je zeggen dat ze een nachtmerrie waren, die laatste weken. En dat waren ze ook, achteraf. Toen, toen hij nog leefde, toen het allemaal nog gaande was, was het gewoon de strijd die we nu eenmaal waren aangegaan, een inspanning waartoe we ons hadden verplicht. En hij voerde dit gevecht al zo lang, dit gevecht om almaar ouder te worden, om altijd bij ons te blijven...

Telkens weer bleek het nog te gaan. Telkens weer was er even uitzicht op het eeuwige leven. Telkens weer denk je afstel te kunnen kopen in een winkeltje dat uitsluitend uitstel in de aanbieding heeft.

Ja, wat valt er verder nog te zeggen, behalve dan wat ik al zo vaak heb gezegd, namelijk dat het nooit goed afloopt?

Het is trouwens maar goed dat ik die laatste nacht bij hem ben gebleven. Hij zal heus wel gemerkt hebben dat er iemand was die zich om hem bekommerde. En die hartaanval – als ik het niet met mijn eigen ogen gezien had, had ik het nu nog niet geloofd. Werkelijk, ik ging met hem naar de dierenarts omdat ik dacht dat er nog iets gedáán moest worden.

(9/9/'01) Het moment dat die man vroeg: 'Wilt u hem zijn halsband afdoen?'

'Nee, nee,' zei ik.

'Zal ik het dan voor u doen?'

'Nee, die hoort bij hém.'

Vannacht zat ik in een bootje op een snelstromende rivier. Rekel zwom links voor ons uit. Toen hij onder water verdween kon ik hem met een eenvoudig gebaar weer bovenhalen. Er zwom trouwens ook nog een andere hond – die probeerde hij bij te houden. Dat was een golden retriever.

Vanmiddag met Iris naar Woerden, naar haar moeder. Zij leeft nog. Ik weet niet of je kunt zeggen dat zij gewonnen heeft. We hebben het er weleens over gehad hoeveel tijd Iris zou overhouden als haar moeder gestorven was. Nu merk ik hoeveel tijd ik overhoud omdat Rekel gestorven is. Hij was mijn collega, mijn maatje van de kroeg enz.

De dood is een verhaal voor de overlevenden. Dat troost ons. Dat jaagt ons angst aan.

De kwestie van die medicijnen, die injectie van dinsdag, blijft me dwarszitten. Natuurlijk, stel dat zijn leven nog wat gerekt was, wat voor 'n leven was dat dan geweest? Maar toch.

's Avonds. Ma was weer als vanouds. Weer kleur op haar wangen, uitdrukking op haar gezicht, leven in haar ogen.

Lief mailtje van Jan uit Amsterdam. 'Weet je nog dat we vroeger lootjes trokken wie er met Rekel op de bank mocht zitten?' Ja, dat ging tussen hem en Daan. Rekel was het om het even. Hij was die zomer bij Bello ingetrokken. Toen die eenmaal dood was, zat hij alleen in het hok in de schuur. Kwam telkens met zijn voorpootjes tegen de vensterbank staan om te zien wat wij aan het doen waren. Werd met kerst eindelijk binnengelaten, en iedereen lag aan zijn voeten.

Lief mailtje van Jannie ook. Dat ze zich niet gerealiseerd had dat iedere keer dat ze hem zag de laatste kon zijn geweest, dat hij zo'n waardige ouwe hond was geweest.

(11/9/'01) Hilversum. Op de terugweg: ik zou er werkelijk alles voor over hebben om me nog één keer te moeten haasten omdat Rekel alleen thuis is.

Vanmiddag zat ik in mijn stoel in de bibliotheek. Ik had de rugleuning laten zakken, het gordijn een eindje dichtgeschoven en de winterjas over me heen getrokken; ik zit voortdurend te rillen van de kou. Toen belde Jan. 'Het is óórlog, man.' Hij klonk aangeslagen. Ik zette de tv aan en daar boorde zich net het tweede toestel in die wolkenkrabber, een beeld waarvan je niet gauw genoeg zult krijgen.

Inmiddels hebben de eerste deskundigen zich alweer aan de voorspelling gewaagd dat de wereld nooit meer hetzelfde zal zijn. Integendeel, zou ik zeggen. De wereld zal *altijd* hetzelfde zijn, en dat realiseer je je vooral op zulke momenten. Aan Bin Ladens en George Bushes zullen we in ieder geval nooit gebrek hebben.

(12/9/'01) Nu ben ik naar het asiel in Velp geweest om naar honden te kijken en nou zit ik dáár weer mee! Dat snijdt je toch door je ziel. Er waren zeker vier dieren die uiterst geschikt naar Rekels positie solliciteerden. Maar wat een leeftijden! De jongste 7 jaar en 7 maanden, de oudste zelfs al 10 jaar en 0 maanden. Dan kunnen ze er wel gezond en levenslustig uitzien, maar je weet: dat blijft niet zo. Het zou overigens wel helemaal in de geest van Rekel zijn – dat je een oude hond nog een mooie tijd bezorgt.

Iris brengt daar terecht tegenin dat we nog één hond zijn hele leven kunnen hebben, één hond die alles kan wat wij kunnen (in de bergen natuurlijk). 'Daarna kun je je altijd nog op ouwe beestjes toeleggen.'

Het idee van een rashond staat me tegen. Honden die ter wereld komen met een baangarantie.

(14/9/'01) Vanmorgen, op de A50, op weg naar Rob Bijlsma in Wapse, keek ik op mijn horloge en ik dacht: straks is het een week geleden. En het was net of het opnieuw ging gebeuren, net een film die je al eens eerder hebt gezien. Je weet hoe het afloopt en toch heeft hij je opnieuw in zijn greep.

Rekel veranderen in een boek. Ik zou liever een boek in Rekel veranderen.

(15/9/'01) Wíl ik eigenlijk wel een nieuwe hond? Mijn wandelingen maak ik toch wel en dat verdriet om Rekel, nou, daaraan ben ik al een beetje gehecht geraakt.

'Weet je wat het wél is?' zei ik tegen Iris. 'Als je een hond hebt, heb je altijd wat om over te praten.'

(18/9/'01) Ik moet niet vergeten dat er telkens een soort kramp door zijn lijf ging; zijn buik spande zich en zakte dan langzaam weer in. Dáárom heb ik hem op het laatst nog meegesleept naar de dokter.

(1/10/'01) Oktober. Dagenlang geen post, geen telefoon. 'Als je dood bent gaat het dus ook zo,' zei ik tegen Iris. 'Er is niemand meer die contact met je opneemt, niemand die je nog nodig heeft.'

'Maar jij leeft nog,' zei Iris.

'Dat bedoel ik,' zei ik.

(6/10/'01) Bij Loes en Margot werden we bestormd door een hele meute borderterriërs – een en al optimisme en gretigheid, dieren die van het leven niets dan goeds verwachten.

Dus dat wordt het. Hij moet nog geboren worden. Begin januari zal hij bij ons zijn intrek nemen. Stanley.

En ik denk meteen: zo'n klein hondje kun je eigenlijk niet alleen thuislaten. Dat lijkt in ieder geval hardvochtiger dan dat je iets met de omvang van een bouvier alleen thuislaat.

(8/10/'01) Het bos zit nog vol plekken die vervuld zijn van Rekel, zijn laatste inspanningen. Herinneringen kun je het niet noemen. Plotseling *is* hij er gewoon. Ik hoef er niet eens voor om te kijken. Als het pijn doet: 'Verdomme, Rekel.' Als het medelijden opwekt: 'Ach, Rekeltje toch.' Ik hoor het mezelf zeggen, en dán besef ik pas waar ik zit met mijn gedachten.

Tevens verheug ik mij erop een nieuw hondje deze plekken te laten zien. Hier, en in Zwitserland, en in Oostenrijk – om een nieuw hondje te laten profiteren van al het voorwerk dat we met Rekel hebben gedaan.

(9/10/'01) Bij noordelijke winden druipt de regen met harde tikken van de rand boven het keukenraam. Dat klinkt net als het krassen van nagels op plastic, alsof Rekel uit zijn mand probeert te komen.

(20/10/'01) *Rekel (1984-2001)* – dergelijke kopjes zetten ze bij de krant altijd boven hun necrologieën. Meestal betreft het dan natuurlijk staatslieden, ondernemers, kunstenaars, figuren uit het openbare leven. Nou ja, dat was Rekel op zijn manier ook.

Rekel is nu zes weken dood en nog steeds denk ik bij bepaalde geluiden in huis dat hij uit zijn mand probeert te komen, dat ik hem moet helpen.

Ik had me dus heilig voorgenomen dit nooit te doen, nooit een stuk over zijn dood in de krant. Het nut van zulke voornemens is dat je een drempel opwerpt voor jezelf. Je hoeft je er niet aan te houden (het zijn tenslotte je eigen voornemens), maar je moet wel argumenten hebben om je er niet aan te houden. Toevallig heb ik momenteel die rubriek in de krant, toevallig is dít het onderwerp: hoe mensen met dieren omgaan.

Hij was ruim een jaar toen we hem uit het asiel in Gouda haalden. Hij zat daar al vier maanden. Ik denk weleens dat hij op dat moment dicht bij zijn dood moet zijn geweest. Dan zie ik de weg die we daarna zijn gegaan, ik zie hem tussen de hazen in de polder, ik zie hem tussen de alpenmarmotten in de bergen, en dan besef ik wat een geluk we hebben gehad. Maar ik denk ook weleens dat het alleen maar een geweldige omweg is geweest, want dood is hij nu toch.

Dit klinkt wellicht een beetje bitter, maar het is niet anders: deze zinnen kwamen zo bij me op en toen kon ik er niet meer omheen.

Verder de bekende uitweidingen over zijn oude dag, het wikken en wegen. *De vraag is niet of ik van hem hield. De vraag is of je ooit genoeg van een dier kunt houden om de juiste beslissingen te nemen.*

(31/10/'01) In totaal, via de krant, zestien reacties op dat stuk over Rekel. Of hij ook populair was. Er zijn regelrechte condoleances bij, wat me een ongemakkelijk gevoel bezorgt, het gevoel dat ik toch weer overdreven heb. Maar toch ook weer zo'n brief die recht in de roos is. Op lezers die zo goed kunnen schrijven kun je alleen maar trots zijn. Van Ineke Klein-Clausing uit Aalten:

Geachte meneer Van Zomeren,
    Rekel is dood, zei ik, opkijkend uit de krant.
    Jezus, zei mijn man, wat erg!
    Hij wist waar hij het over had. Al die stukjes over die oude hond gingen ook over onze oude hond. In januari ging het dan eindelijk goed mis met onze bijna 15-jarige kooiker Bella. De dierenarts kwam en we hielden haar in onze armen tot het niet meer hoefde.
    Daarna bleek het huis een lege schil en wij waren er ook niet vrolijker op geworden.
    Wat doen jullie nu, vroeg de omgeving, nemen jullie een nieuwe hond?
    Het feit dat wij 72 en 76 zijn hielp niet echt mee.
    Het leven was ineens ontzettend eenvoudig geworden. Je deed gewoon de deur achter je dicht en ging weg. De thuiskomst viel natuurlijk elke keer behoorlijk tegen, dat wel.
    Ook konden we niet genoeg krijgen van andermans honden. Kleumerig stonden we aan de zijlijn, ook wel erg oud ineens, en keken toe hoe mensen met hun hond speelden.
    We misten onze Bella, god wat misten we haar. Ook de zin om te wandelen nam af.
    Nu is het October.
    Sinds 4 weken wordt onze woning gesloopt door Misja, een kooikerreutje van 3 maanden. Er is al veel stuk. Onze vrijheid is geheel en al voorbij en we knappen zienderogen op.
    Dit schrijf ik U om U te troosten en U te bedanken voor uw mooie stukjes.

239

De weken hierna

Hij lag op een oud dekentje. Er was misschien
nog tijd.

Ik schoof mijn hand onder zijn kop en ik
werd, na al die jaren, overrompeld door de
losheid waarmee die bewoog, het geringe
gewicht ervan.

Zo had ik hem nooit eerder gevoeld, zijn kop
zonder het gewicht van zijn wil, los van de
werkzaamheid van zintuigen en spieren,
ontdaan van elke weerstand en samenhang – en
dát zou in de weken hierna uitgroeien tot een
obsessie, draaikolkachtige gedachtegangen
over samenhang, de samenhang tussen
voorzieningen en processen in een dier, die
welbeschouwd de reflectie is van de samenhang
tussen het dier en de wereld om hem heen:
ieder dier een aanzet tot orde, een poging om
betekenis uit de chaos te wringen.

Toen moest ik hem loslaten.

Niet wat ik al vergeten ben, maar wat ik nog
weet, wat ik nog vergeten zal.

Niet het onweer, niet de regen, maar daarna,
toen we in een dampend wazige wereld, alsof
het ademen van levende wezens nog maar net
begonnen was, langs de Lütschine naar boven
liepen, toen het geluid van het ijzerkleurige
water, *razend*, stap voor stap door een ander
geluid verdrongen werd, het ketsen van
geweldige stenen leek het wel, en toen we
dichter en dichter bij de oorsprong kwamen:
inderdaad, geweldige stenen, rotsblokken die
voor eeuwig op hun plaats waren gelegd, die
aan het rollen waren gegaan, door de stroom
werden meegesleurd, bulderende stenen.

En pas toen ik zag hoe aandachtig *hij* zich op
de hoge kant over dit schouwspel boog, dacht
ik dat het een bikkelhard, in stukken
gebroken dier kon zijn, dat bezig was zich op
te richten, dat de bedding van het riviertje
zou verlaten om zich te verspreiden over de
oevers.

Niet dat hij mij hoorde of verstond. Ik wou
daar weg, hij volgde mij, mijn hond.

Alles kon, alles mocht, alles werd op z'n
minst in welwillende overweging genomen – je
moest alleen niet aan zijn voorpoten zitten.
    Als je aan zijn voorpoten zat, bij de
lichtste beroering al, reageerde hij geschokt.
Hij trok het betreffende pootje, links of
rechts, schielijk terug en keek je verwijtend
aan.
    Zat je daarna nog een keer aan dat pootje,
dan probeerde hij je grommend af te leiden,
in een ánder spel te betrekken.
    En dan nog een keer – dan draaide hij zich om,
dan stond hij op, dan had hij even helemaal
genoeg van je.
    Het waren maar plaagstootjes natuurlijk.
Kijken of hij het nog deed. Maar hém was het
ernst. Via zijn voorpoten probeerde hij je
respect voor zijn persoon bij te brengen.
    Ik denk dat het een kwestie van
betamelijkheid was. Ik ervaar het nu
in ieder geval als onbetamelijk,
pervers eigenlijk, als ik in aanraking
kom met een hond die het niks bijzonders
vindt dat je aan zijn voorpoten zit.

Hij, schrijf ik.

Rekel, schrijf ik.

Woorden zijn het, woorden als schilderijhaken, woorden waaraan je zinnen kunt bevestigen. Het bevestigen van zinnen is mijn werk. Je kunt niet snikkend je werk doen. Je kunt ook niet schaterend je werk doen. Maar soms breekt er iets los, en dat ben jij.

Je hebt zojuist ontdekt dat we een beetje uit elkaar zijn geraakt, je komt nu op een drafje naar me toe.

We zijn op het jaagpad, op de kade, op een paadje in de duinen, in het bos, in de bergen – het doet er niet toe waar we zijn.

Je bent oud genoeg om te weten wat er te weten valt, jong genoeg om niet door wat je weet gehinderd te worden.

Dat drafje, frivool op de momenten dat je voorpootjes, wit gemarkeerd, beide van de grond zijn, het ene even vóór het andere.

Het deed er niet toe waar we waren, denk ik, terwijl ik me weer over mijn werk buig.

246

In Angerenstein was een beuk geveld – vorige
week had je hem misschien nog machtig
genoemd.

Je kon gaan staan waar zijn leven lang een
boom had gestaan.

Ik keek onwillekeurig naar de lucht, waar de
zon zou staan als het niet geregend had. Met
een beetje geluk, dacht ik, had hij zich met
krakend geweld op zijn eigen schaduw gestort.
In deze zin had het dan toch iets van een
boom die zijn bestemming vindt.

Uitgerekend aan de voet van deze boom had ik
de geplooide woekering van zwammen geweten,
net een verloren rokje. Intussen tot hout
verzaagd en op transport gesteld. Het enige
wat de mannen van gemeentewerken hadden
achtergelaten: de indruk die de beuk bij zijn
val in het grasveld had gemaakt.

November was het.

Als de aarde toch al zo gevoelig voor
indrukken is.

Dagboek

(19/12/'01) Nu droom ik bijna elke nacht over hem – vannacht dat ik hem jammerend hoorde blaffen toen ik thuiskwam; hij lag doodongelukkig op een traptrede. Arme hond, arme hond, terwijl ik hem uit zijn ellendige positie bevrijdde.

Meestal minder aangrijpend. Wel altijd een besef van dood, of op z'n minst van verwondering. Vervelend om wakker te worden; dan beginnen die momenten uit zijn laatste uren me door het hoofd te spoken – het ruwe geweld waarmee hij uiteindelijk gesloopt werd.

Ik kan niet zeggen dat ik vaak aan hem denk of vaak bij mezelf herinneringen aan hem ophaal – wel dat ik voortdurend het gevoel heb dat hij er *is*, naast me, achter me.

Dit schimmenspel wordt ongetwijfeld gestimuleerd doordat de nieuwe hond zo dichtbij komt. Vol twijfels overigens. Moet het wel een rashond zijn, moet het wel dit ras zijn, moet hij wel Stanley heten, moet het überhaupt een hond zijn? Alles, alles is onderhevig aan twijfel en besluiteloosheid.

Het is niet zozeer dat ik denk dat geen enkele hond in de schaduw van Rekel kan staan. Rekel was vooral zo fantastisch omdat we zo enorm aan elkaar gewend waren. Gewend zul je aan een andere hond ook wel raken.

Maar het bevalt me helemaal niet slecht *zonder* hond.

De vrijheid die we nu hebben.

En mijn wandelingen maak ik toch wel. Het ochtendrondje heb ik weliswaar opgegeven, maar het avondrondje (even de Monnikensteeg op) doe ik nog steeds, en overdag altijd wel iets van een uur, en eens in de week altijd wel iets van een hele ochtend of middag.

De puppy's van Loes en Margot – ze zijn wel leuk, maar ik sta echt niet te popelen om er een mee naar huis te nemen. Iris is er eigenlijk veel gekker mee dan ik.

Vooral de *moeite* die je zult moeten doen om aan een nieuwe hond te wennen.

Eigenlijk komt me maar één situatie voor de geest waarin een hond (Stanley) me werkelijk aantrekt. We zitten in de bergen, we gaan eten – en dan is er een hond die ook zijn deel moet krijgen.

(22/12/'01) Het is bijna kerst, er ligt een beetje sneeuw. Eind van de middag, bijna donker, telefoon. Margot: 'Kunnen jullie volgende week zondag een hondje komen halen?'

Dat kan.

Iris is blij.

'Ben jij niet blij? Wíl je eigenlijk wel een andere hond?'

Ik weet niet waarom, ik had ook net een borrel op – tranen in mijn ogen. Ik denk voortdurend aan hem, en ik *wil* ook voortdurend aan hem denken. Moeten we nu nóg een keer afscheid nemen?

(26/12/'01) Het is al donker als het begint te sneeuwen, er blijft een dun laagje liggen. Om halftien naar buiten voor een blokje om. Vaag het gevoel van Woerden, met sneeuw in het donker in het Bredius, het gevoel dat de dood een plek is waar hij gevangengehouden wordt, een vonnis dat hem verbiedt met me mee te lopen – en, natuurlijk, dat hij daar *weet* van heeft.

Die gruwelijke passage van John Cheever in zijn dagboek: 'Bij het afdrogen denk ik aan mijn dode moeder in haar graf; en ik zie de dood als een klemmende eenzaamheid, waarvan de ergste eenzaamheid die wij in het leven kennen slechts een flauwe afspiegeling is; de ziel verlaat het lichaam niet, maar houdt het gezelschap in elk stadium van ontbinding en vergetelheid, in hitte en kou en lange nachten.'

(30/12/'01) Van de week, in het Land van Koorts, we hadden allebei een stevige kou te pakken, dacht ik opeens aan de witte kat die we in Nijmegen hebben gehad – een paar weken maar, toen bleek ze doodziek te zijn, toen moesten we haar laten afmaken – en ze was niet helemaal van ons, het was net of je een *geleende* kat liet afmaken; en dan is dát het weer wat het zo wreed maakt, dat je niet eens de kans hebt gehad om van zo'n dier te gaan houden.

Vanmorgen door prachtig besneeuwde landschappen (sneeuw van onovertroffen kwaliteit, echte decoratiesneeuw, en de weg was nauwelijks begaanbaar – 'nou ja,' zei ik tegen Iris, 'de voortekenen zijn in ieder geval niet slecht') naar Olst gereden. Er waren uit dat nestje van vijf drie puppy's die voor ons in aanmerking kwamen. Ze kwamen, toen we op de grond gingen zitten, onmiddellijk op ons af en begonnen over ons heen te klauteren. Ook in uiterlijk gaven ze elkaar weinig toe, zij het dat er een wat donkerder was en er wat ruiger behaard uitzag. 'Hebben *jullie* al beslist wie er in Arnhem gaat wonen?' vroeg ik die beestjes. 'Weten *jullie* soms al wie Stanley is?'

Van Koos van Zomeren verschenen:

De wielerkoers van Hank, gedichten. De Arbeiderspers, Amsterdam 1965
Terloops te water, roman. De Arbeiderspers, Amsterdam 1966
De nodige singels en pleinen, roman. De Arbeiderspers, Amsterdam 1966
De vernieling, roman. De Arbeiderspers, Amsterdam 1967
Collega Vink vermoord, thriller. Bruna, Utrecht 1977
Een eenzame verrader, thriller. Bruna, Utrecht 1978
Een dode prinses, thriller. Bruna, Utrecht 1978
De val van Bas P., thriller. Bruna, Utrecht 1978
Explosie in mei, thriller. Bruna, Utrecht 1979
Oom Adolf, thriller. Bruna, Utrecht 1980
De grote droogte in waterland, natuurreportages. Bruna, Utrecht 1980 (met
    W. Reppel)
Haagse lente, thriller. Bruna, Utrecht 1981
Minister achter tralies, thriller. Bruna, Utrecht 1981
De hangende man, thriller. Bruna, Utrecht 1982
Otto's oorlog, roman. De Arbeiderspers, Amsterdam 1983*
Een gegeven moment, interviews. De Arbeiderspers, Amsterdam 1984 (met
    W. Reppel)
De witte prins, roman. De Arbeiderspers, Amsterdam 1985
Het verkeerde paard, verhalen. De Arbeiderspers, Amsterdam 1985
Het verhaal, roman. De Arbeiderspers, Amsterdam 1986*
Een vederlichte wanhoop, vogelcolumns. De Arbeiderspers, Amsterdam 1987
Sterk water, roman. De Arbeiderspers, Amsterdam 1987
Een jaar in scherven, dagboek. De Arbeiderspers, Amsterdam 1988 (Privé-
    domein nr. 150)*
Het scheepsorkest, essays/verhalen. De Arbeiderspers, Amsterdam 1989
Van School, verhalen. De Arbeiderspers, Amsterdam 1989 (met Benno Bar-
    nard)
Cupido's Afscheid, verhalen. Februariboekhandels, 1989
Uilen, columns. De Arbeiderspers, Amsterdam 1990*
Het schip Herman Manelli, roman. De Arbeiderspers, Amsterdam 1990*
Een bevrijding, reportage, document en novelle. De Arbeiderspers, Amster-
    dam 1991*
Saluut aan Holland, essays/verhalen. De Arbeiderspers, Amsterdam 1992*
Zomer, columns. De Arbeiderspers, Amsterdam 1993
Winter, columns. De Arbeiderspers, Amsterdam 1993
Het requiem van Verdamme, verhalen. Libris/Inmerc, Wormer 1993
Het eeuwige leven, columns. De Arbeiderspers, Amsterdam 1994
Wat wil de koe, columns. De Arbeiderspers, Amsterdam 1995
Meisje in het veen, roman. De Arbeiderspers, Amsterdam, 1996*

De lente, een veldslag, columns. Weijdert & Peters, Eemnes 1996
Sneeuw van Hem, roman. De Arbeiderspers, Amsterdam, 1998*
De bewoonde wereld, bloemlezing. De Arbeiderspers, Amsterdam, 1998*
1946. Verkenning van een geboortejaar. De Arbeiderspers, Amsterdam, 1999*
Een deur in oktober, roman. De Arbeiderspers, Amsterdam 1999*
Ruim duizend dagen werk, columns. De Arbeiderspers, Amsterdam 2000*
De man op de Middenweg, roman. De Arbeiderspers, Amsterdam 2001*
De clown die uit de lucht kwam vallen, columns. De Arbeiderspers, Amsterdam 2002*
Het complete Rekelboek. De Arbeiderspers, Amsterdam 2002*

* Leverbare titels